Maestros de la Literatura Japonesa - 31

El amor de un idiota

Maestros de la Literatura Japonesa

El amor de un idiota

Tanizaki Junichirō

Traducción y prólogo de Makiko Sese y Daniel Villa

Colección Maestros de la Literatura Japonesa – 31

Director: Carlos Rubio

PRIMERA EDICIÓN, junio 2018

TÍTULO ORIGINAL: *Chijin no Ai* (痴人の愛), 1924-1925

AUTOR: Tanizaki Junichirō*

EDICIÓN EN ESPAÑOL: *El amor de un idiota*

C/ Perú, 12, 33213, Gijón, España
www.satoriediciones.com

Maquetación y cubiertas: José Luis González Macías

Ilustración cubierta: Diseño para cajas de cerillas (c.a. 1930)

Impresión: Gráficas Eujoa

* En esta edición se ha respetado la onomástica japonesa para el nombre del autor, la cual antepone el apellido al nombre propio

ISBN: 978-84-174190-3-5
Depósito legal: AS-01612-2018

Impreso en España – Printed in Spain

ÍNDICE

PRÓLOGO

El amor de un idiota (*Chijin no ai*) es una novela publicada por entregas entre 1924 y 1925. El periódico *Osaka Asahi Shinbun* comenzó en marzo de 1924 su publicación. Su acogida tuvo reacciones opuestas. Por un lado, los más jóvenes recibieron con entusiasmo el estilo de vida personificado en su protagonista femenina, Naomi, una *modan garu* (del inglés *modern girl*, o *haikara*, como la denomina el protagonista: una chica moderna, a la última) que representaba un modelo de mujer joven e independiente que comenzaba a proliferar en las grandes ciudades japonesas. El éxodo rural de esos años y la llegada de la moda de países occidentales implicó nuevos puestos de trabajo para las mujeres japonesas: centros comerciales, textiles, cosméticos o servicios (como Naomi, que trabaja de camarera). Este estilo de vida aumentó el grado de independencia de las mujeres japonesas. Podían elegir tanto su pareja como su carrera profesional. Ya no vivían bajo la tutela de sus padres, hermanos o maridos, ni estaban atadas a la tradición ni las convenciones sociales. Por otro lado, este retrato escandalizó a la generación más conservadora, que no veía con buenos ojos la sexualidad y mutua manipulación entre los personajes, considerando la obra demasiado obscena y atrevida como para ser publicada en un periódico. La presión de este sector consiguió que el *Osaka Asahi Shinbun* retirara la obra de sus páginas en junio. Sin embargo, para entonces *El amor de un idiota* había alcanzando tal popularidad que otra revista llamada *Josei* retomó su publicación, que finalizó en 1925. No obstante, no fue hasta pasada la Segunda Guerra Mundial, en 1947, cuando se editó en formato libro. Su éxito y repercusión pusieron de moda el término *naomismo* –término derivado del nombre de su protagonista femenina, Naomi– y sacaron a Tanizaki de la mala racha que estaba pasando.

Tanizaki Junichirō (1886-1965) había contraído matrimonio en 1915 con Ishikawa Chiyoko. Un año después nació su hija, Ayuko. En 1920, Tanizaki quedó fascinado por la hermana de su esposa, Seiko, durante el rodaje de una película en la que el escritor trabajaba como guionista. Durante dicho rodaje, su mejor amigo el escritor Satō Haruo, que acababa de divorciarse de su segunda esposa, comenzó a pasar mucho tiempo con Chiyoko en la casa de Tanizaki. Satō, enamorado de la mujer de su amigo, le rogó a Tanizaki en 1921 que se divorciara de ella y les permitiera casarse. Aunque en un principio Tanizaki accedió, posteriormente se echó atrás y cortó toda relación con su amigo. No sería hasta 1930 cuando se divorció y permitió que Chiyoko y Satō se casasen. El escándalo se hizo público y fue noticia en la prensa de la época.

Este triángulo amoroso se plasma en algunas de las obras escritas por Tanizaki en esos años, como *Aisureba koso* («Porque la amo», 1922) o *Kami to hito to no aida* («Entre hombres y dioses», 1925). En ellas se representa la lucha interna de un personaje demoníaco (el propio Tanizaki) con otro humanitario (Satō) por una mujer (Chiyoko). Algunos analistas consideran que el excesivo carácter explícito y expurgatorio de estas obras contribuyeron a su fracaso.

Sin embargo, Tanizaki logró reponerse con *El amor de un idiota*, ya que logró crear una historia en la que se distanció de la adhesión a esos modelos construyendo un relato de ficción. Además, recurrió a un nuevo estilo de narración. En primer lugar, situó la novela en la actualidad: los años de la Era Taishō (1912-1926), cuando en Japón comenzaban a difundirse las costumbres europeas: los cafés, las modernas viviendas de planta extranjera (*bunka-jutaku*), los salones de baile, etcétera. Usó como punto de partida una novela de costumbres para conseguir un profundo retrato de descripción costumbrista. En segundo lugar, aplicó el estilo de confesión en primera persona, lo que permitió lograr un efecto de llamada a los lectores y obtener un amplio espacio colectivo, ya que algunas de sus otras obras eran en realidad una confesión de sus propias experiencias masoquistas pero narradas en tercera persona. Tanizaki logró, irónicamente, abrir un hueco en la vida común de los lectores. Además propició una inversión del estilo de las «novelas de confesión» hacia la novela contemporánea.

Desde finales del siglo XIX, en la literatura japonesa abundaba el tema de la angustia existencial al estilo naturalista, que sobre la década de los años veinte cedió su lugar a la armonía del idealismo. La mayoría de estas obras trataban el proceso de la angustia vital que implica el establecimiento de la personalidad mediante el estilo de la «novela de confesión». Pero Tanizaki muestra en *El amor de un idiota* un tipo de narración calmada, donde el protagonista se dirige derecho a la decadencia de su vida. Su nueva literatura trataba de observar de forma directa el despertar del «yo» de las personas, lo que tuvo que suponer entre los autores naturalistas una concepción bastante original. Tanizaki pensaba que la realidad, tal y como se presenta, no es nada. El arte es algo que debe expresar la belleza que sobrepasa a la realidad.

Como ya hiciera en su primera novela, *Tatuaje* (*Shisei*, 1910), Tanizaki representa en *El amor de un idiota* la armonía entre el «mal» y la «belleza». Dicha belleza se sustenta sobre el erotismo. En la novela de 1910 se muestra el poder mágico de la belleza de las mujeres y la tremenda idea de que una persona puede cumplir su destino sucumbiendo ante ella. Para Tanizaki, la «belleza», la «mujer» y el «mal» son casi sinónimos.

El impulso de adoración a la mujer puede deberse tanto a su idealización extrema como a la veneración de la maternidad. El protagonista de *El amor de un idiota*, Jōji, añora a su madre en supueblo natal, pero, por otro lado, está obsesionado por los encantos de una pérfida mujer. El resultado de este impulso es una embriaguez derivada de la renuncia a sí mismo, el drama decadente de un hombre arrastrado por un exceso de la virtud que Tanizaki idiotez o frivolidad irreflexiva «necedad», unos conceptos que aparecen también en *Tatuaje*.

La primera novela de Tanizaki, *Tatuaje*, se publicó cinco años después de la guerra ruso-japonesa de 1905. El autor comentó que en esa época la gente aún poseía esa venerable virtud, la frivolidad. El elogio de la frivolidad, que aparece en la primera parte de esta obra, se convertiría en uno de los temas principales de la literatura de Tanizaki. La victoria en la contienda con Rusia y la modernización de Japón desde la Era Meiji (finales del siglo XIX) supusieron el fin gradual de dicha virtud y la cultura que la hacía posible. En su excelente ensayo titulado *El elogio de la sombra*, Tanizaki defiende la penumbra, la oscuridad y la opacidad como pilares de la concepción de la experiencia estética japonesa. La modernización basada en la importación de modas y tecnologías extranjeras lo ilumina todo, definiendo los espacios, las formas, y poniendo fin a los matices creados por las sombras.

El amor de un idiota se desarrolla en una urbe contemporánea y en ella se aprecian el exotismo y la admiración hacia Occidente desarrollada por los japoneses en la Era Taishō (1912-1925). Durante los meses previos a la escritura de esta novela, el propio Tanizaki residió en Yokohama, ciudad portuaria cercana a Tokio y famosa por la presencia extranjera impulsada por el comercio marítimo. Alquiló una casa de estilo occidental y se dejó llevar por el estilo de vida bohemio propiciado por la gran comunidad de expatriados de la ciudad. El 1 de septiembre de 1923, el Gran Terremoto de Kantō devastó Tokio y gran parte de Yokohama. Tanizaki se mudó entonces a la región de Kansai.

El conflicto entre el Japón tradicional y el occidentalizado se refleja en *El amor de un idiota* a través de sus personajes. Jōji, el protagonista masculino y narrador de la historia, quiere hacer de la joven Naomi una *haikara*: educarla en la música, el idioma y la moda occidentales. A medida que ella escapa de su control, decide que la vía para llevar una vida correcta y estable es comprar una casa japonesa, con su mobiliario clásico, sus criadas, y seguir la dieta y costumbres nacionales.

Naomi, por otro lado, representa la entrega lasciva a Occidente: la gastronomía, la moda, el baile, las viviendas y, por último, los hombres (el personaje llega a afirmar que los occidentales son mucho más divertidos que los japoneses). El escritor trata de convertir a la protagonista en una mujer moderna ideal. Occidente conllevaba un exótico encanto, incluso para Tanizaki. Los japoneses, desde la Era Meiji, veneraban a Occidente del mismo modo que podían venerar a una mujer. Desde el punto vista de la frivolidad, la adoración a Occidente es una especie de embriaguez. Define el encanto de la cultura extranjera como el de una arpía. Esa adoración, aunque fuera superficial y pudiera conducir a la ruina, no le parecía del todo mal a Tanizaki mientras residiera en ella el placer de la embriaguez. *El amor de un idiota* es una suerte de caricatura, e incluso un réquiem, de los japoneses que han dedicado su vida a perseguir ese ideal llamado Occidente. Tanizaki, entre el lamento, la ironía y la sátira, vaticina que la influencia de la cultura extranjera es imparable y que la sociedad tradicional japonesa está a punto de cambiar para siempre. Una de las consecuencias del terremoto de Kantō fue, precisamente, la transformación de la cultura tokiota y la aparición de una nueva ciudad moderna (este proceso se repetiría durante la reconstrucción de Japón tras los bombardeos norteamericanos de la Segunda Guerra Mundial).

En *El amor de un idiota*, el autor muestra algunos de sus fetichismos. Al igual que en *El elogio de la sombra*, la blancura aparece en esta novela. Este rasgo de la piel de Naomi enloquece al protagonista, que ve en ella el reflejo de las mujeres occidentales. La única mujer que le hace olvidar a su esposa es la profesora rusa de baile, cuya palidez le hace ver a Naomi como una pordiosera mugrienta. Esta obsesión por la blancura aflora con frecuencia en las descripciones costumbristas de cada periodo de la obra de Tanizaki.

El masoquismo es otro elemento recurrente en la literatura de Tanizaki, aunque en *El amor de un idiota* el protagonista sigue un progreso particular. En *Sobre Shunkin*, Sasuke comienza desde joven como criado de su señora. Desde el inicio de la novela, Shunkin lo trata con desdén y desprecio, recurriendo en ocasiones a la violencia, pero en todo momento el protagonista se muestra agradecido, llegando al punto de automutilarse para complacerla. En *La vida enmascarada del señor de Musashi*, Terukatsu es un valeroso samurái que no duda en arrastrarse por el pasadizo de un pozo negro para reunirse en secreto con una dama. Su común objetivo es desfigurar al señor feudal y ver cumplida así su obsesión sexual forjada durante su niñez. Nuestro protagonista Jōji, sin embargo, comienza la novela (casi con timidez) en un papel dominador, que se acentúa con la rebeldía adolescente de Naomi. A medida que pasan los años, la balanza de poder en la relación se trastoca y los roles de dominancia y sumisión en la pareja cambian. Aunque «masoquismo» sea un término extremo y ajeno, según Tanizaki, cualquier persona se puede reconocer como masoquista en el momento en que queda sujeta a alguien. La idea del escritor era aspirar a la negación del «yo», abandonándose a sí mismo al simpatizar con un tipo de drama opuesto al de la justificación de los protagonistas de las novelas de su época. *El amor de un idiota* es un guiño irónico hacia aquellos que, durante toda su vida, son incapaces de escapar de esta lucha sexual. Según Tanizaki, este tipo de masoquismo estaba plenamente establecido en la sociedad. Jōji, al final de la novela, interpela a los lectores para que tomen su relato como una lección o se burlen de manera abierta, ya que él se muestra feliz en su estado de absoluta sumisión.

El amor de un idiota, a pesar de no ser un título muy conocido, ocupa un lugar importante entre dos célebres obras del siglo XX. La primera es *La muerte en Venecia* (Thomas Mann, 1912). En ella, el escritor Gustav von Aschenbach admira en silencio al joven Tadzio. Con el paso de los días su admiración se convierte en una obsesión que le hace permanecer en la ciudad durante un brote de cólera. Ignorando las advertencias, la enfermedad le consume mientras contempla al joven y su familia en la playa. La otra novela, treinta años posterior, es *Lolita* (Vladimir Nabokov, 1955). El protagonista es Humbert Humbert, profesor de Literatura Francesa que se enamora de la joven de doce años Dolores, a la que llama con cariño «Lolita». Tras contraer matrimonio con su madre para estar cerca de ella, viaja varios años con la niña a lo largo de los Estados Unidos, hasta que Lolita desaparece con un desconocido del hospital en el que estaba ingresada. Años después, Lolita contacta con Humbert para pedirle dinero, y le explica que se enamoró de un dramaturgo y huyó con él. El protagonista le ruega que vuelva con él, pero ella se niega. Humbert busca al dramaturgo y, durante una pelea, lo asesina, se entrega a la policía y muere en prisión. Mientras, en *La muerte en Venecia* Aschenbach mantiene una actitud distante de disimulada observación, el protagonista de *El amor de un idiota* convence a la joven para que se vaya a vivir con él. Humbert Humbert engaña a la madre de Lolita y se aprovecha de su muerte accidental para huir con el objeto de su deseo, pero Jōji logra el consentimiento de la familia de Naomi para convertirla en su esposa. Aschenbach muere enfermo de cólera y

Humbert Humbert fallece de una enfermedad coronaria. Ambos parecen sufrir un castigo consecuencia de su indulgencia y de su carácter irreflexivo. Sin embargo, hasta donde sabemos, el destino parece ser menos cruel con Jōji, quizá porque sus acciones han sido fruto de meditadas decisiones. Aunque las tres obras tienen en común la perversa pasión de un adulto, en el caso de Tanizaki esta se desarrolla de acuerdo a las convenciones y normas sociales. Puede que la clave sea ese «masoquismo» y sumisión presentes en la obra de Tanizaki, que no reprueba a un personaje que goza de dicha embriaguez y convive de manera pública con ella, rindiéndose a su objeto de adoración. Quizás se deba a que los personajes de Mann y Nabokov carecen de esa virtud tanizakiana, la frivolidad.

La otra gran catástrofe que Tanizaki vivió tras el Gran Terremoto de Kantō fue la derrota de Japón en 1945. Sin embargo, el escritor Mishima Yukio afirmaba que Tanizaki consideró este fracaso como «una sensual composición placentera en la que los hombres japoneses han sido derrotados por mujeres occidentales blancas, con el pecho gigantesco y el trasero enorme». Tanizaki falleció en 1965. En su admiración por él, Mishima definió ese año como el fin de la dinastía Tanizaki, el escritor que mejor logró encarnar el erotismo y la belleza durante las tres últimas eras de la historia japonesa: Meiji, Taishō y Shōwa.

NOTA AL TEXTO

La traducción de este libro ha sido realizada a partir del original japonés de la obra *Chijin no Ai*, 痴人の愛, publicada por entregas entre 1924 y 1925.

La trascripción de los términos japoneses sigue el sistema Hepburn, el más empleado en la literatura orientalista, y según el cual las consonantes se pronuncian como en inglés y las vocales casi igual que en español. Se han eliminado los signos diacríticos sobre las vocales largas de las palabras y homónimos japoneses cuando tal simplificación ortográfica no afecta el significado.

El significado de los términos japoneses se puede consultar en el Glosario al final del texto.

Todas las notas al pie son de los traductores.

EL AMOR DE UN IDIOTA

I

Voy a tratar de relatar de la forma más honesta y franca posible toda la verdad acerca de nuestro matrimonio, porque no creo que los casos como el nuestro abunden hoy en día. Para mí, este es un documento preciado e inolvidable. Al mismo tiempo debería servirles a ustedes, lectores, como referencia. En los últimos años, Japón está estableciendo lazos de amistad a nivel internacional y los japoneses se relacionan con los occidentales con frecuencia. Varios de los principios e ideas extranjeros están empezando a calar entre nosotros. Tanto los hombres como las mujeres se convierten en *haikara*[1] en un abrir y cerrar de ojos y, de este modo, nuestra época se ha ido transformando. Por eso creo que una relación matrimonial como la nuestra, que no solía verse hasta ahora, comenzará a surgir poco a poco aquí y allá.

Ahora que lo pienso, nuestro matrimonio fue extraño desde el principio. Justo hace ahora ocho años que conocí a la mujer que ahora es mi esposa. Desde luego, no recuerdo con exactitud ni qué día ni qué mes fue; en aquel tiempo

---

1 Del inglés *high collar*. Término para referirse a quienes aspiran a un estilo de vida occidental, siguen la moda y ansían todo tipo de novedades.

era camarera de un bar llamado café Daiamondo, cerca de la entrada Kaminarimon del templo de Kannon en Asakusa. Tenía solo quince años cuando la conocí. Acababa de llegar a aquel café para trabajar como aprendiz y era todavía una primeriza. No era una camarera hecha y derecha sino una principiante, es decir, una futura camarera.

¿Por qué yo, que tenía ya veintiocho años, me fijé en aquella niña? La verdad es que no lo recuerdo muy bien, pero me imagino que lo que más me atrajo fue su nombre. Todos la llamaban Nao-chan[2]. Sin embargo, un día le pregunté y me dijo que su nombre real era Naomi. Este nombre, Naomi, despertó mi curiosidad. «Naomi es un nombre precioso. Cuando se escribe en alfabeto, parece un nombre occidental», pensé. Ese fue el inicio y desde entonces comencé, poco a poco, a prestarle atención. Era curioso, su rostro parecía tener cierto aire occidental y daba la impresión de ser muy lista, puesto que tenía un nombre *haikara*. «Es una lástima que tenga que trabajar como camarera en un lugar como este», empecé a pensar.

En realidad, su rostro se parecía al de Mary Pickford, la actriz de cine, y era innegable que su aspecto tenía algo de occidental. No es que yo la mire con buenos ojos porque sea mi esposa, sino que debe de ser cierto, ya que a día de hoy muchas personas se lo dicen. Y no solo por sus rasgos: su cuerpo desnudo se asemeja mucho al de una occidental. No me interpreten mal, de este hecho me enteré más tarde y en esos momentos era algo que desconocía. No había duda de que sus extremidades casaban con aquel estilo; solo lo suponía por cómo le quedaba el kimono.

---

2 *-chan*, sufijo empleado para dirigirse a personas de menor edad o con las que se tiene una relación de amistad y cariño.

De hecho, nadie puede entender qué siente una chica de quince años, excepto quizás sus padres o hermanos. Por eso, si me preguntan cómo se comportaba Naomi cuando estaba en la cafetería, no puedo dar una respuesta clara. Si se lo preguntaran a ella, su respuesta sería que por aquel entonces hacía cualquier cosa. No obstante, desde fuera parecía una niña sombría y callada. Su cara era un poco cerúlea; tenía un tono oscuro y apagado, como cuando se apilan varios cristales incoloros y transparentes. No se la veía sana. Tenía ese aspecto porque acababa de entrar a trabajar allí y aún no se ponía polvos de maquillaje como el resto de camareras. Tampoco conocía muy bien a los clientes ni a sus compañeras. Trabajaba con inquietud, se encogía y se quedaba callada en un rincón. Creo que por eso me parecía inteligente.

Llegados a este punto, creo necesario hablarles sobre mi carrera profesional. Yo trabajaba como ingeniero para una empresa de electricidad y ganaba ciento cincuenta yenes mensuales. Provengo de las afueras de Utsunomiya, en la provincia de Tochigi. Después de haberme graduado de la secundaria vine a Tokio y entré en el Instituto Técnico de Kuramae. Tras finalizar mis estudios, no tardé en conseguir un puesto como ingeniero. Acudía todos los días a la empresa desde mi pensión de Shibaguchi, excepto los domingos, que los pasaba en Ōimachi.

Mi vida era bastante cómoda, ya que vivía solo en una pensión con un sueldo de ciento cincuenta yenes al mes. Además, a pesar de ser el primogénito, no tenía la obligación de enviar dinero a mis padres ni a mis hermanos del pueblo. Mi familia se dedicaba a la industria agrícola a gran escala. Aunque mi padre ya había fallecido, mi anciana madre dirigía todo aquello a la perfección junto con el matrimonio formado por su hermano menor, mi tío, y su esposa. Así que podía vivir de forma despreocupada. No obstante, no me divertía con mujeres. Supongo que era todo un modelo de *sararīman*[3]; sencillo, serio, demasiado mediocre, sin mucha gracia y entregado a sus labores sin ninguna queja ni descontento. Así era yo entonces. Kawai Jōji-kun[4] era famoso en su empresa por ser todo un caballero. Me entretenía yendo al cine por las tardes, dando un paseo por la avenida de Ginza o, muy de vez en cuando, permitiéndome el lujo de acudir al Teatro Imperial, pero nada más. No es que detestara el contacto con muchachas, ya que yo también era un joven soltero. Al haber nacido en el campo y recibido una tosca educación rural, no se me daba bien el trato con los demás. Por lo tanto no tenía ninguna relación con el sexo opuesto. Claro, por eso me llamaban «caballero». Sin embargo, cuanto más parecía un caballero por fuera, menos recatado era por dentro. Ya fuera caminando por la calle o al subir al tren cada mañana, no dejaba de prestar atención a las mujeres. Fue justo entonces cuando una muchacha llamada Naomi apareció ante mis ojos.

En aquel momento no creía que Naomi fuera la mujer más hermosa del mundo. No hace falta decir que me cruzaba con señoritas mucho más bellas que Naomi en el tren, los pasillos del Teatro Imperial y la avenida de Ginza. Solo el tiempo diría si la belleza de Naomi iría a más. Una chica de quince años podía ser toda una promesa y eso me preo-

---

3 Del inglés *salaried man*. Empleado asalariado que realiza trabajo de oficina o administrativo.

4 El sufijo *-kun* se emplea en varones de menor edad o estatus relativo. En entornos laborales se usa para referirse a empleados más jóvenes por un trabajador de mayor categoría.

cupaba. Así que, en un principio, mi plan era encargarme de ella y cuidarla. Si la situación se mostraba favorable, le daría una buena educación y quizá no tuviera inconveniente en convertirla en mi esposa. Esas eran las ideas que rondaban por mi cabeza. Desde cierto punto de vista actuaba motivado por la compasión que me producía. Pero, por otro lado, deseaba imprimirle un giro a mi ordinaria y monótona vida. Quería añadirle color y darle calor a mi insípida existencia, ya que hacía tiempo que la vida en la pensión me provocaba un profundo sopor. Por eso, quizás buscaría una casa, aunque fuese pequeña. Decoraría las habitaciones, plantaría flores o colgaría una jaula para pájaros en un balcón soleado. ¿Y por qué no contratar a una criada para limpiar y cocinar? Si Naomi viniera conmigo, podría hacer de criada y sería mi pajarillo. Más o menos este era mi planteamiento.

¿Por qué no había encontrado una novia adecuada a mi posición y formado una familia como corresponde? Es fácil, porque todavía no tenía suficiente valor para casarme.

Respecto a este tema debería detallar algunos puntos. Soy una persona juiciosa por naturaleza. No me atraen las extravagancias, pero curiosamente tengo opiniones bastante avanzadas sobre el matrimonio. Cuando se habla del «matrimonio», la gente suele ponerse demasiado formal y ceremoniosa. Primero se lleva a cabo una mediación y se averiguan las intenciones de ambas partes. A continuación se concierta un *miai* donde los dos miembros de la pareja se conocen de manera oficial con vistas a un posible matrimonio. Entonces, a no ser que ambas partes muestren algún inconveniente, se organiza de nuevo otro encuentro y se intercambian los regalos de los esponsales. Luego se transporta el equipaje de la novia al hogar conyugal en cinco, siete o trece cajas de mimbre. A partir de ahí comienza una serie de trámites bastante molestos, como contraer matrimonio, ir de luna de miel y regresar al pueblo. Pero yo no soy de esas personas que gustan de este tipo de formalidades. Si iba a casarme, quería realizarlo de manera más sencilla y libre.

En aquellos momentos, si hubiera querido casarme, no me habrían faltado candidatas. A pesar de mi origen pueblerino era físicamente fuerte y con buenos modales. Puede sonar cómico, pero tenía una presencia noble y mi empresa había depositado toda su confianza en mí. Por lo tanto, dada mi posición, cualquiera podría haber actuado de forma satisfactoria como mediador. Sin embargo, yo no quería «ser mediado», y por eso mi situación no tenía remedio. Por muy adorable que sea una muchacha, no es posible entender la naturaleza ni el carácter de cada uno de los miembros en un par de *miai*. Elegir tu pareja de por vida basándote en un sentimiento provisional diciendo «Bueno, aquella estaría bien» o «Esta es hermosa» resulta tan ridículo que ni siquiera debe tenerse en consideración. Si uno se para a pensarlo, la mejor opción sería adoptar a una chica como Naomi y observar con detenimiento cómo crece. Y luego, si me gustase, la tomaría como esposa. Para mí era suficiente, puesto que no ansiaba una chica de familia adinerada o una mujer con una excelente educación.

Además, esta opción le ofrece a uno la oportunidad de trabar amistad con una chica. Vivir con ella en una casa, alegremente, como si se tratara de un juego, observando cómo crece mañana y tarde. Eso me parecía muy atractivo y diferente a la idea de familia oficial. Es decir, que Naomi y yo *jugáramos a las casitas sin preocupación*. Mi deseo era llevar una vida simple, con tranquilidad, sin la complicada idea de «formar un hogar». De hecho, en el «hogar» del Japón actual los útiles como la cómoda, el brasero alargado o los cojines deben estar cada uno en el lugar que les corresponde. El trabajo entre el marido, la mujer y las criadas está establecido con precisión. Surgen gastos superfluos por fastidiosos compromisos con familiares y vecinos. Lo que puede resolverse con facilidad se vuelve complicado e incómodo. No es nada divertido ni agradable para un joven *sararīman* como yo. Pensando en todos estos aspectos creí que había ideado un buen plan.

Fue más o menos dos meses después de conocerla cuando le comenté esta historia a Naomi. Durante aquellos días solía ir al café Daiamondo siempre que podía y buscaba el momento oportuno para trabar amistad. Íbamos al cine del parque para pasar el rato en sus días libres, ya que a Naomi le encantaban las películas. Después comíamos en algún restaurante occidental o de *soba*[5]. Ella era bastante parca en palabras y yo no sabía si estaba contenta o aburrida. Por lo general, permanecía callada. Aun así, cuando la invitaba, nunca me decía que no. «Sí, quizá podría ir contigo», respondía con sinceridad y me acompañaba a donde fuera.

No sabía qué clase de persona pensaba que era ni por qué me acompañaba, pero no miraba a los hombres con desconfianza, ya que solo era una chiquilla. «Este "señor" me lleva al cine que tanto me gusta y de vez en cuando me invita a comer. Por eso lo acompaño». Me la imaginaba así de sencilla e inocente. Por mi parte, no esperaba otra cosa que ser para ella ese «señor» simpático y amable, y no mostraba con aquella niña ninguna otra actitud. Cuando empiezo a recordar aquellos días efímeros como un sueño, tengo la impresión de que estábamos viviendo en

5 Fideos de alforfón, muy baratos y populares en la cocina japonesa.

un mundo de fantasía. Incluso ahora no puedo evitar el anhelo de que volvamos a ser de nuevo esos dos seres inocentes.

—¿Qué tal, Naomi-chan? ¿Ves bien? —solía preguntarle cuando estábamos de pie al fondo de la sala de cine si no quedaban butacas libres.

—No, no veo nada —decía Naomi, y se ponía de puntillas intentando ver entre los cuellos de los espectadores que tenía delante.

—Así es imposible que veas algo. Súbete encima de esta barra y agárrate a mis hombros.

La levantaba desde abajo y la sentaba encima del travesaño de una barandilla alta. Ella ponía su mano en mi hombro mientras balanceaba los pies. Y, por fin, se quedaba prendada de las imágenes, satisfecha, aguantando el aliento.

—¿Es divertido? —le preguntaba.

Y ella solo decía:

—Es divertido.

Pero no parecía divertirse dando palmadas ni saltaba de alegría. Se limitaba a mirar, abriendo sus avispados ojos, callada como un perro astuto que estira las orejas para escuchar sonidos lejanos. Ese rostro me hacía creer que Naomi adoraba las películas.

«Naomi-chan, ¿no tienes hambre?», le decía y ella respondía a veces «No, no quiero comer nada», pero siempre que tenía hambre me decía «Sí» con total libertad. Y cuando le preguntaba qué le apetecía comer, me respondía sin reserva alguna si quería comida occidental o *soba*.

2

—Naomi-chan, tu cara se da un aire a la de Mary Pickford.

Una noche surgió este tema en un restaurante occidental donde habíamos cenado después de haber visto una película de esa actriz.

—¿Ah, sí? —dijo sin mostrar ningún entusiasmo y miró mi rostro con curiosidad, sin entender por qué había dicho algo así.

—¿No lo crees? —pregunté de nuevo.

—No sé si me parezco a ella, pero todo el mundo me dice que tengo rasgos mixtos —contestó impertérrita.

—No lo dudo. Primero, tu nombre es peculiar. ¿Quién te puso un nombre tan *haikara* como Naomi?

—No sé quién me lo puso.

—¿Fue tu padre? ¿Quizás tu madre...? ¿Quién fue...?

—No lo sé.

—Bueno, ¿a qué se dedica tu padre, Naomi-chan?

—Mi padre ya no está.

—¿Y tu madre?

—Mi madre sí que está, pero...

—¿Y tus hermanos?

—Tengo muchos hermanos. Un hermano mayor, una hermana mayor y otra hermana menor...

Ese tema surgía de vez en cuando, pero siempre que preguntaba sobre sus circunstancias familiares ponía cara de desagrado y se andaba con rodeos. Cuando salíamos juntos, por lo general acordábamos los encuentros con varios días de antelación, quedábamos en un banco del parque o delante del templo de Kannon a la hora acordada. Naomi jamás se confundió de hora ni me dio plantón. Cuando yo llegaba tarde por algún inconveniente y empezaba a preocuparme: «Quizá ya se ha ido, la he hecho esperar mucho», ella estaba esperándome sin falta. Y, cuando se percataba de mi presencia, se ponía de pie al instante y se acercaba hasta mí sin vacilar.

«Disculpa, Naomi-chan, te he hecho esperar mucho, ¿verdad?», me excusaba, y ella solo contestaba «Sí, te he estado esperando». No mostraba descontento ni parecía enfadada. Un día habíamos quedado en esperarnos sentados en el banco y de repente se puso a llover. Cuando acudí pensando qué estaría haciendo, la encontré agachada bajo el alero de la pequeña capilla sintoísta de alguna deidad al lado del estanque, esperándome pacientemente. No puedo expresar cuánto me conmovió aquello.

Para estas ocasiones Naomi llevaba un kimono desgastado que había heredado de su hermana mayor y se ponía un *obi* de muselina. Se recogía el pelo al estilo japonés y se empolvaba con sutileza. Y aunque su ropa tenía algunos parches, siempre llevaba unos preciosos calcetines blancos ajustados a sus pequeños pies. Le preguntaba por qué solo llevaba aquel peinado japonés en los días libres, a lo que me contestaba «Porque me lo dice mi familia», y no me daba más detalles, como siempre. «Ya es tarde. Te acompaño hasta tu casa» solía decirle, pero me respondía «No hace falta, estoy muy cerca. Puedo volver sola», y cuando llegábamos a la esquina del parque de atracciones Hanayashiki se marchaba corriendo, diciendo adiós por una callejuela hacia la zona de Senzoku.

Es cierto. No es necesario insistir en la situación de aquellos días, pero hubo una ocasión en la que conversamos de forma amistosa y con calma.

Recuerdo que fue durante una apacible noche a finales de abril en la que la lluvia primaveral caía con suavidad.

Aquella noche no tenía mucho trabajo en la cafetería y estaba bastante tranquila. Yo permanecí sentado en una mesa durante un buen rato, bebiendo sake a sorbos.

Dicho así puedo parecer un borracho, pero realmente soy casi abstemio. Para matar el tiempo les hice preparar el tipo de cóctel dulce que solían tomar las mujeres. Me limitaba a sorberlo poco a poco, como si lo estuviera lamiendo. Entonces vino ella con los platos y le dije en un tono un poco achispado:

—Naomi-chan, siéntate aquí un ratito.

—¿Qué ocurre? —dijo Naomi, y se sentó tranquilamente a mi lado. Cuando saqué un cigarrillo Shikijima del bolsillo, prendió una cerilla.

—Bueno, no pasa nada porque te quedes charlando un rato, ¿verdad? Parece que no tenéis mucho trabajo esta noche.

—No. Esto no pasa casi nunca.

—¿Sueles estar muy ocupada?

—Estoy ocupada desde la mañana hasta la noche... No tengo tiempo ni para leer un libro.

—Entonces, ¿te gusta leer libros, Naomi-chan?

—Sí, me gusta.

—¿Qué tipo de libros lees?

—Ojeo varias revistas. A mí me da igual, mientras tenga algo que leer.

—¡Qué bien! Si tanto te gusta leer, podrías ir a un colegio femenino —dije a propósito fijándome en su cara. Puede que se sintiera ofendida. Parecía mirar fijamente hacia otro lado con frialdad, pero en sus ojos veía con claridad su tristeza y su dolor.— ¿Qué te parece, Naomi-chan? De verdad, ¿tienes ganas de estudiar? Si las tienes, podría ayudarte.

Ella permaneció callada. Entonces comenté tratando de consolarla:

—¿Qué? Naomi-chan, no te quedes callada y dime algo. ¿Qué quieres hacer? ¿Qué quieres aprender?

—Quiero aprender inglés.

—Bueno, inglés, ¿algo más...?

—Y quiero estudiar música.

—Entonces te cubriré los honorarios mensuales para que puedas hacerlo.

—Pero es demasiado tarde para ir a un colegio femenino. Ya tengo quince años.

—De eso nada, quince años en una chica no es tanto como en un chico. Con solo inglés y música no haría falta que fueras a un colegio femenino. Te podría buscar un tutor. ¿Qué opinas? ¿Estás segura de que quieres hacerlo?

—Sí que quiero, pero... ¿En serio que me ayudarás? —dijo, y de pronto me miró directamente a los ojos.

—Claro que sí. Pero Naomi-chan, si va a ser así, no podrás seguir trabajando en este sitio. ¿Eso no te importa? Si tuvieras que dejar de trabajar, podría adoptarte y cuidar de ti... Me gustaría tomarte a mi cargo y hacer de ti una mujer admirable.

—Si pudieras hacerlo, me parecería bien.

No pude evitar a sentirme un poco sorprendido por una respuesta tan clara, inmediata y ausente de dudas.

—Entonces, ¿dejarás de trabajar?

—Sí, lo dejaré.

—Pero Naomi-chan, aunque tú estés de acuerdo, deberías tener en cuenta tus circunstancias familiares. ¿Qué dirán tu madre y tu hermano mayor?

—No hay que preocuparse por mis circunstancias familiares. No dirán nada —respondió.

Sin embargo, era cierto que aquel tema le preocupaba. Es decir, tenía por costumbre mostrar indiferencia hacia todo, ya que no quería que supiese nada de su situación familiar. Yo tampoco quería forzarla a que me dijera qué era lo que le desagradaba de aquella manera, pero tendría que visitar sin falta a su familia y consultarlo detenidamente con su madre o su hermano mayor para poder hacer realidad su deseo. Y, a medida que íbamos perfilando este asunto, yo insistía: «Déjame hablar con tu familia de una vez». Pero, por alguna razón, a Naomi siempre le disgustaba esta idea y me respondía «No hace falta que les veas. Yo hablaré con ellos», repetía una y otra vez.

Ahora que se ha convertido en mi esposa, y para proteger el honor de «la señora de Kawai», trataré de evitar comentarios sobre este asunto, puesto que no es necesario enfadar a Naomi indagando inquisitivamente en sus orígenes y su pasado. Este tema surgirá con naturalidad más adelante. Si tenemos en cuenta que su casa estaba en la zona Senzoku, que con quince años era aprendiz de camarera en un café y que jamás quería que nadie supiera dónde vivía, no es difícil deducir a qué clase de familia pertenecía. Y ahí no acaba todo. Finalmente conseguí convencerla y comprobé que ni a su madre ni a su hermano mayor les importaba lo más mínimo la castidad de su hija y hermana menor. Lo que hablé con ellos fue lo siguiente. «Ella me ha dicho que quiere estudiar. Creo que es una chica que no merece seguir trabajando en un lugar como ese. Si ustedes no tienen inconveniente, permítanme hacerme cargo de ella, por favor. No puedo prometer que todo vaya a ser perfecto, pero llevaba un tiempo pensando en contratar a una criada. Quizá le pida que trabaje en la cocina y que limpie; mientras tanto, yo me ocuparé de sus gastos de educación general». Esta fue mi propuesta, hablándoles detalladamente sobre mi situación y asegurándoles que todavía era soltero. Por la respuesta que me dieron, la situación no parecía preocuparles: «Si se la pudiera llevar, sería bueno para ella...».

Como bien dijo Naomi, no valía la pena consultarles.

Tuve entonces la profunda sensación de que hay muchos padres y hermanos irresponsables en este mundo. Por eso me conmovió aún más la situación de Naomi y me pareció todavía más miserable. Según me dijo su madre, su familia no sabía qué hacer con ella: «De hecho, estaba pensando meterla a *geisha*, pero no le apetece. Y tampoco puede estar sin hacer nada, así que no tuve más remedio que mandarla a aquel café».

Por lo tanto, si alguien pudiera adoptarla y darle una educación adecuada hasta que fuera adulta, todos estarían de acuerdo. Así fue. Ahora caigo. Por eso no quería estar en casa. Y siempre que tenía días libres, salía e iba al cine. Por fin, tras haberse desvelado la situación, se resolvió el misterio.

No obstante, aquel tipo de familia nos venía muy bien a Naomi y a mí. En cuanto zanjamos aquel tema, a Naomi le dieron vacaciones en el café y fuimos todos los días en busca de una casa de alquiler. Como mi oficina estaba en Ōimachi, queríamos elegir un sitio bien comunicado. Todos los domingos quedábamos en la estación de Shinbashi a primera hora, y otros días nos veíamos en Ōimachi cuando yo salía de trabajar. Caminábamos sobre todo por la zona del extrarradio, desde Kamata, Ōmori, Shinagawa y Meguro hasta Takanawa, Tamachi y Mita, por el centro. Después cenábamos juntos en cualquier lado. Si nos daba tiempo, íbamos como siempre al cine o paseábamos por la avenida de Ginza. Y después ella regresaba a su casa de la zona de Senzoku y yo, a mi pensión de Shibaguchi. En aquellos tiempos era difícil encontrar una vivienda en alquiler, por eso no resultaba fácil dar con la casa apropiada, y llevábamos así casi medio mes.

Si alguien, en aquella soleada mañana de domingo de mayo, hubiera prestado atención a la figura de un hombre con aspecto de empleado y a la de una pobre muchacha con su peinado *momoware*[6] paseando hombro con hombro por las calles de las afueras en la zona verde de Ōmori, ¿qué habría pensado? El hombre llamaba a la muchacha Naomi-chan y la muchacha al hombre Kawai-san[7]. No parecían maestro y aprendiz, ni un hermano con su hermana menor. Tampoco tenían pinta de estar casados o de ser amigos. Conversaban con discreción, preguntaban los números de las calles, contemplaban el paisaje que les rodeaba y miraban por detrás de los setos los jardines de las casas, y observaban el color y el aroma de las flores que crecían al borde de los caminos. Debían de dar la impresión de ser una pareja muy extraña, caminando felizmente los dos de acá para allá durante los largos días de la primavera tardía. Acerca de las flores, recuerdo que a ella le gustaban mucho las occidentales y se sabía los nombres de varias especies que yo no entendía muy bien. Además recordaba sus enrevesados nombres en inglés. Me decía que los había aprendido de manera fortuita mientras trabajaba en el café, ya que una de sus labores era la de organizar las flores en los jarrones. Cuando se topaba con un invernadero en alguna puerta de

6 Recogido usado por las muchachas hasta que cumplían los dieciséis o diecisiete años.

7 Sufijo de tratamiento, *-san* se emplea para mostrar respeto. Es equivalente a nuestro «señor» o «señora».

paso, al primer vistazo se paraba y gritaba de alegría: «¡Qué hermosas flores!».

—¿Qué flores te gustan más, Naomi-chan? —le pregunte un día.

—A mí me gustan los tulipanes —me contestó.

Naomi había crecido entre los destartalados callejones de la zona de Senzoku. Quizá, como consecuencia, a Naomi le atraían los espacios abiertos del campo y se estaba acostumbrando a estar rodeada de flores. Violetas, dientes de león o *Primula sieboldii*.

Incluso cuando se encontraba con flores como esas entre las sendas de los campos y arrozales, enseguida iba corriendo para recogerlas. A medida que transcurría el día sus manos se llenaban con las flores que había ido recogiendo y después confeccionaba numerosos ramilletes con ellas. Los guardaba hasta que regresábamos.

—Ya se han puesto pachuchas. Tíralas de una vez —le insistía yo, pero se negaba a hacerlo.

—No pasa nada. Se recuperarán si las riegas. Puedes ponerlas encima de tu mesa, Kawai-san —me decía mientras me las ofrecía al despedirnos.

A pesar de haber buscado por todas partes, no fue fácil encontrar una buena casa. Así que después de todos aquellos paseos decidimos alquilar una vivienda occidental muy humilde, situada cerca del ferrocarril de la red nacional, estaba a casi un kilómetro y medio desde la estación de Ōmori. O sea, era lo que la gente llamaba una «vivienda cultural», aunque esta expresión no estaba muy de moda en aquella época. El tejado estaba cubierto de pizarra roja, la fachada exterior tenía las paredes blancas como una caja de cerillas, los cristales rectangulares de las ventanas estaban colocados aquí y allá, y había un espacio que no podía llamarse jardín delante de la puerta de entrada. Por su aspecto parecía que la habían diseñado más para ser dibujada que para habitar en ella. No era de extrañar, ya que había sido construida por un pintor que vivió en ella con su mujer, que era también su modelo, con lo cual el interior de la casa estaba bastante mal distribuido. En la planta baja solo había un estudio innecesariamente grande, una pequeña entrada y una cocina. En la primera planta había dos habitaciones; una de tres tatamis y otra de cuatro y medio, pero parecían los trasteros de un desván y no servían como habitaciones. Dentro del estudio había una escalera desde la que se podía acceder al desván, y al subir se encontraba un pasillo rodeado por una barandilla desde la cual se podía ver el estudio como si se tratara del palco de un teatro.

Cuando Naomi vio «el paisaje» de esa casa por primera vez, exclamó entusiasmada: «¡Es tan *haikara*! Me encanta este tipo de casa» y se alegró tanto que decidí alquilarla al momento.

Quizás el ímpetu infantil de Naomi despertó su curiosidad hacia aquel estilo tan peculiar, como si fuera una ilustración fantástica, aunque el diseño de la casa no fuera nada práctico. No cabía duda de que era la vivienda adecuada para un joven y una muchacha despreocupados que trataban de vivir dentro de un juego sin descuidar su vida diaria. Seguro que esa fue la intención de aquel pintor y su modelo. De hecho, si íbamos a ser solo nosotros dos, nos bastaba con el estudio para dormir, levantarnos y comer.

3

A finales de mayo tomé por fin bajo mi tutela a Naomi y nos mudamos a aquella «casa de fantasía». Una vez instalados, no resultó tan incómoda como esperaba y, desde la soleada buhardilla, se podía ver el mar. El espacio delantero, orientado hacia el sur, era perfecto para crear un jardín. Tenía, sin embargo, un defecto, y es que los trenes del ferrocarril pasaban cerca de la casa, pero no era para tanto. Al principio era una vivienda impecable. Además, como la casa no parecía apta para la gente común, el alquiler resultó ser sorprendentemente barato. Incluso para aquella época, nuestro coste de vida era relativamente bajo. El alquiler era de veinte yenes al mes sin fianza, algo muy gratificante para mí. «Naomi-chan, a partir de ahora llámame Jōji-san, no Kawai-san. Así viviremos como si fuéramos verdaderos amigos», le dije el día que nos mudamos. Por supuesto, informé a mi familia de que había dejado la pensión y conseguido una casa, y que había contratado a una chica de quince años en vez de a una criada, pero no les mencioné que iba a vivir con ella «como si fuéramos amigos». Pensé comentárselo más adelante, cuando surgiera la ocasión, ya que apenas recibía visitas de mis parientes del pueblo.

Durante un tiempo nos dedicamos a comprar muebles adecuados para esta nueva y peculiar casa, y estábamos todo el día ocupados, pero entretenidos, colocándolos y decorándolos. No tomaba las decisiones yo solo, sino que intentaba hacer partícipe a Naomi y aceptaba cualquier idea suya para que nuestras adquisiciones reflejaran su gusto. Como en aquella casa no había lugar para los utensilios ordinarios de una vivienda, como braseros alargados y cómodas, pudimos elegir con total libertad y elaborar un diseño a nuestro gusto. Encontramos una tela india barata y Naomi hizo con ella una cortina, a pesar de que sus manos eran tan torpes que podía haberse hecho daño. Buscamos una silla antigua de rejilla, un sofá, una poltrona y una mesa en una tienda de muebles occidentales de Shibaguchi, y los colocamos en el estudio. Colgamos en la pared fotos de actrices americanas de cine, empezando por Mary Pickford. Yo quería que los colchones y la ropa de cama fueran de estilo occidental. Pero como teníamos que comprar dos camas, no pude permitirme aquel gasto. Además, pensé que podrían enviarme algo desde la casa del pueblo, así que al final tuve que renunciar a aquella idea. Sin embargo, uno de los futones que me mandaron era para una criada: era un futón de algodón demasiado fino, de esos que llaman de galleta de arroz, que tenía una textura rígida, con los habituales estampados arabescos. Como me daba un poco de pena, le dije:

—Esto es demasiado pobre. ¿Te lo cambio por uno de los míos?

—No, está bien. A mí me basta con este —se acostó y se arropó solitaria en la habitación de tres tatamis del desván.

Yo dormía en el cuarto de al lado, el de cuatro tatamis y medio del mismo desván. Pero todas las mañanas, al despertarnos, hablábamos a través de la pared sin salir de nuestros futones.

—Naomi-chan, ¿te has despertado ya?

—Sí, estoy despierta. ¿Qué hora es?

—Son las seis y media... ¿Quieres que prepare yo hoy el arrocito?

—¿Ah, sí? Ayer lo preparé yo, así que hoy, Jōji-san, puedes prepararlo tú.

—Bueno, vale, si no queda otra, lo prepararé yo... O quizá podríamos arreglárnoslas con el pan, me da un poco de pereza hacerlo.

—Bueno, está bien. Pero Jōji-san, eres bastante injusto.

Si queríamos comer arroz, lo cocía en una olla pequeña de barro. Lo llevábamos hasta la mesa sin cambiarlo a su recipiente correspondiente y lo tomábamos acompañado con algo de comida enlatada. Si incluso esto nos daba pereza, nos apañábamos con pan con mermelada y leche o pasteles occidentales. Respecto a la cena, un plato de *soba* o *udon*[8] era suficiente. Y, si queríamos algo mejor, acudíamos a un restaurante occidental cercano. «Jōji-san, hoy quiero comer bistec», solía decirme.

Después del desayuno salía de casa para la oficina, dejando a Naomi sola. Por las mañanas se dedicaba a jugar con las hierbas y las flores del huerto. Y por las tardes iba a clase de inglés y de música, cerrando la puerta de casa con llave. Se suponía que era mejor que empezase a estudiar inglés con un nativo desde cero, así que cada dos días practicaba conversación y lectura con una señora mayor norteamericana, miss Harrison, que vivía en Meguro. Y si necesitaba algo más, procuraba echarle una mano de vez en cuando. En cuanto a las clases de música, no tenía la menor idea de ese tema. Pero me enteré de que había una señora que enseñaba piano y canto en su casa. Había terminado la carrera en el conservatorio de Ueno hacía un par de años. Naomi iba entonces todos los días para recibir clases de una hora hasta Isarago, en Shiba. Se ponía una *hakama*[9]

8 Fideos gruesos de trigo.

9 Falda-pantalón de pernera muy ancha y con pliegues frontales para llevar con el kimono.

de color azul marino de cachemir sobre su kimono y unos preciosos botines con calcetines negros, como si fuera disfrazada de estudiante. Era asidua a las clases, acudía con el corazón lleno de alegría porque al fin había visto cumplido su deseo. A veces nos encontrábamos por la calle cuando regresaba a casa. No parecía en absoluto una chica criada en la zona de Senzoku que hubiera trabajado en un café. A partir de entonces dejó de usar el peinado *momoware*. Se recogía el pelo con una cinta y se hacía una trenza.

Creo que les había comentado antes que «quería tenerla como a un pajarito», ¿verdad? Desde que pasé a ocuparme de ella, su rostro fue mejorando y también su cuerpo experimentó un cambio notable. No había duda de que se había convertido en un pajarito alegre y vivaracho. Y nuestro estudio absurdamente amplio era su gran jaula.

Cuando mayo toca a su fin, comienza el clima brillante del verano que entra. Cada día crecen las flores del huerto y van desplegando su color. Ella desde sus clases y yo desde mi oficina, regresábamos a casa al atardecer. El sol que entraba por la cortina de tela india iluminaba los cuatro lados de la habitación pintada de blanco como si fuese de día. Naomi llevaba un kimono de franela sin forro y se ponía unas sandalias sin calcetines. Cantaba las canciones que había aprendido, dando suaves golpecitos con los pies. O jugaba conmigo a la gallinita ciega o al corre que te pillo. En esas ocasiones, se ponía a dar vueltas por el estudio y saltaba encima de la mesa, metiéndose debajo del sofá o tirando las sillas, y aun así no se quedaba tranquila. Subía corriendo por la escalera y gateaba sin cesar de un lado para otro como si fuera un ratoncito, por el pasillo del desván o por aquel palco. Una vez hice de caballo, llevando a Naomi a la espalda y avanzando a rastras por el suelo de la habitación.

«¡Arre, arre, so, so!», dijo Naomi, y me puso un *tenugui*[10] en la boca como si fuesen las riendas.

Un día como este mientras jugábamos, Naomi estaba subiendo y bajando muy excitada por la escalera dando gritos, se tropezó, cayó desde lo alto y se puso a llorar.

—Eh, ¿qué ha pasado? Déjame ver el golpe —dije mientras la levantaba.

Siguió sollozando y sonándose la nariz hasta que me lo mostró levantando la manga del kimono. Tenía una herida, como si le hubiera desgarrado un clavo al caerse. La hemorragia sangraba bajo el codo del brazo derecho.

—¿Estás llorando solo por esto? ¡Venga! Ven aquí y te pongo una tirita.

Y le puse una gasa. Mientras le hacía un vendaje rasgando un *tenugui*, a Naomi le entró hipo; tenía los ojos llenos de lágrimas, y dejaba caer mocos. Su rostro parecía el de una inocente niña pequeña. La herida se infectó, formando pus, y tardó cinco o seis días en recuperarse. Y cada día, mientras le cambiaba la venda, lloraba sin cesar.

No estoy seguro de si ya estaba enamorado de ella en aquellos momentos. Sí, quizás estaba enamorado; pero en realidad me hacía mucha ilusión educarla y formarla para que fuera una mujer admirable. Estaba convencido de que eso me bastaría. Sin embargo, aquel verano me dieron dos semanas de vacaciones en la empresa, así que decidí ir al pueblo como cada año. Dejé a Naomi con su familia de Asakusa y cerré la casa de Ōmori. Ahora bien, cuando regresé al pueblo, aquellas dos semanas me resultaron extremadamente monótonas y solitarias. ¿Así de tediosa era su

---

10 Toalla fina de algodón. Se puede usar como pañuelo para frotarse durante el baño o secarse.

ausencia? ¿Era eso el comienzo de un amor? Aquella fue la primera vez que se me pasó por la cabeza. Me inventé una excusa y le dije a mi madre que adelantaría mi regreso a Tokio. Aunque eran más de las diez de la noche cuando llegué, tomé un taxi en la estación de Ueno y me presenté sin avisar en casa de Naomi.

—Naomi-chan, ya he vuelto. Tengo un coche esperando en la esquina, así que ya podemos regresar a la casa de Ōmori.

—Vale, ahora voy —dijo, y me hizo esperar tras la verja.

Al cabo de un rato, salió con un paquete envuelto en un *furoshiki*[11]. Era una noche bochornosa. Naomi llevaba un kimono de verano suave y claro de muselina, estampado con uvas violetas, y se había recogido el pelo con una vistosa cinta ancha de color rosa. Esa pieza de muselina se la había comprado durante el pasado Ōbon[12]. Al parecer, mientras yo estaba fuera, le había pedido a alguien de su familia que le hiciera ese kimono y se lo había puesto. Una vez que el taxi entró en una avenida concurrida, me senté al lado de Naomi y, mientras trataba de acercar mi cara hacia la suya, pregunté:

—Naomi-chan, ¿qué has hecho todos estos días?

—He ido todos los días al cine.

—Entonces no te has sentido sola, ¿verdad?

—No, no me sentía sola, pero... —dijo y se quedó pensando—. Pero Jōji-san, has vuelto antes de lo que pensaba.

—La vida en el campo es insoportable, así que he adelantado mi vuelta y he regresado. No hay nada como Tokio

---

11 Pañuelo cuadrangular, normalmente estampado, que se utiliza como envoltorio.

12 Fiesta budista en honor a los difuntos que se celebra en verano.

—respondí mientras soltaba un suspiro de alivio y miraba con una indescriptible nostalgia las brillantes sombras de la noche urbana que oscilaban tras la ventanilla.

—Yo creo que el campo en verano es agradable.

—Bueno, eso depende del pueblo. Mi hogar es una casa de campesinos rodeada de vegetación. El paisaje que la rodea es muy ordinario. Tampoco tiene sitios famosos ni monumentos antiguos. Desde primera hora del día los mosquitos y las moscas están zumbando. Con tanto calor es insoportable.

—¡Vaya! ¿Así es ese sitio?

—Así es.

—A mí me gustaría ir a algún lugar de playa.

Naomi dijo esas palabras con el tono encantador de una niña mimada.

—Bien, pronto te llevaré a algún sitio fresco. ¿Quizá Kamakura? ¿O Hakone?

—Prefiero la playa al *onsen*[13]... ¡De verdad, quiero ir!

Prestando atención a su inocente voz, no había duda de que era la Naomi de antes; pero parecía como si de pronto su cuerpo hubiera crecido durante aquellos diez días de ausencia. No pude evitar mirar de reojo la forma de sus hombros y su pecho, redondeado bajo el kimono de muselina.

—Te queda bien este kimono. ¿Quién te lo ha cosido? —pregunté un rato después.

—Me lo ha cosido mi madre.

—¿Qué les parece? Te habrán dicho que tienes buen gusto.

—Sí, me lo han dicho... Han dicho que no está mal, pero que el dibujo es demasiado *haikara*.

---

13 Baños termales, normalmente de agua volcánica.

—¿Tu madre te ha dicho eso?

—Pues sí... Mi familia no entiende nada —espetó como si estuviese mirando a lo lejos—. Todos me han dicho que estoy muy cambiada.

—¿Y de qué manera has cambiado?

—Dicen que ahora soy muy *haikara*.

—Tienen razón. Yo también creo que es así.

—¿Ah, sí...? Una vez me dijeron que me recogiese el pelo al estilo japonés, pero no quise. Así que no me lo recogí.

—Entonces, ¿esa cinta?

—¿Esta? La compré en Nakamise. ¿Qué te parece? —dijo mostrándome la tela rosa que revoloteaba al girar su cabeza, dejando su pelo ondear al viento.

—Sí, te favorece mucho. Te queda mucho mejor que el peinado japonés.

—Ya ves. —Levantó un poco la punta de su nariz respingona y se rio como si estuviera satisfecha. Aunque no esté bien decirlo, aquella manera insolente y vulgar de reírse alzando la punta de la nariz era habitual en ella. Pero, al contrario de lo que pueda parecer, a mí me daba la impresión de que era muy inteligente.

4

A principios de agosto nos fuimos de viaje con la idea de pasar un par de días, ya que Naomi no paraba de insistir: «¡Llévame a Kamakura!».

—¿Por qué tienen que ser solo un par de días? Ya que vamos, que sea una semana o unos diez días. Si no, es muy aburrido —me dijo frunciendo el ceño al salir.

Sin embargo, como había regresado del pueblo con la excusa de que mi trabajo me tenía muy ocupado, no quería hacer nada de lo que mi madre pudiera enterarse. Aun así, supuse que si se lo contaba tal cual a Naomi, se sentiría avergonzada.

—Confórmate con un par de días este año. El año que viene te llevaré a otro sitio, algo diferente, con calma... ¿Sí? ¿Te parece?

—Es que si solo son un par de días...

—Ya, es poco, pero si te gusta nadar, podrás hacerlo cuando volvamos en la playa de Ōmori.

—Jamás podría nadar en un mar tan sucio.

—No seas cabezota, por favor, cariño, hazme caso. Para compensarte te compraré algo de ropa... Mira, me decías que te gustaba la moda extranjera, así que buscaremos alguna prenda occidental.

Al final resultó que el cebo de la «prenda occidental» la dejó satisfecha.

En Kamakura nos alojamos en un hotel bastante humilde cercano a la playa, llamado Kinparō. Recuerdo una anécdota graciosa: en realidad no necesitaba ahorrar dinero para una estancia de un par de días, ya que aún tenía casi toda la paga extraordinaria de mitad de año que había recibido. Además, me hacía tanta ilusión hacer un primer viaje con ella que quería que nos hospedáramos en un alojamiento de primera clase. Para que la impresión del viaje fuera lo mejor posible no quería reparar en gastos. Esa era mi idea. Sin embargo, cuando llegó el día y subimos al vagón de segunda en dirección a Yokosuka, nos entró un ataque de vergüenza. En aquel tren había muchas señoras distinguidas y señoritas elegantes que iban para Zushi y Kamakura, colocándose en fila y formando una espléndida estampa. En aquel vagón, o al menos así me lo parecía, la vestimenta de Naomi daba una impresión paupérrima.

Aquellas damas no iban excesivamente engalanadas, ya que aún era verano. Pero comparándolas con Naomi, tenía la sensación de que había una diferencia innegable entre la elegancia de aquellos que han nacido en una buena familia y los que no. Naomi no era la misma persona que había trabajado en aquel café, pero parecía que el abismo que separa a la gente de clases bajas y humildes era insalvable. Y estoy seguro de que ella lo percibía de forma más intensa. En aquel momento, ¡qué miserable parecía su kimono de muselina estampado con uvas que le daba aquel aspecto tan *haikara*! Allí, en fila, había algunas damas que vestían un sencillo *yukata*[14]. Pero las resplandecientes joyas de sus dedos y sus demás complementos eran indiscutiblemente lujosos. Todo su atavío revelaba su fortuna. Sin embargo, lo único que brillaba en las manos de Naomi era su delicada piel. Recuerdo que Naomi escondió incómoda su parasol bajo la sombra de la manga. Ni que decir tiene que el parasol era nuevo, pero saltaba a la vista que aquel artículo era una baratija de siete u ocho yenes.

A pesar de que estuviésemos construyendo nuestro castillo en el aire, pensando despreocupados que íbamos a pernoctar en el lujoso Mihashi o en el exclusivo Kaihin, al llegar a la puerta de aquellos hoteles nos oprimió la majestuosidad de sus recepciones. Tras haber dado un par de vueltas por la calle Hase, decidimos ir al Kinparō, que en aquella zona se consideraba de segunda o tercera clase.

En aquel hotel se alojaba un grupo de jóvenes estudiantes que no paraban de armar jaleo, con lo que no pudimos

14 Kimono ligero de algodón.

estar ni un momento tranquilos. Por esa razón nos pasábamos todo el día en la playa. Naomi, que era una chica revoltosa, se ponía de muy de buen humor siempre que veía el mar. El desánimo que nos había causado el viaje en tren ya había desaparecido.

«Este verano tengo que aprender a nadar» y chapoteaba alborozada en una zona poco profunda mientras me agarraba del brazo. Yo la sujetaba por la cintura con ambas manos, dejándola flotar boca abajo. O le enseñaba a patear, sujetando sus piernas mientras la obligaba a agarrar firmemente unas estacas que había en el agua. A veces le hacía tragar un poco de amarga agua marina, soltando repentinamente las manos a propósito. Cuando nos cansábamos, practicábamos jugando con las olas o nos tirábamos en la playa, embadurnándonos de arena. Al atardecer, alquilábamos una barca y remábamos hacia alta mar.

En esos momentos ella cantaba con voz atiplada su canción favorita, una canción marinera napolitana, *Santa Lucía*, tapándose sin ningún pudor con una enorme toalla sobre el bañador, sentada en la popa o apoyada sobre la borda con una almohada, mirando el cielo azul.

O dolce Napoli,
O suol beato

Yo escuchaba fascinado su voz de soprano cantar en italiano durante la calma crepuscular de la tarde, mientras la barca se balanceaba tranquilamente. «Más lejos, más lejos», Naomi quería quedarse allí para siempre, sobre las olas. Sin que nos diésemos cuenta se puso el sol y las estrellas observaron nuestra barca desde el cielo, titubeantes. La figura de Naomi estaba oculta entre los pliegues de la toalla blanca que desdibujaba su silueta. Pero su voz alegre no cesaba. Cantaba *Santa Lucía* sin parar, luego pasaba a *Lorelei, Zigeunerleben* o la melodía *Mignon*. El repertorio de canciones continuaba al son del suave vaivén de la barca.

Cualquier persona tiene este tipo de experiencias durante su juventud, pero la verdad es que para mí esta fue la primera vez. Como ingeniero eléctrico que soy, no tenía ninguna relación con la literatura ni las bellas artes. Apenas leía novelas, pero en aquel momento me vino a la mente *Almohada de hierba* de Natsume Sōseki, que había leído hacía tiempo. Por lo que recuerdo, había una parte que decía «Venecia se hunde, Venecia se hunde». Al contemplar las sombras dibujadas por las luces del continente a través del lejano velo neblinoso del atardecer, y el bote moviéndose con Naomi, esa frase brotó curiosamente de mi pecho. Me provocó un estado emotivo, cautivo, como si quisiese dejarme llevar junto ella a un mundo sin fin. Aquellos tres días en Kamakura no fueron en vano, ya que un hombre rudo como yo pudo disfrutar de esa sensación.

Y no fue solo eso. El caso es que aquellos tres días me ofrecieron un descubrimiento aún más importante. Aunque hubiese estado viviendo con Naomi hasta entonces, nunca había tenido la oportunidad de ver qué tipo de figura tenía, quiero decir, al descubierto, completamente desnuda. Y fue esa vez cuando supe por fin cómo era. Cuando fuimos por primera vez a la playa de Yuigahama, apareció con un gorro para el agua y un bañador verde oscuro que había ido a comprar de propio a Ginza la noche anterior. Siendo sincero, ¡qué contento me puse al ver lo bien proporcionados que eran sus miembros! Sí, me alegré de corazón, puesto que llevaba tiempo sospechando que así eran las curvas del cuerpo de Naomi. Solo por la manera en la que se ceñía el kimono, mis conjeturas resultaron ser acertadas.

«Naomi, Naomi, mi Mary Pickford, ¡qué cuerpo tan hermoso y equilibrado tienes! ¡Mira qué esbeltos brazos! ¡Mira tus piernas, tan rectas y puras como las de un muchacho!», grité incontroladamente en mi interior. Y no pude evitar recordar a aquellas chicas enérgicas, las *bathing girls* de Mack Sennett, que se solía ver en las películas.

A nadie le gusta describir con detalle el cuerpo de su propia esposa. Y a mí tampoco me hace ilusión hacer ostentación de ella, ni que todo el mundo se entere de ciertas cosas de la que más adelante se convirtió en mi mujer. Pero si lo omito, no podría seguir contando esta historia. Si decido evitar el tema por discreción, ¿qué sentido tendría redactar este documento? Es mi deber anotar cómo era el cuerpo de Naomi cuando tenía quince años y se puso en pie en la playa de Kamakura en ese mes de agosto. En aquella época medía un poco menos que yo.

He de comentarles que yo mido un metro y cincuenta y siete. Tengo una constitución fuerte, como una roca robusta, pero soy más bien bajito. Sin embargo, lo más llamativo de la constitución física de Naomi era que tenía el tronco corto, y sus piernas eran más largas que su tren superior. Así, de lejos, parecía mucho más alta de lo que en realidad era. Y su torso tenía unas curvas muy pronunciadas, como si fuera una letra «s». Más abajo se elevaban sus nalgas redondas, satisfactoriamente femeninas. Por aquel entonces habíamos visto una película llamada «La hija del dios del agua» que trataba sobre una sirena, protagonizada por la ilustre nadadora Kellerman. Así que cuando decía «Naomi-chan, imita a Kellerman, por favor» de pie, en la playa, me mostraba la postura del «salto», extendiendo las manos hacia el cielo. En ese instante, cuando juntaba sus muslos, no quedaba ningún hueco entre sus piernas, y desde la cintura hacia las piernas se dibujaba un triángulo largo y delgado, cuya cúspide culminaba en los tobillos. Parecía estar muy orgullosa de ello. «¿Cómo lo ves, Jōji-san? ¿A que no tengo las piernas torcidas?», y se miraba muy satisfecha, caminando, parándose de repente o estirándose sobre la arena.

Otra característica del cuerpo de Naomi era la línea que se formaba desde su cuello hasta los hombros. Los hombros... Tuve varias ocasiones en las que pude tocar sus hombros. Siempre que Naomi se ponía el bañador decía «Jōji-san, cíñemelo por favor» y se acercaba a mí. Me pedía que le abrochara los botones que tenía en los hombros. Normalmente las chicas que tienen los hombros caídos y el cuello largo como Naomi suelen ser delgadas cuando se quitan el kimono. Pero en su caso sucedía lo opuesto; contra todo pronóstico tenía los hombros gruesos y espléndidos, y un pecho que le permitía respirar profundamente. Al ajustarle los botones, cuando respiraba o movía los brazos, los músculos de la espalda se tensaban, y el bañador que ya parecía que estaba a punto de estallar, se estiraba al límite en sus hombros. Las costuras parecían a punto de romperse. Dicho de otra forma, sus hombros desbordaban de una vigorosa juventud y belleza. Yo miraba con disimulo a las chicas que la rodeaban y las comparaba con ella, pero ninguna tenía sus esbeltos hombros ni un cuello tan elegante. «Naomi-chan, ¡párate un momento! Si te sigues moviendo así no podré abrocharte los botones» le decía, y encajaba no sin esfuerzo sus hombros en el bañador, agarrándolo por el borde como si estuviera metiendo algo enorme en un saco.

Debería decir que era natural que a ella, con aquella complexión, le gustaran los deportes y fuera una chica activa. De hecho se le da muy bien cualquier cosa que requiriera utilizar los pies y las manos. Y ese mismo verano aprendió natación, durante aquellos tres días en Kamakura y después en la playa de Ōmori, e iba a nadar todos los días. Aprendió a remar, manejar un velero y hacer multitud de cosas. Se pasaba el día jugando y volvía a casa con el bañador empapado, exclamando: «¡Estoy agotada!», y se tiraba exhausta en la silla suspirando: «¡Ay, qué hambre!».

En ocasiones nos daba pereza preparar arroz. Así que íbamos a un restaurante occidental que nos pillaba de paso y competíamos entre nosotros, poniéndonos morados como si se tratara de un concurso. A Naomi le gustaba mucho el bistec, así que podía repetir tres veces sin dificultad, bistec tras bistec.

Si pudiera enumerar los simpáticos recuerdos de aquel verano, la lista sería interminable, de modo que no diré nada más. Pero hay algo que, sin falta, he de contarles, y es que a partir de entonces comenzamos un nuevo hábito. Yo bañaba a Naomi en agua caliente y le lavaba las manos, los pies y la espalda con una esponja de goma. Esto sucedió porque a Naomi le daba pereza ir al baño público cuando tenía sueño. Entonces comenzó a bañarse en la cocina utilizando un barreño para limpiarse el agua del mar.

«Vamos, Naomi-chan, no te puedes quedar ahí dormida con el cuerpo tan pegajoso. ¡Métete en el barreño y te limpio!», le decía, y ella, muy obediente, me permitía lavarla tranquilamente. Poco a poco se convirtió en costumbre y seguimos con los baños, aunque ya había llegado la fresca estación otoñal. Por fin instalamos una bañera occidental y una esterilla en un rincón del estudio, cercada por un biombo. Y continué lavándola así durante todo el invierno.

5

Me imagino que algunos de mis atentos lectores supondrán que Naomi y yo tuvimos una relación más que amistosa durante la historia anterior. Pero en realidad no fue así. Sí es cierto que establecimos un «consentimiento» tácito entre nosotros a medida que transcurría el tiempo. Sin embargo, ella era una chica de quince años y yo un estoico caballero que carecía de experiencia con las mujeres, como ya les he comentado. No solamente eso, además me sentía responsable de su castidad. Así que, a pesar de mis impulsos momentáneos, apenas me atrevía a cruzar el límite del «consentimiento». Pero dentro de mi corazón una idea había enraizado poco a poco; no había otra mujer salvo Naomi que pudiera ser mi futura esposa. Y aunque la hubiera, la compasión que sentía por ella no me permitiría abandonarla. Por esa razón no quería ser yo el que diera el primer paso mostrando una conducta deshonrosa que me dejara en ridículo.

Sí, recuerdo que fue al año siguiente cuando Naomi y yo llegamos a ese punto en nuestra relación; fue el 26 de abril. En esa primavera ella tenía dieciséis años.

Lo recuerdo perfectamente. Fue entonces; no, hacía ya tiempo, desde que comenzamos a utilizar aquella bañera, cuando empecé a anotar las cosas que me interesaban de Naomi en un diario. La verdad es que durante aquellos meses el cuerpo de Naomi crecía día a día, tornándose cada vez más femenino. En mi diario apuntaba con todo detalle lo que me llamaba la atención. Me sentía como un padre primerizo que acaba de tener un hijo y describe el estado de su bebé: «Se ha reído por primera vez» u «Hoy ha dicho su primera palabra». Incluso ahora le sigo echando un vistazo de vez en cuando. El 21 de septiembre del tal año de la Era Taishō, es decir, aquel otoño en el que Naomi tenía quince años. Así eran mis anotaciones.

La he metido en el barreño. Todavía no está recuperada de haber tomado tanto el sol en la playa. La parte cubierta por el bañador es blanca pero el resto está muy moreno. La piel desnuda de Naomi es blanca, como la mía, por eso llama tanto la atención. Parece que lleve puesto el bañador aunque esté desnuda. Cuando le dije que su cuerpo es como el de una cebra, Naomi se partió de risa...

La anotación de un mes más tarde, el día 17 de octubre:

Tras haberse pelado, parecía por fin que su piel se ha recuperado de aquel moreno. Pero su cutis se ha vuelto más brillante y hermoso que antes. Mientras, le lavaba el brazo, Naomi miraba ensimismada las burbujas de jabón que flotaban y resbalaban sobre su piel. Cuando le dije «¡Qué bonito!», ella respondió «¿Verdad, a que son bonitas?» y luego añadió «Las burbujas de jabón, quiero decir».

La siguiente es del día 5 de noviembre:

Esta noche hemos intentado usar por primera vez la bañera occidental. Naomi se ha resbalado, ya que aún no está acostumbrada, pero se ha partido de risa. Cuando la llamé «baby-san», ella me llamó «papa-san».

A partir de entonces comenzamos a emplear a menudo «*baby*-san» y «papa-san». Cuando Naomi me pedía algo o se ponía pesada, siempre me llamaba «papa-san» en tono de broma.

El desarrollo de Naomi, así se titulaba el diario. No hace falta decir que este documento estaba plagado de detalles sobre Naomi. Más tarde compré una cámara y hacía fotos de su rostro, que cada vez se asemejaba más al de Mary Pickford, desde varios ángulos y con diferentes puntos de luz. Y las iba colocando a lo largo de mis textos.

Pero no dejemos que el diario nos desvíe de nuestra historia. Según tengo anotado, fue el día 26 de abril del segundo año desde que nos mudamos a Ōmori cuando ella y yo entablamos una relación más profunda. El desenlace a esta situación llegó de manera natural, como algo tácito, sin que tuviéramos que seducirnos el uno al otro. Apenas intercambiamos palabras, ya que habíamos establecido ese «consentimiento» entre nosotros sin que hubiera hecho falta decir nada. Ese día me dijo pegando su boca a mi oreja:

—Jōji-san, por favor, nunca me abandones.

—Abandonarte... Nunca se me ocurriría. Estate tranquila. Naomi-chan, lo entiendes, ¿no? Lo que siento...

—Sí, lo entiendo, pero...

—Entonces, ¿desde cuándo lo sabes?

—No lo sé...

—Naomi-chan, cuando dije que iba a adoptarte y a cuidar de ti, ¿cómo me veías? Pensarías que te educaría para ser una dama y me casaría contigo, ¿no es así?

—Bueno, me imaginaba que iba a ser así, pero...

—Entonces, Naomi-chan, tú también viniste aquí con la intención de convertirte en mi esposa, ¿verdad? —Y la abracé con todas mis fuerzas, sin esperar su respuesta—: Gracias, Naomi-chan. Muchas gracias, ¡qué bien me has entendido! Ahora voy a serte sincero, no creía que te convertirías en una persona tan cercana... a mi mujer ideal... He tenido muchísima suerte. Te voy a mimar siempre... Solo a ti... No te voy a tratar con descuido, como otros tantos matrimonios ordinarios que hay en este mundo. Créeme, por favor, que vivo para ti. Estoy dispuesto a cumplir todos tus deseos, así que sigue estudiando y conviértete en una mujer admirable, por favor.

—Sí, estudiaré con toda mi alma. Y seré la mujer que tú quieres, Jōji-san, de verdad...

Los ojos de Naomi estaban llenos de lágrimas y yo también rompí a llorar sin poder controlarme. Pasamos aquella noche en vela sin aburrirnos ni un momento, hablando sobre el futuro.

Poco después fui a mi pueblo desde el sábado por la tarde hasta el domingo, y le hablé a mi madre con total sinceridad sobre Naomi. Todo esto sucedió porque parecía que a Naomi le preocupaba la opinión de mi familia y quería tranquilizarla. Y yo también quería llevar el tema de un modo equitativo. Por eso me apresuré a informar a mi madre. Le hablé honestamente sobre mi idea acerca del «matrimonio» y le dije por qué quería que Naomi fuera mi esposa, explicándole las razones para que mi madre las entendiera bien. Mi madre comprendía mi carácter desde hacía tiempo y además confiaba en mí. Así que solo me dijo:

—Me parece bien que acojas a esa chica si eso es lo que piensas. Pero sé precavido para que no te cause molestias en un futuro. Sus orígenes familiares podrían provocar un escándalo.

A continuación, quise que nos inscribiéramos en el registro lo antes posible, aunque nuestro matrimonio no fuera oficial hasta un par de años después. Lo consulté enseguida con su familia de Senzoku y todo terminó rápidamente, puesto que su madre y su hermano mayor no mostraron ninguna preocupación. No daban la impresión de ser gente maliciosa y tampoco parecían ocultar intereses económicos.

Naomi y yo intimamos rápidamente. No había nadie que lo supiera y dábamos la impresión de ser amigos, aunque legalmente fuésemos un matrimonio y no tuviéramos nada que temer.

—Escucha, Naomi-chan —le pregunté un día—. Tú y yo seguiremos viviendo así, como amigos, para siempre...

—Entonces, ¿siempre me llamarás Naomi-chan?

—Claro que sí, o ¿quieres que te llame esposa?

—No, no me gusta...

— ¿Y Naomi-san?

—No me gusta *san*, prefiero *chan* hasta que te pida que utilices *san*.

—Entonces yo siempre seré Jōji-*san*.

—Claro, no podría ser de otra manera.

Naomi estaba jugando boca arriba con una rosa tirada en el sofá, poniéndose la flor en los labios. De repente, dijo:

—Eh, ¿Jōji-san? —extendió las manos y me abrazó por el cuello dejando caer la flor.

—Mi preciosa Naomi-chan. —Mi voz surgía desde la sombría oscuridad de las mangas de su kimono, abrazándome con fuerza como si tratara de ahogarme—. Mi preciosa Naomi-chan, yo no solo te quiero, sino que, honestamente, te admiro. Eres mi tesoro, como un diamante que hubiera encontrado y pulido. Te compraré todo lo que pueda hacer de ti una mujer hermosa. Te podría dar todo mi sueldo.

—No hace falta que me trates tan bien. A mí no me importa eso, estudiaré más inglés y música.

—Bien. Aprende, aprende. Pronto te compraré un piano. Y sé una dama honrosa que pueda estar frente a los occidentales. Seguro que lo serás.

Utilizaba a menudo expresiones como «estar frente a los occidentales» o «como los occidentales». No cabía ninguna duda de que la hacían feliz.

«¿Cómo lo ves? Mi cara parece más occidental si hago esto, ¿no crees?», decía mientras me mostraba varias expresiones delante del espejo. Cuando veía una película prestaba mucha atención a los gestos de las actrices. Mary Pickford sonríe así. Pina Menichelli usa sus ojos así. O Geraldine Farrar siempre se recoge el pelo así. Al final se despeinaba con entusiasmo y las imitaba, probando varias formas. Lo cierto es que se le daba muy bien captar los hábitos y la actitud de esas actrices.

—Te sale genial. Ni siquiera una actriz podría hacer una imitación tan buena, y es porque tu rostro tiene un aire occidental.

—¿Ah, sí? ¿Qué parte tiene ese aire?

—La nariz y los dientes.

—Ah, ¿estos dientes?

Abrió la boca gesticulando como si dijera la letra «i», y miraba su dentadura en el espejo. Su dentadura era preciosa. Todos los dientes brillaban y tenían el mismo tamaño.

—Eres bastante diferente al resto de japonesas. Llevar siempre el típico kimono japonés es bastante soso. ¿Por qué no vistes con ropa occidental? O, aunque lleves kimono, podrías llevarlo de una forma especial.

—Entonces, ¿con qué estilo?

—Las mujeres de hoy en día son más activas, así que no sería adecuado llevar algo tan pesado y estrecho.

—¿Podría ponerme un kimono de mangas estrechas con un *obi* informal?

—Me parece bien. En cualquier caso, intenta que sea lo más innovador posible. Algo que no sea ni japonés, ni chino, ni occidental. ¿Como podría ser un vestido así...?

—Si lo hubiera, ¿me podrías hacer uno?

—Desde luego que te lo haré. Quiero hacerte muchos vestidos de estilos distintos, Naomi-chan, y quiero vértelos cada día, poniéndotelos y quitándotelos. No hace falta que sean de tejidos caros. Basta con un tejido de muselina o de seda corriente, pero con un gusto original.

A raíz de esta conversación, íbamos juntos a tiendas de kimonos y grandes almacenes para buscar telas. Especialmente durante aquella época, íbamos casi cada domingo a Mitsukoshi o Shirakiya. En cualquier caso, ni Naomi ni yo nos conformábamos con prendas ordinarias femeninas, así que era difícil encontrar algo con el dibujo acertado y pensábamos que las tiendas comunes de kimono no servirían de nada. Entonces, acudíamos a tiendas de telas indias, alfombras o tejidos para camisas y prendas occidentales. Un día fuimos expresamente a Yokohama y estuvimos buscando durante todo el día en tiendas para occidentales del barrio chino o del distrito para extranjeros. Los dos estábamos agotados, con las piernas rígidas como la mano de un mortero, y sin embargo no detuvimos nuestra búsqueda de artículos. Mientras caminábamos, observábamos con cuidado lo que sucedía en la calle. Nos fijábamos en el porte y la forma de vestir de los occidentales. Prestábamos atención a cualquier escaparate. Cuando encontrábamos algo original, entrábamos en la tienda gritando «¿Oye, qué te parece esa?» y les hacíamos sacarla del escaparate. La extendían sobre el cuerpo Naomi, dejándola caer desde la mandíbula hasta los pies o envolviendo su tronco.

Buscar esos artículos, mirando las telas sin siquiera comprarlas, era un juego muy divertido para nosotros dos.

Últimamente se ha puesto de moda entre muchas japonesas confeccionar los kimonos con organdí, *georgette*, *voile* de algodón y ese tipo de cosas. Pero ¿no fuimos nosotros los que lo descubrimos? A Naomi le quedaba muy bien ese tipo de material y textura. Además, no queríamos un kimono formal, así que lo hacíamos con forma de tubo, pijama o bata. O, tal y como venía la tela, la enrollábamos y sujetábamos en determinados puntos con algunos broches. Naomi se dedicaba a dar vueltas por la casa con estos vestidos. Se miraba en el espejo. Sacaba fotos en varias poses. Su figura, cubierta con vestidos transparentes de gasa, de color blanco, rosa o violeta, era tan bella como una enorme flor radiante. «Pruébate aquello, haz esto otro», la levantaba, la tendía, la sentaba o la hacía caminar. Me dedicaba a mirarla durante horas y horas.

De esta manera, su vestuario aumentó de forma extraordinaria en solo un año. Ella empezó a colgar las prendas o apilarlas, amontonándolas sin miramientos en cualquier lado, ya que no quedaba espacio en su habitación. Podríamos haber conseguido un armario, pero preferíamos dedicar ese dinero a comprar más ropa. Además, no creíamos que hiciera falta almacenarlas con cuidado. Teníamos muchas, pero como eran baratas se gastaban con facilidad. Así que era más práctico dejarlas en cualquier lado y a la vista, e ir cambiando de una a otra cuando quisiéramos. De hecho, servía como decoración para la casa. Por aquel entonces no había lugar del estudio donde no hubiera ropa desparramada como si fuese el camerino de un teatro; sobre las sillas o en el sofá, tirada en el suelo, en un rincón. Era tan exagerado que incluso había ropa en medio de la escalera o en la barandilla del palco del desván. Apenas la lavaba y, además, se la solía poner directamente, sin nada debajo. Por lo tanto, casi todas las prendas estaban sucias y mugrientas.

La mayoría de sus innumerables modelos tenía un corte tan excéntrico que solo podía salir a la calle con la mitad de ellos. Había uno que le gustaba especialmente y que se solía poner para salir. Era un kimono de verano de satén a juego con su *haori*[15]. A pesar de ser de satén, llevaba algo de algodón, pero tanto el *haori* como el kimono eran lisos y de color granate. Incluso la tira de las sandalias y el cordón del *haori* eran de ese color. El resto de piezas, como el cuello, el *obi*, el broche, el forro de la prenda interior y la boca de las mangas eran de color azul claro. El *obi* también lo confeccionamos con satén de algodón, la tela interior fina y con un corte estrecho. Se lo subía bastante, hasta el pecho. Naomi quería que la tela del cuello tuviera una textura similar al satén, así que conseguimos una cinta y se la colocamos. Normalmente Naomi se lo ponía de noche, para ir a alguna función. Cuando caminaba por los pasillos del teatro Yūraku o del Teatro Imperial, haciendo brillar deslumbrantemente su vestido, no había nadie que no se girara para mirarla.

—¿Quién será aquella mujer?

—¿Es una actriz?

---

15 Chaqueta amplia para vestir con kimono.

—¿O, no será que es mestiza?

Ella y yo deambulábamos orgullosamente por allí, con el propósito de escuchar aquellos murmullos.

Una indumentaria así era capaz de despertar la curiosidad de toda la concurrencia. De modo que era impensable que pudiera utilizar en público sus atuendos más peculiares, por mucho que a Naomi le gustase vestir de manera original. Lo cierto es que esas prendas eran meros receptáculos para admirar a Naomi, vasijas donde pudiera contemplarla en nuestra habitación. La sensación era como si me deleitara con una hermosa flor que fuera colocando en diversos jarrones. Para mí, Naomi era mi esposa. Y, al mismo tiempo, era la muñeca más extraña del mundo, un adorno. Con lo cual, no hay motivo para sorprenderse. Por esa razón apenas solía llevar ropa ordinaria en casa. Quizá su conjunto más caro y lujoso era un traje. Pedimos que nos lo hicieran con terciopelo negro, inspirándonos en el vestuario de los actores del cine norteamericano. Con aquel atuendo y el cabello recogido con una gorra de paño, el atractivo de Naomi se asemejaba al de una gata. Tanto en invierno como en verano, me la encontraba jugando en la habitación con la calefacción encendida llevando únicamente una bata ancha o un bañador. Empezando por sus zapatillas chinas bordadas, ¿cuántos pares de calzado tenía Naomi? En numerosas ocasiones, Naomi se paseaba descalza, sin ponerse *tabi*[16] ni calcetines.

16 Tipo de calcetín japonés en el que el dedo pulgar está separado del resto.

6

En aquellos días me dejaba llevar por sus caprichos y permitía que hiciera todo lo que le viniera en gana. Aun así, nunca había perdido de vista mi esperanzador propósito inicial de darle una buena educación y hacer de ella una mujer excelente y admirable. Ahora que lo pienso, no tenía muy claro qué significaban las palabras «excelente» ni «admirable». En resumen, pensaba en algo tan ambiguo como «una dama moderna *haikara* que pudiera acompañarme a cualquier sitio». Era una idea sencilla, muy típica de mí. «Hacer de Naomi una mujer admirable» y «cuidarla como a una muñeca». ¿Era posible compaginar ambas cosas?

Al recordarlo, me doy cuenta de que esa idea era una idiotez, pero estaba enajenadamente cegado por mi amor hacia Naomi, y no podía comprender algo tan obvio y sencillo.

—Naomi-chan, el juego es el juego. Y el estudio, el estudio. Si te conviertes en alguien excelente, te compraré aún más cosas —le decía como si fuera una muletilla.

—Sí, estudiaré más y no dudes que seré alguien excelente —contestaba Naomi siempre que se lo decía. Repasábamos juntos conversación y gramática durante media hora cada noche después de cenar. Pero en esas ocasiones, Naomi yacía recostada en la silla, con su vestido de terciopelo o su bata, balanceando sus zapatillas con la punta de sus pies. Así, por mucho que lo dijera enérgicamente, al final «juego» y «estudio» llegaban a confundirse.

—¡Naomi-chan! ¿Por Dios, qué estás haciendo? Cuando estudies, tienes que comportarte —Naomi encogía los hombros y decía con voz infantil, como si fuera una alumna de primaria: «Lo siento, profesor» o «Señor Kawai, perdóneme». Y me miraba furtivamente a la cara y a veces me golpeaba de repente en las mejillas con los dedos. El «profesor Kawai» no tenía el valor de comportarse con severidad con una alumna tan dulce, con lo que al final la reprimenda se tornaba en un juego trivial.

Yo no sabía mucho de música, pero su nivel de inglés debería haber alcanzado un grado más que suficiente, ya que durante dos años había estado recibiendo lecciones de *miss* Harrison. Comenzó con el primer libro de lectura y había avanzado hasta la mitad del segundo. Empleaba el *English Echo* como texto de conversación e *Intermediate Grammar*, de Naibu Kanda, para la gramática, que equivalía al nivel de tercer ciclo de secundaria. Sin embargo, por más que tratase de verlo con optimismo, el nivel de Naomi era inferior al del segundo ciclo. ¡Qué raro! No puede ser. No paraba de darle vueltas hasta que visité a *miss* Harrison.

—No es cierto. La chica es bastante lista. Aprende bien —me contestó la señora mayor, rechoncha y bondadosa, con una sonrisa.

—Lo es, sin duda es inteligente, pero no creo que domine bien el inglés por muy lista que sea. Sí, puede leerlo y hablarlo, pero traducirlo al japonés y comprender la gramática...

—Es usted quien no lo entiende. Tiene una idea equivocada —me interrumpió sonriendo aquella señora mayor—, todos los japoneses se obsesionan con la gramática y la traducción. Pero eso es terrible. Cuando se aprende el inglés, usted no centra sus pensamientos en la gramática. No debe traducir. Debe leerlo en inglés, tal y como es, repetidas veces. Eso es lo mejor. Naomi-san tiene una pronunciación muy hermosa. Y el libro de lectura se le da bien, así que estoy segura de que avanzará.

Pensé: «No le falta razón en varios aspectos. No insinúo que aprenda de memoria sistemáticamente las reglas de gramática. Naomi ha estudiado inglés durante dos años y ha llegado hasta el tercer libro. Por eso, debería entender el uso del participio pasado, la composición de la voz pasiva o la aplicación del subjuntivo. Pero cuando traduce desde el japonés al inglés, todo es un desastre. Apenas alcanza el nivel inferior de secundaria. Por muy diestra que sea con el libro de lectura, de ese modo jamás desarrollará sus capacidades. ¿Qué demonios ha estado aprendiendo durante dos años?». Sin embargo, aquella señora no prestaba mucha atención a mi cara de disgusto y solo repetía «ella es muy lista», asintiendo con la cabeza y adoptando una actitud sumamente calmada.

Creo que son imaginaciones mías, pero tengo la impresión de que los profesores occidentales tienen cierta predilección por los alumnos japoneses. Predilección. Sí, suena mal, ¿quizá podría llamarlo prejuicio? Es decir, cuando se topan con chicos y chicas *haikara* de hermosas facciones y un toque occidental, les parecen innegablemente avispados. Esta tendencia llama en especial la atención en las señoras mayores. Por esa razón *miss* Harrison se deshace tan a menudo en elogios hacia Naomi. Ya desde un principio había determinado que «ella es muy inteligente». Además, tal y como comentaba *miss* Harrison, la pronunciación de Naomi del inglés era muy fluida. Y a eso se sumaba el hecho de que tenía una dentadura perfecta y conocimientos de armonía. Su precioso tono de voz daba la impresión de un nivel de fluidez cuando hablaba inglés inalcanzable para mí. Parecía claro que *miss* Harrison había sido cautivada por su voz y se había rendido dócilmente ante ella. ¿Hasta qué punto agasajaba *miss* Harrison a Naomi? Para mi sorpresa, al pasar hacia su cuarto vi como había decorado el espejo del tocador con un montón de fotos de Naomi a su alrededor. Era evidente.

No estaba nada satisfecho con la opinión de aquella señora y su metodología didáctica. Pero, al mismo tiempo, me satisfizo observar cómo una occidental tenía en tal estima a Naomi y no paraba de decir lo despierta que era. No pude evitar sentirme orgulloso, como si me estuviese elogiando a mí. No era solo eso, yo, (no, no solamente yo, si eres japonés, es muy frecuente) cuando me ponía delante de los occidentales, me acobardaba y no tenía valor para expresar con claridad mis ideas. Así que cuando la señora me habló imponente y sin cesar con su extraño acento japonés, no pude comentar lo que debería haberle comentado. «Bueno, si ella opina así, yo podría darle algunas clases suplementarias en casa». Para concluir aquello dije: «Sí, estoy de acuerdo. Tiene usted toda la razón. Lo he entendido y me he quedado tranquilo».

Sonreí de manera aduladora y ambigua, y regresé abatido a casa.

—Jōji-san, ¿qué te ha dicho Harrison-san? —preguntó Naomi. Su voz sonaba como si confiara plenamente en *miss* Harrison y aquel asunto no le preocupara en absoluto.

—Me ha dicho que lo haces muy bien, pero los occidentales no entienden la psicología de los alumnos japoneses. Para ellos es suficiente con ser hábil en la pronunciación y poder leer con fluidez. Eso es un gran error. Es verdad, tienes buena memoria, así que se te da bien aprendértelo todo de carrerilla. Pero al traducir no entiendes nada. Eres igual que un loro. Por mucho que aprendas, todo será en vano.

Fue la primera vez que regañé de verdad a Naomi. Me molestó que Naomi se diese bombo a sí misma, convirtiendo a *miss* Harrison en su cómplice, como si me dijera «¿Mira, ves?». Y no era solo eso. Tenía serias dudas de que se pudiera convertir en «una mujer admirable» de aquella manera. Aparte del inglés, me preocupaba mucho qué futuro le deparaba una mente incapaz de comprender las reglas de la gramática. ¿Por qué los chicos estudian geometría y álgebra? No es precisamente por su aplicación a situaciones prácticas; su objetivo es hacer funcionar el cerebro de forma pulcra y meticulosa. Hasta ahora, las chicas podían vivir perfectamente sin tener una cabeza anatómica. Pero las mujeres venideras no pueden seguir así. Lo más inquietante es que una persona que trata de ser una mujer que «no esté por debajo de los occidentales» y «admirable» carezca de la capacidad de sistematizar y la facultad de analizar.

Me puse algo obstinado. Antes le ayudaba con sus repasos durante media hora, pero a partir de entonces decidí darle clases todos los días, de traducción y gramática, durante una hora u hora y media. Y en esas clases jamás toleré actitudes lúdicas. Le soltaba agitadas reprimendas. Naomi no había desarrollado su capacidad de compresión, así que me limitaba a darle pistas sin mostrarle los detalles, con una intención un poco perversa. Y la guiaba para que los descubriese sola. Por ejemplo, para aprender la voz pasiva, le mostraba algunos ejercicios de aplicación y le decía: «Anda, traduce esto al japonés. Si entiendes lo que has leído, seguro que podrás hacerlo» y esperaba con paciencia, callado hasta que me diese la respuesta. Aunque sus respuestas estuvieran mal, nunca le decía dónde se había equivocado y le respondía insistentemente: «No entiendes nada. Intenta leer la gramática de nuevo».

A pesar de ello, si no lo lograba, perdía los papeles y soltaba desesperado: «Naomi-chan, ¿qué vas a hacer si no puedes solucionar algo tan fácil como esto? ¿Cuántos años tienes? Te he corregido el mismo punto muchas, muchas veces, y todavía no lo entiendes. ¿Dónde tienes la cabeza? No me creo absolutamente nada de lo que ha dicho Harrison-san, que no para de repetir lo lista que eres. Si no puedes hacer algo así, serías la última de la clase».

Naomi hinchaba disgustada sus mejillas y al final se echaba a llorar.

Por lo general somos una pareja bien avenida. Cuando ella se ríe, yo también me río. No hemos discutido ni una sola vez. No se puede encontrar otro hombre ni otra mujer que se lleven tan bien como nosotros.

Pero siempre que llega la hora del inglés, los dos nos obcecamos. No hay día en el que no me enfade alguna vez y ella no se ponga de mal humor. En un momento estábamos perfectamente, y de repente los dos nos exasperábamos. Nos mirábamos casi con hostilidad.

De hecho, cuando llega esa hora, olvido mi intención de hacer de ella alguien admirable y empiezo a odiarla con tanta inquina que me parece lamentable. Si se hubiera tratado de un chico, seguro que le habría dado un puñetazo para tranquilizarme. Pero como no era así, le gritaba angustiado «¡idiota!» todo el rato. Una vez le di un ligero golpe en la frente con el puño. Sin embargo, cuánto más la trataba de esta manera, más cabezota se ponía. Aunque supiera la respuesta, se negaba a responder y guardaba un silencio inquebrantable como una piedra, procurando aguantar las lágrimas que caían por sus mejillas. Una vez que se ponía así de terca, era sorprendentemente obstinada e intratable.

Entonces mi paciencia se agotaba y yo desistía, quedándose aquel asunto en tinieblas.

Una vez sucedió esto. Algunas formas del gerundio como *doing* o *going*, han de ir precedidas por el verbo *to be*, que significa «ser» o «estar». Pero, por mucho que tratara de explicárselo, ella no lo entendía. Y seguía cometiendo errores, diciendo *I going* o *he making*, así que le mostraba cada aspecto repetidas veces, llamándola «idiota» muy enfadado. Al final le hice conjugar el verbo *going* de diversas maneras; el pasado, el futuro, el condicional compuesto o el pretérito perfecto. Me quedaba boquiabierto al comprobar que seguía sin entender nada. Todavía decía *he will going* o escribía *I had going*. No pude contenerme más y le grité enfurecido: «¡Idiota! ¡Qué idiota eres! Te he dicho mil veces que nunca se usa *will going* ni *have going*, ¿y todavía no te has dado cuenta? Si no lo entiendes, ¡repítelo hasta que lo hagas! No te voy a perdonar ni una hasta que puedas hacerlo, aunque tardes toda la noche en lograrlo».

Arrojé un pincel y puse el cuaderno delante de la cara de Naomi. Su rostro palideció, se mordió los labios y fijó su mirada hostil en mi entrecejo, girando los ojos hacia arriba. De pronto, agarró bruscamente el cuaderno, lo rompió en pedazos y lo tiró al suelo. De nuevo, me dirigió una mirada terrible, clavándola en mi cara.

—¿Qué haces? —dije después de un buen rato, ya que en ese instante me quedé estupefacto por su reacción, pues parecía una fiera—. ¿Ahora te rebelas contra mí? ¿Piensas que estudiar no importa nada? Dijiste que ibas a aprender sin descanso y a convertirte en una mujer admirable. ¿Qué ha sucedido con esas palabras? ¿Con qué intención has roto el cuaderno? Vamos, ¡pídeme perdón! Si no me lo pides, ¡no te lo voy a perdonar nunca! ¡Vete de esta casa hoy mismo!

Sin embargo, el semblante empalidecido de Naomi mantenía en su boca una sonrisa sarcástica como si estuviese a punto de llorar, obstinadamente callada.

—¡Vale! Si no me pides disculpas, no te preocupes. ¡Vete de aquí ahora mismo! ¡Venga, vete!

Pensé que si no me comportaba de manera exagerada, nunca podría amedrentarla. Me puse de pie, estrujé con fuerza un par de vestidos que estaban desparramados y los envolví con un *furoshiki*. Traje la cartera desde la habitación de arriba, saqué dos billetes de diez yenes y se los arrojé enojado, diciendo:

—Vamos, Naomi-chan. Todo lo que necesitas está en este *furoshiki*. Llévatelo y vuelve a tu casa de Asakusa esta noche, por favor. Aquí hay veinte yenes. Es poco, pero cubrirán tus gastos por el momento. Más tarde haré los arreglos necesarios para que mañana te llegue tu equipaje... ¿Qué, Naomi-chan?, ¿qué te pasa? ¿Por qué sigues callada?

Aunque daba la impresión de una chica indomable, al fin y al cabo todavía era una niña. El tono serio y furioso que había adoptado parecía haberla intimidado. Inclinó la nuca hacia delante con dignidad, como si estuviese arrepentida, y por fin se encogió.

—Eres muy testaruda, pero yo tampoco voy a retractarme de lo que he dicho. Pídeme perdón si lo sientes con sinceridad. Si no te agrada esta situación, haz el favor de irte a tu casa. ¿Qué eliges? Decídete de una vez. ¿Me vas a pedir perdón? ¿O te vas a Asakusa?

Entonces ella negó con la cabeza, «no, no».

—¿Quieres quedarte aquí?

«Sí», afirmó meneando su mandíbula.

—¿Te quedas?

Volvió a asentir con la cabeza.

—En tal caso, te perdonaré, pero pídemelo con las manos juntas.

Naomi, colocando a regañadientes sus manos sobre la mesa, efectuó disgustada una reverencia de perfil, como si todavía se estuviese burlando de mí. ¿Era esta naturaleza tan arrogante y egoísta innata? ¿O acaso era fruto de haberla mimado demasiado? Fuera lo que fuese, estaba claro que este aspecto empeoró progresivamente a medida que transcurría el tiempo. O quizás no se estuviera agravando. Cuando Naomi tenía quince años, puede que no me importara mucho, ya que lo veía como una gracieta pueril. Pero los años no parecían haber atenuado su carácter, y me había desbordado. Antes, por muy pesada que se pusiese, me obedecía dócilmente cuando la regañaba. Sin embargo, en los últimos meses, si algo la disgustaba, se ponía enseguida de mal humor. Y aun en esos momentos lograba enternecerme si se ponía a sollozar. Pero por muy estrictas que fuesen mis reprimendas, de sus ojos no caía ni una lágrima y adoptaba una despreciable actitud inocente o clavaba sus ojos en mí, inflexibles y severos, como si me estuviese señalando, proyectando aquella mirada aguda hacia arriba.

Si realmente existiese la electricidad animal, no me cabe la menor duda de que los ojos de Naomi estarían cargados de ella. Esa era mi sensación. Su mirada era tan radiante, poderosa y profunda que no parecía la de una mujer. Sin embargo, irradiaba cierto encanto, desconocido e infinitamente profundo. Cuando me lanzaba aquellas miradas coléricas conseguía horrorizarme por completo.

7

En esos momentos dos elementos contradictorios colisionaban en mi interior: la decepción y el amor. Yo mismo me había equivocado. Naomi no era tan inteligente como me esperaba.

No había ya ninguna razón para negar esta realidad, por más que tratase de verla con buenos ojos. Empecé a reconocer que mi anhelo de hacer de Naomi una mujer admirable era una ilusión. Saltaba a la vista que provenía de una familia de clase baja. Una chica de la zona de Senzoku es adecuada para ser camarera en un café. No sirve de nada ofrecerle una educación en la que no encaja.

Tal fue la resignación que comenzó a crecer en mí. Sin embargo, mientras la resignación crecía por un lado, por el otro aumentaba el deseo hacia su cuerpo. Sí, señalo particularmente «su cuerpo» porque me refiero a la belleza de su figura, de su piel, los dientes, los labios, el pelo o las pupilas, y no había nada mental que me atrajese. Es decir, mis esperanzas en su intelecto se habían visto defraudadas, pero había aparecido la figura ideal de un cuerpo que se tornaba cada vez más hermoso. Cuanto más pensaba en ella como «una mujer idiota» o «insoportable», más me atraía con perversidad su belleza. Este asunto fue toda una desgracia para mí. Poco a poco fui olvidando aquellos virtuosos sentimientos que me impulsaban a «educarla» y, por el contrario, iba cayendo preso de mis impulsos. Cuando me di cuenta de que aquello no era lo correcto, no podía escapar de esa situación.

«No hay nada en el mundo que discurra como había planeado. He intentado hacer de Naomi una mujer brillante en todos los aspectos: la mente y el cuerpo. Aunque he fracasado en el aspecto mental, el físico ha sido un éxito, ¿verdad? No esperaba que la figura de Naomi se desarrollara de forma tan hermosa. Si lo miro de esta manera, me conformo con este logro, y creo que compensa el resto de fracasos». Así me obligaba a pensar y procuraba orientar mis sentimientos en esa dirección para consolarme.

—Jōji-san, últimamente has dejado de llamarme idiota durante nuestras clases de inglés —dijo Naomi enseguida, percibiendo el cambio en mi interior. Aunque no tuviera dotes para los estudios, era muy ágil a la hora de leer mi semblante.

—Es cierto. Cuanto más te regaño, más terca te pones, por lo que creo que así no vamos a obtener buenos resultados. He decidido cambiar de estrategia.

—¡Hum...! —Naomi se rio alzando la punta de la nariz y dijo—: Es así. Si me llamas idiota todo el rato, jamás te haré caso. De hecho, sabía la respuesta de la mayoría de los ejercicios, pero fingía no entenderlos para molestarte, Jōji-san. ¿No te diste cuenta?

—¿En serio? —fingí sorprenderme, sabiendo que lo que decía Naomi era una fanfarronada fruto de su derrota.

—Claro que sí. Cualquiera puede resolver esos ejercicios. Jōji-san, si realmente crees que soy incapaz, el idiota eres tú. Cada vez que te enfadabas, me partía de risa.

—Es el colmo. ¿Entonces me estabas engañando?

—¿Lo ves? Soy más lista que tú.

—Sí, eres muy lista. Naomi-chan, eres invencible.

Y Naomi reventaba a reír, satisfecha.

Queridos lectores, traten de prestarme atención sin burlarse de mí. Llegados a este punto he de contarles una historia particular. El caso es que mientras estudiaba la secundaria, durante la hora de Historia nos hablaron de una escena de Antonio y Cleopatra. Como bien saben, Antonio partió hacia la batalla del Nilo, enfrentándose al ejército de Augusto. Cleopatra lo acompañó, pero en cuanto vio que la situación de sus aliados empeoraba, se retiró en su barco. Entonces, al ver partir el barco de aquella ingrata mujer que lo abandonaba, Antonio también se marchó tratando de seguirla, dando la espalda a la batalla en un momento vital.

—Chicos —dijo el maestro de Historia—, este hombre llamado Antonio perdió su vida persiguiendo el culo de una mujer. Por lo tanto, es difícil encontrar a lo largo de la historia mayor muestra de idiotez. Y no os quepa duda de que algo tan extraordinario ha sido objeto de mofa a lo largo de todas las épocas. ¡Ay, Dios mío! Cómo pudo acabar así un valeroso héroe...

Los alumnos rompieron a reír, mirando la cara del maestro, ya que su manera de contarlo era verdaderamente graciosa. Por supuesto, yo también fui uno de los que se rieron. Sin embargo, lo importante está aquí. En aquellos momentos no entendía por qué un hombre como Antonio perdió el juicio por una mujer tan desalmada. Y no solo Antonio, sino incluso el ilustre Julio César perdió también su dignidad atraído por Cleopatra justo antes de aquellos sucesos. Hay numerosos casos como este. Cuando se investiga el motín familiar de la Era Tokugawa, se rastrean los inicios de una rebelión o las causas de la decadencia de un país, nunca faltan las artimañas de pérfidas vampiresas en la sombra. Entonces, ¿están esas argucias tramadas de manera tan insidiosa y meticulosa que cualquiera puede caer súbitamente en su engaño una vez que queda atrapado por ellas? No creo que sea así. Por muy inteligente que fuera Cleopatra, no podría haber sido más perspicaz que César y Antonio. Aunque no seas un héroe, si te andas con cuidado, puedes percibir si esa mujer es sincera y si sus palabras son verdaderas o falsas. Sin embargo, te dejas atrapar, consciente de que al final va a suponer tu ruina. Es algo lamentable. Si las cosas son realmente así, quizás los héroes no sean personas tan ilustres. Tras meditarlo confirmé la crítica de mi profesor: Marco Antonio «ha sido objeto de mofa a lo largo todas las épocas» y «es difícil encontrar a lo largo de la historia mayor muestra de idiotez».

Aun ahora recuerdo mi propia figura, riéndome como todos los demás, guardando en mi pecho las palabras que dijo el profesor aquel día. Y cada vez que lo recuerdo me siento incapaz de reírme de todo aquello, porque ahora estoy de acuerdo con esos sentimientos. ¿Por qué los héroes de Roma se convirtieron en idiotas? ¿Por qué un hombre como Antonio se dejó enredar tan fácilmente en los ardides de una vampiresa? Y no solo eso, tampoco puedo evitar compadecerme.

Se dice que «una mujer engaña a un hombre». Pero por mi experiencia, no te «engaña» desde el principio. Al comienzo, el hombre se siente satisfecho, y es «engañado» por voluntad propia. Una vez que tenga una mujer a la que amar, todo lo que ella diga, sea verdad o no, parece exquisito a oídos del hombre. Y, de vez en cuando, ella se apoya en el hombre soltando falsas lágrimas.

«Mmm, estás intentando engañarme con este truco. Pero eres graciosa, eres hermosa. Aunque sé lo que en realidad estás pensando, dejo que me engañes a propósito. Engáñame cuanto quieras...».

El hombre se torna generoso y cae conscientemente en su trampa, como quien le concede un capricho a una niña. El hombre, entonces, no tiene la intención de dejarse embaucar por la mujer. Al contrario, se ríe para sus adentros, pensando que es él quien la está engañando.

La prueba es que Naomi y yo éramos así.

—Soy más lista que Jōji-san, ¿verdad?

Naomi piensa que, por fin, me ha engañado. Yo me hago el tonto y finjo que me ha engatusado. ¡Cuánto me alegraba verla presumir de sí misma, radiante, en vez de revelar sus mentiras imprudentes! Incluso tenía la excusa de satisfacer mi conciencia con ello. Pensaba de este modo: aunque Naomi no sea una mujer inteligente, no es malo hacerla creer que lo es. Las mujeres japonesas no tienen una confianza firme en sí mismas. Este punto es su defecto más visible. Por lo tanto, parecen menudas en comparación con las occidentales. El requisito para ser una belleza moderna no reside en sus facciones, sino en su rostro y su comportamiento ingenioso. No hace falta que llegue a tener plena confianza. Basta con que desarrolle un poco de orgullo. Si se cree que es lista y hermosa, al final será hermosa.

Esa era mi idea. Así que nunca reprimía aquel hábito de fingir su brillantez. Echaba más leña al fuego. Siempre caía gustoso en sus trampas y dirigía su confianza hasta el punto de fortalecerla.

Pongo aquí un ejemplo. En aquellos tiempos Naomi y yo solíamos jugar al *heitai shogi*[17] o a las cartas. Aunque pudiera ganar si jugaba en serio, le ofrecía la victoria siempre que era posible. Con lo cual, empezó a creerse que era muchísimo más fuerte que yo en el juego.

—Jōji-san, ven aquí, que te voy a dar una paliza. —Sus desafíos destilaban una actitud de menosprecio.

---

17 Juego de tablero similar al ajedrez inspirado en el Ejército de Tierra (*heitai*, «soldado») que se puso de moda por influencia de la guerra sino-japonesa y la guerra ruso-japonesa.

—Vale, me apunto a una partida de revancha. Bueno, si juego en serio nunca me podrás derrotar, pero sin querer me descuido al pensar que mi contrincante es una niña...

—Muy bien, abre la boca cuando ganes.

—¡Venga, va! Esta vez de verdad, ¡te voy a ganar! —y perdía a propósito, optando por jugadas especialmente torpes.

—¿Ves, Jōji-san? ¿No te da rabia que te derrote una niña? No tienes remedio, jamás vas a lograr vencerme. Un hombre de treinta años perdiendo ante una niña de diecisiete. Jōji-san, no sabes jugar.

Me decía: «Ya sabía yo que la cabeza vale más que la edad» o «No sirve de nada que te lamentes, aquí el tonto eres tú», y así se crecía aún más, y se reía de mí con sarcasmo, alzando presumida la punta de su nariz.

Pero lo peor de todo es el resultado que estoy a punto de relatarles. Al principio, yo le seguía la corriente a Naomi. Por lo menos, así lo creía. Sin embargo, a medida que se afianzaba este hábito, Naomi empezó a ganar mucha confianza en sí misma. Y luego, por muy serio que me pusiera, era incapaz de vencerla.

El resultado del juego entre dos personas no depende solo de la inteligencia. Existe «el espíritu». Dicho de otra forma, la electricidad animal. Esto, a la hora de apostar, es lo más importante. Cuando Naomi se enfrenta a mí, me aplasta desde el principio con su espíritu y se abalanza con una energía espléndida. Por mi parte, me voy abrumando gradualmente y pierdo mi ocasión.

—Es aburrido jugar a cambio de nada. Vamos a jugar apostando algo. —Naomi le había cogido gusto al juego y se negaba a jugar si no había apuestas de por medio. Cuánto más apostábamos, más aumentaban mis pérdidas. A pesar de no tener dinero, Naomi decidía las apuestas, ya fueran diez o veinte *sen*[18], y de ese modo se ganaba la propina que deseara.

—Ay... Si tuviera treinta yenes, me podría comprar ese kimono... Bueno, voy a conseguirlos jugando a las cartas —Y me desafiaba. De vez en cuando, perdía, pero tenía sus recursos.

Cuando deseaba ese dinero a toda costa y no dejaba que ganara, recurría a otro método.

Cuando jugábamos, Naomi solía llevar una bata ancha y suelta a propósito para que pudiera desplegar sus «artimañas». Si la situación empeoraba, se movía de modo provocativo desabrochándose el cuello o estirando las piernas. Si esto no funcionaba, se apoyaba en mis rodillas, acariciando mis mejillas o sujetando el borde de mi boca. Intentaba tentarme de cualquier manera. Yo caía en muchas de estas «artimañas» y al final mi voluntad se desvanecía. En particular, si ella decidía usar su último recurso (esto es algo que no debería dejar por escrito), mi cabeza se nublaba por completo. Y, de repente, ante mis ojos emergía una penumbra que hacía que me olvidara del juego.

—Naomi-chan, no hagas eso, es injusto...

—No es injusto. También es un medio válido.

Yo empezaba a perder el juicio y todo se volvía borroso por donde asomaba el coqueto rostro de Naomi, junto con su voz; solo quedaba esa extraña sonrisa burlona...

—Es injusto, muy injusto. Eso no se puede emplear en un juego de cartas...

—¡Qué va! Claro que se puede. Cuando una mujer y un hombre juegan, cada uno trata de utilizar sus trucos. Lo he

---

18 Un sen es un céntimo de yen.

visto en más sitios. De pequeña, cuando mi hermana mayor jugaba al *ohana*[19] con un hombre en casa, usaba cualquier truco. Yo estaba a su lado y lo veía. Y las cartas son igual que el *ohana*...

Esto es lo que creo: de esta misma manera Antonio quedó prendado de Cleopatra. Poco a poco, ella fue minando su resistencia y, al final, consiguió engatusarlo. Está bien hacer que la mujer que amas se sienta segura de sí misma, pero, a raíz de eso, vas a ser tú quien pierdas la confianza en ti mismo. Una vez que esto sucede, ya no es nada fácil vencer la superioridad de la mujer. Y a partir de ese momento comienzan a surgir contratiempos imprevisibles.

8

Sucedió cuando Naomi estaba a punto de cumplir dieciocho años, en una tarde calurosa a principios de septiembre. Aquel día regresé a la casa de Ōmori una hora antes de lo normal, ya que no había mucho trabajo en la oficina. De improviso, me encontré con un desconocido hablando con Naomi a la entrada del jardín.

Parecía tener la misma edad que ella, aunque quizás tuviera unos dieciocho años. Vestía un kimono de verano de color blanco con dibujos azules y llevaba un sombrero de paja con una cinta pomposa como la que suelen usar los norteamericanos. Mientras hablaba con Naomi golpeaba la

19 Juego de cartas también conocido como *hanafuda*. La baraja consta de cuarenta y ocho cartas con ilustraciones de flores y plantas.

punta de sus *geta*[20] con un bastón. El joven tenía las cejas pobladas y gozaba de buen color. Sus rasgos no estaban mal, pero tenía la cara llena de granos. Naomi estaba escondida a la sombra del huerto, agachada bajo los pies de aquel hombre, con lo cual no podía ver muy bien qué estaba haciendo. Su rostro estaba de perfil y su cabello se balanceaba entre las cinias, las auroras y las cañas de Indias.

Al percatarse de mi presencia, el hombre me saludó quitándose el sombrero e inclinando levemente su cabeza. «Hasta luego», dijo girándose hacia Naomi, y se fue rápidamente hacia la puerta. «Adiós»; Naomi también se puso de pie, siguiéndolo, pero el hombre dijo adiós dándole la espalda. Cuando pasó por delante de mí, puso la mano en el ala del sombrero como si quisiese ocultar su rostro y se marchó.

—¿Quién es ese hombre ? —sin sentirme celoso, pregunté con una ligera curiosidad, como si dijera «Ha sido una escena un tanto extraña, ¿verdad?».

—Ah, ¿ese? Es mi amigo, Hamada-san.

—¿Cuándo os conocisteis?

—Hace ya tiempo... Él también va a Isarago a estudiar armonía. Tiene la cara sucia y llena de granos, pero tiene una voz increíble. Es un excelente barítono. Durante un concierto, cantamos juntos un cuarteto.

La miré fijamente a los ojos, pues aquella patética e innecesaria descripción de su cara despertó de repente mis dudas. Pero Naomi estaba tranquila y yo no percibía nada fuera de lo habitual.

—¿Viene a menudo?

---

20 Chancletas tradicionales de madera de cuya suela sobresalen unas piezas como si fueran dientes.

—No, hoy ha sido la primera vez. Me ha dicho que pasaba por aquí porque le caía de camino. Dice que pronto va a montar un club de bailes de salón y ha venido para pedirme que yo también participe.

No puedo negar que me puse de mal humor, pero a medida que le preguntaba, no se me pasó por la cabeza que el que hubiera pasado solo para comentarle aquello fuese mentira. Simplemente, aquel chico y Naomi estaban charlando en el jardín a la hora a la que yo solía volver. Me bastó con eso para aclarar mis dudas.

—Entonces, ¿le has dicho que vas a bailar?

—Le he dicho que lo tengo que pensar, pero... —dijo de repente con la voz sensual de una gata—... Oye, ¿puedo hacerlo? ¡Eh, déjame hacerlo! Jōji-san, si tú también entras en el club, podremos aprender juntos.

—¿Yo también puedo entrar?

—Claro, cualquiera puede. Una rusa, conocida de la profesora Sugisaki de Isarago, va a ser quien dé las clases. Dicen que huyó de Siberia y tiene problemas económicos. Así que ha montado el club para poder ayudarla. Por eso, cuanto más gente, mejor... ¡Venga, déjame!

—Claro que puedes, pero yo no sé si seré capaz de aprender.

—No te preocupes. No tardarás nada en hacerlo.

—Pero no tengo talento para la música.

—A medida que vayas aprendiendo, lo asimilarás de manera natural. Así es la música... Oye, Jōji-san, tienes que hacerlo. No puedo ir a bailar yo sola. Mira, aprendemos juntos e iremos a bailar de vez en cuando. Estoy cansada de jugar sola en casa todos los días.

Percibía levemente que a Naomi le parecía un poco aburrida la vida que habíamos llevado hasta entonces. Cuando lo pensé, me di cuenta de que ya habían pasado más de tres años desde que nos instaláramos en la casa de Ōmori. Y estábamos encerrados en «la casa de fantasía» sin tener apenas contacto con el mundo exterior, estando el uno con el otro durante todo ese periodo, excepto durante las vacaciones de verano. Por lo tanto, por mucho que probáramos distintos «juegos», no era extraño que al final comenzáramos a aburrirnos. Además, Naomi pierde enseguida el interés por las cosas. Al principio se entusiasma con cualquier juego, pero esa sensación no suele durar mucho. Aun así, aunque no estuviese haciendo nada, no podía estarse quieta ni una hora. Si no quería jugar a las cartas, al *shōgi*, o la pantomima de las actrices de cine, jugaba con las flores del jardín que tenía abandonadas durante un rato, al no encontrar otra cosa que hacer. Se dedicaba a cavar la tierra, esparcir las semillas o regar, aunque esto no fueran más que meros pasatiempos puntuales.

«Ay, ¡qué tostón! ¿No hay algo más divertido?» y se tiraba en el sofá, arrojando la novela que estaba leyendo y dando un profundo bostezo. Viéndola así, a mí también me preocupaba si habría algún modo de alterar nuestra monótona vida. Había llegado el momento. Así que quizás no estaría del todo mal aprender a bailar. Naomi ya no era la misma de hacía tres años. Había cambiado desde que fuimos a Kamakura. Si la vistiera de forma elegante y la presentase en sociedad, es posible que no hubiera otra dama como ella.

No puedo describir lo orgulloso que me hizo sentir esa expectativa.

Como he comentado antes, no tenía amigos íntimos desde mi etapa estudiantil, y hasta entonces había tratado de evitar cualquier relación engorrosa. Pero no me molestaba participar en eventos sociales. Mi timidez se debe a que soy un pueblerino, incapaz de gestionar los halagos y tan torpe en el trato personal que yo mismo me sorprendo. Pero, contrariamente a lo que pueda parecer, cuanto más me comportaba de esa manera, más me atraía la sociedad fastuosa. El primer motivo de tomar a Naomi como esposa fue para hacer de ella una mujer muy hermosa y llevarla cada día a un lugar distinto. Y quería que los demás me dijeran: «Tu esposa es toda una *haikara*». Quería recibir elogios en cualquier ocasión. Este anhelo me ayudaba a salir adelante, ya que tampoco quería tenerla para siempre en «una jaula dorada».

Según lo que me comentó Naomi, aquella maestra rusa de baile se llamaba Alexandra Shlemskaya y era la esposa de un conde. Su marido, el conde, había desaparecido durante el tumulto de la revolución. Tenía dos hijos, pero estaban también en paradero desconocido. Desesperada, huyó sola a Japón y su situación aquí era bastante penosa. Así que, por fin, había empezado a dar clases de baile. La señora Harue Sugisaki, la maestra de música de Naomi, había montado el club para la señora Shlemskaya y el tal Hamada, un estudiante de la Universidad Keiō, había sido nombrado organizador.

La sala de ensayos estaba en el primer piso de una tienda de instrumentos musicales occidentales llamada Yoshimura, sita en Hijirizaka, Mita. La señora Shlemskaya acudía dos veces por semana, los lunes y los viernes. Los socios se presentaban a la hora que les conviniera, entre las cuatro y las siete de la tarde, y recibían una hora de clase. La cuota mensual era de veinte yenes por persona. Lo abonaba cada socio a principios de mes. Así estaba determinado. Si íbamos los dos, Naomi y yo, nos iba a costar cuarenta yenes por mes, un precio que me parecía desorbitado, por muy occidental que fuese la maestra. Pero, según Naomi, aquel baile era igual que la danza japonesa, y por eso era normal que nos cobraran tanto, ya que se trataba de un lujo. Además, una persona mínimamente hábil podría aprenderlo en un mes, e incluso alguien muy torpe podría dominarlo en tres meses, aunque no practicara apenas. Así que no era un gasto tan grande, aunque la tarifa fuera elevada.

—Y, además, me da mucha pena no ayudar a la señora Shlemskaya. De ser condesa ha pasado a vivir en la miseria. Es muy triste. Hamada-san me ha dicho que es una experta bailarina. Y no solo en bailes de salón, si hay alguien interesado en danza escénica, también podría darle clases. Hablando de baile, el que suelen enseñar los animadores es vulgar y mediocre. Es mejor que aprendamos con una mujer de esa categoría.

Naomi se puso de parte de la señora, aunque todavía no la conociera, y hablaba como si fuese toda una autoridad en la danza.

De esa manera, Naomi y yo entramos en el club. Todos los lunes y los viernes Naomi terminaba la clase de música, yo regresaba del trabajo, e íbamos directamente a la tienda de instrumentos musicales de Hijirizaka hasta las seis. El primer día, Naomi y yo quedamos en la estación de Tamachi a las cinco de la tarde y acudimos juntos. Era una tienda bastante humilde, con una estrecha fachada que estaba en el medio de la cuesta. Al entrar, la tienda resultó ser un lugar angosto donde se encontraban diversos instrumentos en fila, como pianos, órganos y gramófonos. Parecía que ya había comenzado el baile en la primera planta, y se oían sonoros pisotones y el sonido del gramófono. Había cinco o seis estudiantes de Keiō reunidos en los primeros peldaños de la escalera, mirándonos a Naomi y a mí sin ninguna discreción. Aquello no me hacía sentir bien. De pronto escuché «Naomi-san» y apareció alguien que llamaba a Naomi en voz alta en un tono amigable. Cuando me giré, vi que era uno de ellos. Llevaba un instrumento bajo el brazo, una mandolina plana, cuyo aspecto era como el *yueqin*[21] y tocaba con delicadeza sus cuerdas de alambre mientras trataba de afinarlo.

—¡Hola! —Naomi contestó también con un tono nada femenino, como si fuese uno de aquellos estudiantes.

—¿Qué pasa, Mā-chan? ¿Tú no bailas, o qué?

—¡Qué va! Yo no —dijo sonriendo el hombre llamado Mā-chan, colocando su mandolina encima de un armario—. ¡Jamás se me ocurriría algo así! En primer lugar, porque te cobran veinte yenes como honorario mensual, ¡es carísimo!

—Es que si nunca lo has practicado, no hay otra manera.

—Bueno, todo el mundo lo aprenderá tarde o temprano. Entonces haré que me lo enseñen. Con eso me bastará para poder bailar. ¿Ves? ¡Qué práctico! ¿Verdad?

—Mā-chan, ¡Eso no es justo! Eres demasiado práctico... Por cierto, ¿está Hama-san allí arriba?

—Sí. Sube a verlo.

Parecía que aquella tienda era el lugar de encuentro de los estudiantes del barrio y Naomi, al parecer, también venía a menudo, ya que conocía a todo el mundo, incluidos los dependientes.

—Naomi-chan, ¿quiénes son esos que están abajo? —pregunté mientras me guiaba hacia la primera planta.

---

21 Instrumento de cuerda de origen chino cuya caja tiene forma redondeada similar a la de la luna llena y de ahí su nombre «arpa de luna».

—Son del club de mandolina de Keiō. Su forma de hablar es muy vulgar, pero no son mala gente.

—¿Son todos amigos tuyos?

—No sé si llamarlos amigos, pero cuando vengo de compras, suelen estar por aquí, así que los conozco.

—¿Esos chavales son el tipo de gente que viene aquí a bailar?

—No lo sé... No creo. Supongo que no serán estudiantes, sino gente más mayor... Lo veremos cuando subamos.

Al subir a la primera planta, la sala de baile se encontraba al fondo del pasillo. Enseguida vimos las siluetas de cinco o seis personas, marcando el compás con el pie mientras decían «*one, two, three*». El espacio consistía en dos salas con tatami que había sido entarimado para que se pudiera pisar con calzado. Allí, el tal Hamada iba corriendo de acá para allá, esparciendo un polvo blanco por el suelo. Se suponía que para que la superficie fuera más deslizante. Como tenían abiertos todos los *shōji*[22], el sol del ocaso entraba con fuerza por la ventana oeste, ya que los días todavía eran largos y seguía haciendo calor. Reflejando aquella tenue y rojiza luz en su espalda, una figura vestida con una blusa blanca de *georgette* y una falda azul marino de sarga se alzaba de pie entre las mamparas de las habitaciones. Era la señora Shlemskaya. Teniendo en cuenta que había tenido dos hijos, rondaría unos treinta y cinco o treinta y seis años, pero, como mucho, aparentaba treinta. Era toda una dama, con un rostro firme que revelaba la dignidad acorde a su origen aristocrático. Ese aspecto digno parecía manifestarse en su pálido semblante, tan lívido que podía llegar a asustar. Sin embargo, me era difícil creer que esa mujer

22 Puerta corredera enrejada con papel de arroz.

estuviera pasando por apuros económicos, al observar su expresión intrépida, su vestimenta refinada y las joyas que brillaban en sus manos y su pecho. Sujetaba una fusta en la mano y miraba con detenimiento los pies de las personas que practicaban, frunciendo el ceño como si tuviera un poco de mal genio. Repetía con actitud calmada, pero imperativa «*one, two, tree*». Pronunciaba «*three*» como «*tree*», ya que hablaba inglés con acento ruso. Los estudiantes hacían fila, siguiendo sus movimientos. Iban y venían, pero se veía que sus pisadas eran inestables. Era como si una oficial estuviera entrenando a sus soldados, lo que me recordó la obra «El ejército femenino marcha hacia el frente», que había visto en el teatro Kinryūkan. Tres de los alumnos eran hombres trajeados que no parecían ser estudiantes, y había dos señoritas que probablemente acababan de terminar el instituto. Vestían una sencilla *hakama* y practicaban con los hombres sin vacilar. Aquello no daba una mala impresión, ya que las dos señoritas parecían muy formales. Si alguien se desviaba o alguna persona cometía un error, «*no*!», la señora le corregía en el acto y acudía a su lado para mostrarle cómo debía dar el paso. Si alguno cometía numerosos errores porque le costaba aprender, gritaba «*no good*!» golpeando el suelo con su fusta o azotando implacable los pies de la persona, sin importarle su sexo.

—La verdad es que está muy entusiasmada con su método de enseñanza. Tiene que ser así.

—Es que es eso. La maestra Shlemskaya es muy severa. Los maestros japoneses no son así. Los occidentales, incluso las damas, trabajan de forma tan diligente que me hacen sentir como nueva. Como ves, continúa la instrucción durante una o dos horas, sin descansar ni un instante entre clases. Pensaba que con todo el calor que hace iba a estar agotada y traté de ofrecerle algo, como un helado. Pero dice que no quiere nada durante las clases y lo rechaza todo.

—¡Vaya! ¿No se cansa con ese ritmo?

—Las personas occidentales no son como nosotros, son mucho más robustas... Pero, ahora que lo pienso, me da mucha pena. Era la esposa de un conde y vivía con todas las comodidades. Y ha acabado así por culpa de la revolución...

Dos mujeres mantenían una charla muy impresionadas, mirando todo lo que sucedía en la sala de baile. Estaban sentadas en un sofá de la habitación contigua, que servía como sala de espera; una tendría unos veinticinco o veintiséis años, y una enorme boca de labios finos y cara redonda que recordaba a una carpa dorada de ojos saltones. Lucía un peinado sin raya que se alzaba gradualmente desde la frente hacia atrás como si fuesen las nalgas de un erizo. Lleva un enorme *kanzashi*[23] de carey blanco en la nuca. En su refinado *obi* de seda de calidad, estampado con motivos del antiguo Egipto, destacaba un broche de jade. Era ella la que prodigaba sin cesar grandes alabanzas hacia la señora Shlemskaya, compadeciéndose de su situación. En el rostro excesivamente maquillado de la otra, que se limitaba a asentir con la cabeza, los polvos de tocador se apelotonaban por el sudor. En las zonas donde habían desaparecido los cosméticos se apreciaban pequeñas arrugas y una piel deshidratada. Al observarla, calculé que tendría unos cuarenta años. Su largo cabello rojizo y encrespado estaba recogido en un moño, de modo que resultaba difícil saber si era natural o postizo. Era una mujer delgada, con el tipo de rostro que suelen tener las enfermeras, a pesar de su vestimenta pomposa.

---

23 Horquilla japonesa usada como adorno para el cabello.

Alrededor de estas señoras, algunas personas esperaban ordenadamente su turno. También había quienes bailaban emparejados en los rincones de la sala. Parecían tener algo de práctica. El organizador, Hamada, trabaja vertiginosamente bailando con ellos, haciendo de pareja o cambiando los vinilos del gramófono. Quizá su papel era el de actuar de sustituto de la señora Shlemskaya, o al menos así lo creía. Mujeres aparte, ¿qué clase de gente son estos hombres que vienen a aprender a bailar? Hamada era, curiosamente, la única persona que vestía a la última moda. El resto carecía de gusto, vestían ordinarios trajes de color azul marino, como los que llevan los empleados de salario bajo. Daban la impresión de ser más jóvenes que yo, y sospechaba que solo había otro hombre de mi edad. Llevaba un chaqué y unas gruesas gafas con montura de oro. Se había dejado crecer ampliamente el bigote con una forma peculiar y anticuada. Parecía ser el que más dificultades tenía para aprender. Recibía innumerables gritos —«*no good!*»— de la señora y golpes de fusta. Y cada vez mostraba una estúpida sonrisa y empezaba de nuevo: «*one, two, three*». ¿Cómo demonios un hombre así se había animado a bailar con esa edad? Bueno, pensándolo bien, ¿es posible que yo, al igual que él, estuviera en su misma situación? Me imaginaba el momento en que recibiría los gritos de aquella occidental ante los ojos de esas señoras. Aunque hubiera venido para acompañar a Naomi, notaba cómo me estremecía un sudor frío mientras miraba, y temía que llegase mi turno, pues nunca había estado en este tipo de actos ceremoniosos.

—Hola, bienvenidos. —Hamada vino a nuestro lado, enjugándose el sudor de la frente llena de granos con un pañuelo tras haber bailado un par de piezas—. Siento lo ocurrido el otro día, irrumpí en su casa sin permiso. —Y me saludó de nuevo. Hoy parecía sentirse orgulloso de sí mismo. Y se dirigió a Naomi—: Gracias por venir a pesar de este calor... Oye, si tienes un abanico, ¿me lo podrías prestar? Parece que ser asistente no es un trabajo muy cómodo.

Naomi sacó uno del *obi* y se lo ofreció.

—Pero Hama-san, lo estás haciendo muy bien. Ya tienes nivel para ser su asistente. ¿Cuándo empezaste a practicar?

—¿Yo? Ya llevo medio año. Pero tú tienes mucho talento y lo aprenderás enseguida. Las mujeres no tienen más que seguir a los hombres, que son los que dirigen el baile.

—Disculpe, ¿quiénes son todos estos caballeros que están aquí? —pregunté.

—Bueno, ¿estos? —Hamada cambió a un lenguaje más formal—, la mayoría son empleados del Tōyō Sekiyu. Un familiar de la maestra Sugisaki es ejecutivo en esa empresa, y han venido por mediación suya.

¡Los empleados del Tōyō Sekiyu y bailes de salón! Me parecía una combinación bastante extraña, así que pregunté de nuevo:

—Entonces, aquel caballero con bigote, ¿también es uno de esos empleados?

—No, aquel no. Es médico.

—¿Un médico?

—Sí. Es el médico que se encarga de la asesoría sanitaria en esa empresa. Dice que no hay mejor ejercicio para el cuerpo que el baile. Por esa razón ha decidido aprender a bailar.

—¿Ah, sí? Hama-san —interrumpió Naomi—, ¿esto cuenta como ejercicio?

—Claro que sí. Si bailas, sudas mucho y acabas con la camisa empapada, aunque sea invierno. Así que es igual de beneficioso que cualquier ejercicio físico. Además, ya ves que la señora Shlemskaya es muy exigente.

—¿La señora sabe japonés? —pregunté, ya que ese tema me preocupaba desde hacía un rato.

—No, apenas sabe japonés. Casi todo lo enseña en inglés.

—Inglés... Se me da bastante mal el *speaking*...

—Bueno, todos estamos en la misma situación. La señora Shlemskaya apenas puede hablar en inglés, su nivel es más bajo que el nuestro. Así que no se preocupe. Además, no necesita hablar inglés durante las prácticas de baile. Basta con *one, two, three*, y el resto lo entenderá a través de sus gestos...

—¡Vaya, Naomi-san! ¿Cuándo ha llegado? —la señora con pinta de carpa dorada que llevaba el *kanzashi* de carey blanco se dirigió a Naomi.

—Ah, maestra... Mira, es la maestra Sugisaki —Naomi cogió mi mano y me llevó hacia el sofá donde estaban sentadas aquellas señoras—. Escuche, maestra, déjeme presentarle... Jōji Kawai...

—Ah, ¿sí? —la señora Sugisaki parecía saber lo que estaba sucediendo sin necesidad de escuchar más, ya que Naomi se había puesto colorada. Se levantó e inclinó su cabeza—: Encantada de conocerle. Me llamo Sugisaki. Muchas gracias por venir... Naomi-san, acérqueme esa silla. —Y me miró de nuevo—. Siéntese por favor. Pronto será su turno, y si continúa esperando de pie, acabará agotado.

No me acuerdo muy bien cómo la saludé, pero supongo que mascullaría cualquier cosa. No soporto a las mujeres que recurren a la típica expresión «me llamo». Y no solo era eso. Me ponía aún más nervioso haber olvidado preguntarle a Naomi qué sabía aquella señora de nuestra relación, o hasta qué punto se la había insinuado.

—Permítame que le presente —la mujer ignoraba mi irritación, señalando a la dama de pelo rizado—, es la señora de James Brown, de Yokohama... El señor Jōji Kawai, trabaja en la empresa eléctrica de Ōimachi...

Ah, entonces es la esposa de un extranjero. Lo cierto es que parece más la ramera de un occidental que una enfermera... Pensé. Y, aún más tenso, seguí inclinando la cabeza.

—Disculpe caballero, ¿es su *foisuto taimu* como practicante de baile? —La señora de pelo rizado me agarró rápidamente y se puso a hablarme de aquella manera.

Su manera de pronunciar *first time* era demasiado rápida y forzada. Así que balbuceé:

—¿Eh?

—¿Es su primera vez? —retomó la señora Sugisaki.

—¡Ah, por supuesto que lo es! Claro, ¿cómo decirlo? Para un *jenluman* será *mō mō difikaruto* que para una *lady*. Pero una vez que empiece, enseguida... ¿cómo explicarlo?

No entendía bien eso de *mō mō*. Al escuchar con detenimiento, me di cuenta de que significaba *more more*. *Gentleman* era *jenluman*. *Little*, *lilulu*. Logré armar su conversación en base a aquella particular forma de pronunciación. Incluso su japonés tenía un extraño acento y no se callaba ni un instante, como el fuego que consume una hoja de papel de parafina, repitiendo «¿cómo explicarlo?» una y otra vez.

Volvía al tema de la señora Shlemskaya, del baile, el aprendizaje de idiomas, la música... ¿Cómo es la sonata de Beethoven? ¿Qué tal es la Sinfonía n.º 3? O que si los vinilos de tal marca eran mejores o peores que los de otra. Me quedé en silencio, completamente abatido. Entonces cambió de interlocutor y se puso a charlar con la señora Sugisaki. Por lo que deduje, la señora de Brown era estudiante de piano de la señora Sugisaki. En este tipo de situaciones no sé muy bien cómo escabullirme en el momento oportuno, diciéndoles «ahora vuelvo». Así que tuve que quedarme escuchándolas, lamentando la pésima suerte que me había puesto al lado de esa charlatana.

Cuando por fin terminó el grupo de la clase donde estaban aquel doctor y el resto de empleados de la empresa petrolera, la señora Sugisaki nos llevó a Naomi y a mí ante la señora Shlemskaya. Nos la presentó en un inglés muy fluido, primero a Naomi y después a mí. Supongo que seguía esa norma protocolaria occidental que dicta que las damas van primero. Así, parecía que la señora Sugisaki llamaba a Naomi «*miss* Kawai». Yo esperaba impaciente el comportamiento de Naomi frente a una occidental. Naomi, que suele ser muy presumida, estaba un poco alterada ante la presencia de la señora Shlemskaya, que murmuró algo y le dio la mano con una mirada digna pero sonriendo. Naomi se puso colorada y apretó su mano furtivamente sin decir nada. De mí, mejor no hablar. De hecho apenas pude levantar la vista y apreciar aquellos rasgos pálidos como los de una escultura. Estreché, callado y cabizbajo, la mano de la dama, en la que brillaban innumerables y minúsculos diamantes.

9

Ya conocen ustedes, lectores, mi gusto por todo lo *haikara* y la tendencia a seguir el estilo occidental, a pesar de no tener un gusto especialmente refinando. Si ganara suficiente dinero y pudiera hacer lo que quisiera, viviría en Occidente y tendría como esposa a una mujer occidental. Pero la situación no me lo había permitido, así que tomé a Naomi, que tenía un aire occidental, como esposa en Japón. Y aunque se diera la situación de que tuviera dinero, no tenía ninguna confianza en mi presencia. El caso es que, midiendo un metro cincuenta y siete, soy una persona de baja estatura. Soy moreno y mi dentadura dista de ser perfecta. Ni se me podría pasar por la cabeza tener por esposa a una mujer occidental de imponente complexión. Me conozco demasiado bien a mí mismo. Los japoneses han de buscar a sus compatriotas. Me conformaba pensando que una mujer como Naomi era lo más cercano a mi ideal.

Aun así, poder acercarme a una dama de raza blanca era para mí un auténtico placer. O más que placer, era un honor. Hablando con franqueza, me repugnaba mi torpeza en las relaciones sociales y falta de talento para los idiomas. Pensé, resignado, que nunca iba a tener una oportunidad como esa en mi vida. Añoraba su belleza onírica yendo a funciones de ópera de alguna compañía extranjera o viendo fotos de actrices de cine. Sin embargo, las clases de baile me ofrecieron, de manera inesperada, la oportunidad de acercarme a una mujer occidental, nada menos que a una condesa. Dejando aparte a algunas abuelas como *miss* Harrison, ese momento fue la primera vez que pude experimentar «el honor» de saludar a una mujer occidental estrechando su mano. Cuando la señora Shlemskaya me ofreció «su nívea mano», mi corazón palpitó involuntariamente y no supe si sería capaz de estrechársela.

Las manos de Naomi son suaves y brillantes. Sus dedos alargados y finos. No me cabe la menor dudad de que son elegantes. Pero «esa nívea mano» no era frágil como la de Naomi. La palma era firme y fibrosa. No daba la sensación de ser endeble ni enclenque, a pesar de que sus dedos se extendían con delicadeza. Era una mano recia y, al mismo tiempo, hermosa.

Aquella fue mi impresión. El gran anillo que llevaba me deslumbraba como si se tratara de un ojo, embellecía sus dedos y le otorgaba un magnífico toque de elegancia. Algo así, en manos de una japonesa, resultaría desagradable. La diferencia más notable con Naomi era la extraordinaria blancura de su piel. Tan clara era que transparentaban sutilmente sus lívidas venas bajo esa palidez, como si fueran vetas de mármol. Hasta entonces solía elogiar las manos de Naomi, jugueteando con ellas. «Tus manos son preciosas. Son blancas como las de las occidentales», le decía.

Pero, por desgracia, si las comparaba con detenimiento eran totalmente distintas. Aunque pálidas, las manos de Naomi no eran tan blancas. No, tras ver aquellas manos, las suyas me parecían ennegrecidas. Otro detalle que atrajo mi atención fueron las uñas. Las diez puntas de los dedos, todas, tenían unas pequeñas uñas refulgentes, que brillaban con el color de la flor del cerezo, engarzadas como conchas marinas. Además, las puntas habían sido cortadas en triángulo, adoptando una forma puntiaguda. Quizás era esa la moda occidental.

Como les he comentado antes, Naomi era un poco más bajita que yo cuando nos poníamos en fila. Aquella dama, siendo occidental, parecía pequeña, pero era más alta que yo. Además, quizá por los tacones que llevaba, cuando bailábamos juntos su pecho quedaba a la misma altura que mi cabeza.

«*Walk with me!*», cuando me enseñó por primera vez el paso *one-step*, rodeándome la espalda con su brazo, ¡cuánto me preocupaba que mi ennegrecido rostro tocase su piel. A mí me bastaba con ver desde lejos su piel limpia y suave. Me parecía incorrecto tomar su mano para saludarla. Y ahora me llevaba en su pecho, con solo una suave y fina prenda entre nosotros. Me sentía como si hubiera hecho algo que no debería. ¿Me olía mal el aliento? ¿No le molestarían mis manos grasientas? Esto era lo único que me preocupaba. Cuando cayó sobre mí un mechón de su cabello, no pude evitar horrorizarme.

Además, percibía un dulce aroma en el cuerpo de la señora.

«¡Esa mujer huele a sobaquina, qué peste!», comentaban los estudiantes del club de mandolina. Dicen que a los occidentales les huelen las axilas, así que quizás también era el caso de aquella mujer. Y se suponía que no paraba de perfumarse con cuidado para evitar el mal olor. Pero a mí nunca me molestó aquel aroma sutil y agridulce, mezcla de su perfume y el sudor de sus axilas. La sensación de encantamiento que me provocaba era cegadora, me evocaba los países extranjeros de allende los mares, y exóticos y floridos jardines indescriptiblemente hermosos. «Ah, este es el aroma que emana el níveo cuerpo de esta señora», aspiraba, extático, ese aroma como si lo devorase.

¿Por qué un hombre como yo, zafio y ajeno al ambiente espléndido del baile, se animó a continuar las clases durante dos meses sin cansarse? Ahora me atrevo a confesarlo. Era la presencia de la señora Shlemskaya. Quería bailar abrazado al pecho de esa mujer los lunes y los viernes por la tarde. Esa mera hora se convirtió en mi momento de máximo placer. Ante aquella señora olvidaba por completo la presencia de Naomi. Era una hora que siempre me embriagaba como un licor aromático.

—Me sorprendes, Jōji-san. Te veo muy entusiasmado. Pensaba que lo dejarías enseguida...

—¿Y eso?

—Es que decías que no estabas seguro de poder hacerlo.

En esos momentos, cada vez que salía el tema, me sentía un poco mal por Naomi.

—Pensaba que no podría hacerlo, pero una vez que empiezas es divertido. Y, como dice el doctor, es un buen ejercicio para el cuerpo.

—¿Mira, ves? Por eso es mejor probarlo sin pensar tanto. —Naomi se reía sin darse cuenta del secreto que yo guardaba en mi interior.

Fue durante el invierno de ese año cuando fuimos por primera vez al café El Dorado, ya que creíamos que teníamos la suficiente práctica. En aquellos tiempos no había muchas salas de baile en Tokio. Aquel café fue uno de los primeros, además del Hotel Imperial y el Kagetsuen. Llegamos a la conclusión de que El Dorado era lo mejor para empezar, pues los hoteles y el Kagetsuen solían recibir clientes extranjeros y eran muy exigentes con la etiqueta. Desde luego la idea fue de Naomi. «¡Vamos allí!», dijo después de haber escuchado algunos comentarios. Yo todavía no me sentía listo para bailar en público.

—¡No, Jōji-san! —Me miró fijamente—. No puedes porque sigues hablando como un cobarde. En el tema del baile nunca mejorarás por mucho que practiques. Solo podrás mejorar cuando bailes en público y te dejes de complejos.

—Ya. Puede que sea eso, pero es que soy muy vergonzoso...

—Vale, pues iré sola... Iré a bailar acompañada de Hama-san o Mā-chan.

—Ese Mā-chan es aquel hombre del club de mandolina, ¿verdad?

—Pues sí. De hecho, se ha convertido en todo un experto, a pesar de no haber recibido ni una sola clase. Va a cualquier sitio y baila con cualquiera. Baila mucho mejor que tú, Jōji-san. Así que es una lástima que seas tan vergonzoso... Vamos, vente. Bailaré contigo... ¡Vente conmigo, te lo ruego! Eres un buen chico, Jōji-san. En serio, eres tan bueno...

A partir del momento en el que decidimos ir, comenzó un largo debate sobre «¿qué me pongo?».

Cuatro o cinco días antes de la cita la casa era un continuo alboroto. Naomi sacaba todo lo que tenía y se ponía un modelo tras otro.

—Jōji-san, ¿cuál te gusta más?

—Ah, ese te queda bien. —Al final me cansé y empecé a contestar sin ningún interés.

—¿Tú crees? ¿No es un poco raro? —Daba vueltas delante del espejo—. Sí, es raro. No me gusta nada. —Se lo quitó a toda prisa y lo arrugó a patadas como si fuera un papel. Y luego se probó otro, pero tampoco le gustaba ni ese kimono ni aquel, y llegó a decir—: Oye, Jōji-san, ¡hazme uno nuevo! Tiene que ser algo atrevido y muy llamativo para ir a bailar. Este kimono no me favorece. ¡Eh, hazme uno nuevo! De todos modos vamos a salir a menudo. Y no vamos a poder hacerlo sin la ropa adecuada.

Por aquel entonces, mi salario mensual ya no llegaba en absoluto a cubrir su prodigalidad. Por lo general, soy bastante escrupuloso con el tema de la economía. Cuando estaba soltero, fijaba con exactitud mis gatos mensuales y procuraba ahorrar el resto, por poco que fuera. Por eso vivía de manera desahogada cuando me trasladé con Naomi a aquella casa. Nunca descuidaba el trabajo en la empresa, a pesar de estar entregado por completo a mi amor hacia Naomi. Seguía siendo un trabajador serio y ejemplar. Por lo tanto, fui ganando poco a poco la confianza de los ejecutivos y mi sueldo mensual también aumentó. Sumando la paga extra semestral, ganaba cuatrocientos yenes al mes de media, lo que debería habernos facilitado un estilo de vida acomodado. Pero para nada era suficiente. Quizá les suene demasiado meticuloso. Primero, los gastos mensuales habituales ascendían, como mínimo, a más de doscientos cincuenta yenes. En algunos casos, podían superar los trescientos. El alquiler era de treinta cinco yenes. Aunque en un principio había sido de veinte, había subido quince yenes en cuatro años. Luego el gas, electricidad, agua, leña y carbón y la tintorería. Quitando estos gastos, nos quedaban aproximadamente doscientos treinta o cuarenta yenes. ¿ Y, a dónde iba todo esto? La mayoría lo gastábamos en comida.

Era natural. Naomi, que siempre quería bistec cuando era niña, comenzó a entregarse a los placeres culinarios sin ninguna preocupación. Con cada comida se volvía muy exigente diciendo «quiero esto; quiero aquello», con unos gustos nada acordes a su edad real. Además, era tan perezosa que no le gustaba comprar comida que hubiera que cocinar. Así que, por lo general solíamos, pedirla a los restaurantes cercanos.

«Ay, quiero comer algo rico», era su muletilla cuando estaba aburrida. Antes le gustaba la comida occidental, pero últimamente ya no era así. Cada dos por tres le surgía un capricho y decía «Quiero probar tal plato de este restaurante» o «Vamos a pedir el *sashimi* de aquel otro».

Naomi almorzaba sola, ya que yo estaba en la oficina todo el día. Y era en esos momentos cuando se dedicaba a despilfarrar. Al regresar del trabajo por la tarde solía encontrar bandejas con la tapa y el asa típicos de la comida precocinada o recipientes de restaurantes occidentales arrinconados en la cocina.

—¡Naomi-chan, otra vez has pedido a domicilio para comer! No puedes seguir alimentándote a base de comida preparada. Cuesta demasiado dinero. Por favor, piénsalo un poco. Es una lástima que sigas comportándote así, ya eres una mujer.

Aun así Naomi permanecía imperturbable.

—Lo he pedido porque estaba sola. Me da pereza cocinar —mascullaba, tirándose al sofá con arrogancia.

Cuando adoptaba esa actitud era una persona insoportable. Si solo se limitara al aspecto de la comida, aún podría tolerarlo. Pero incluso cocinar arroz le resultaba molesto y lo pedía a domicilio. A fin de mes la suma de las facturas de la pollería, la carnicería, restaurantes occidentales y japoneses, de *sushi*, de anguila, pastelerías, fruterías... era tan elevada que no podía evitar sorprenderme. ¿Cómo era posible que hubiera comido tanto?

Los cargos más elevados después de los de comida eran los referentes a la tintorería. Naomi jamás lavaba, ni siquiera un par de calcetines, y llevaba toda la ropa sucia a la tintorería. Cuando sacaba el tema a colación, ella enseguida soltaba: «No soy una criada —y seguía—. Si me pongo a lavar la ropa a mano, mis dedos se hincharán y no podré tocar el piano. Jōji-san, ¿qué es lo que me dijiste? ¿No decías que soy tu tesoro? Si estas manos se volvieran gordas, ¿qué harías?».

Solo al principio se dedicó a las tareas de la casa y pasaba tiempo en la cocina. Pero aquello duró poco menos de un año. El tema de la colada me parecía razonable. Lo que más me molestaba era que la casa cada día estaba más desordenada y sucia. Esparcía lo que se quitaba y dejaba tirado lo que comía; los platos y los cuencos pequeños tras el almuerzo. Los tazones y vasos con bebida sin terminar. O las camisetas y la ropa interior usada. Siempre estaban por todas partes. No había lugar en el que no se acumulara el polvo, desde el suelo hasta las sillas y las mesas. Aquella cortina de tela india colgaba mugrienta, sin rastro alguno de su esplendor original. El aire alegre de la «casa de fantasía» que debiera haber sido «la jaula de un pajarito» cambió por completo. Al entrar, su hedor característico me invadía la nariz y no podía soportarlo.

«Vamos, ya limpio yo, sal al jardín», le decía y me ponía a barrer y quitar el polvo. Pero cuánto más limpiaba, más basura aparecía. La casa estaba tan desordenada que, aunque lo intentara, era imposible de organizar.

Al no quedarme otro remedio, contraté en varias ocasiones una criada. Sin embargo, una tras otra se escandalizaban y se largaban. Ninguna duró más de cinco días. Por un lado, no había un lugar donde pudiera dormir, ya que en un principio no había tenido la intención de contratar una asistenta. Por otro, nos privaba de la discreción necesaria para poder intimar y dedicarnos a nuestros juegos con comodidad. Naomi, en cuanto conseguía unas manos que trabajaran, se volvía aún más perezosa y mandaba a la criada cualquier cosa: «Vete al restaurante a por tal cosa», «Tráeme esto otro», sin moverse ni siquiera para poner algo del derecho o del revés y, al contrario de lo que pudiera esperar, se entregaba aún más a los lujos, ya que tenía a su disposición todo tipo de facilidades. Al final contratar una criada no era nada rentable y también era una molestia para nuestro estilo de vida «lúdico». Puede que asustáramos a las criadas, pero nosotros tampoco queríamos que estuvieran en casa.

Así eran entonces nuestros gastos mensuales. Quería ahorrar diez o veinte yenes al mes de los cien o ciento cincuenta yenes que quedaban limpios de mi sueldo, pero me era imposible, ya que los gastos de Naomi eran desorbitados. Cada mes encargaba al menos un kimono. Aunque fuera de tela de muselina o de seda, compraba para el exterior y para el forro. Y, para que ella no tuviera que hacerlo, solicitaba que se lo confeccionaran. Con lo cual desparecían fácilmente cincuenta o sesenta yenes. Después, si no le satisfacía el resultado, lo colgaba al fondo del armario sin ponérselo ni siquiera una vez. Si le gustaba, se lo ponía hasta quedar raído a la altura de las rodillas. Por lo tanto, su armario estaba lleno de ropa vieja y gastada. Además, había desarrollado un gusto especial por el calzado, y tenía múltiples pares de *geta*, tanto bajos como altos, para la lluvia o para el buen tiempo, de vestir y de diario... El par podía costar desde dos o tres yenes hasta siete u ocho. Solía comprarse uno cada diez días. Sumando el total, no resultaban nada económicos.

—No puedes seguir comprando tantas *geta*. ¿Por qué no llevas zapatos?

Antes le gustaba mucho vestir de *hakama* y llevar zapatos como si fuera una estudiante, pero últimamente salía de casa solo con el kimono, sin *hakama*, con actitud presuntuosa, aunque fuera solo para ir a clase.

—Es que soy tokiota. Me da igual lo que lleve puesto, pero los zapatos tienen que ser los adecuados. Si no, es inaceptable —me increpaba como a un pueblerino.

Casi cada día me cogía de tres a cinco yenes para gastos como ir a algún concierto, el abono del tren, libros, revistas o novelas. Aparte, las clases de inglés y música costaban veinticinco yenes, que había que abonar cada mes regularmente. No es fácil soportar todos estos gastos con un salario de cuatrocientos yenes. Me resultaba imposible ahorrar. Al contrario, comencé a retirar dinero de mis ahorros de soltero, que iban mermando poco a poco. El dinero desaparece rápidamente una vez que lo tocas. Había gastado todo lo que tenía en tres o cuatro años, hasta el punto de que ya no me quedaba nada.

Por desgracia, un hombre como yo no tiene maña para pedir prestado. Con lo cual, abonaba cada pago en el acto. De lo contrario, no podía estar tranquilo. Así que tenía serias dificultades para llegar a fin de mes.

—Si sigues gastando de esta manera, no llegaremos a finales de mes —le regañaba.

—Entonces puedes hacerles esperar —decía—, seguro que podemos demorarnos en los últimos pagos. Llevamos tres o cuatro años viviendo en el mismo sitio. Si les dices que les pagaremos cada semestre, seguro que podrán esperar. Jōji-san, eres un estirado y un cobarde, por eso lo haces todo mal.

Así, ella pagaba en efectivo todas sus compras y relegaba los gastos mensuales a mis pagas extras semestrales. Además nunca quería pedir prestado: «A mí no me gusta hacer eso. Son cosas de hombres» y, de repente, desaparecía cuando se acercaba el fin de cada mes.

Se podría decir que todo mi salario era para Naomi. Era mi deseo; hacer de ella una persona mejor y más elegante, que no tuviera ningún tipo de incomodidad ni dificultad económica, y dejar que creciera tranquilamente. Mientras me quejaba, permitía que Naomi viviera a todo trapo. Por lo tanto, tenía que ahorrar en otras cosas. Por fortuna, mi escasa vida social no me generaba ningún gasto, pero de vez en cuando me surgía alguna comida o cena de trabajo. En esas ocasiones, aunque me miraran con mala cara, trataba de escabullirme. Reduje al mínimo mis gastos, la ropa y la comida. Naomi compraba el abono de segunda clase para el tren que usábamos cada día, mientras que yo me apañaba con el de tercera. Si pedía siempre comida a domicilio porque le daba pereza cocinar arroz la situación habría sido insostenible, así que a veces cocía yo el arroz, y le preparaba la comida. Pero cuando se convirtió en algo habitual, Naomi discrepó:

—Un hombre no trabaja en la cocina. Déjalo. Es lamentable —decía—. Jōji-san, llevas siempre la misma ropa. ¿Por qué no te pones algo más elegante? Yo estoy siempre bien vestida, y si tú vas así me desagrada. No hay forma de salir contigo.

Y, si no podía salir con ella, me perdía mi única diversión. Por lo tanto, tuve que encargar que me hicieran un traje «elegante». Y, cada vez que salíamos juntos, tenía que comprarme un billete de segunda clase. Sus gastos no eran suficientes para satisfacer su vanidad.

Y ahora, con todas mis dificultades para controlar esta situación, surgía un gasto mensual de cuarenta yenes para la señora Shlemskaya. No podíamos seguir así si además tenía que comprarle vestidos de baile. Sin embargo, Naomi no quería entenderlo. Insistía en que le diera efectivo para tener a mano porque se acercaban los últimos días del mes.

—Pero, si te lo doy, a finales de mes tendremos problemas, ¿no lo ves?

—Seguro que esa inconveniencia se podrá arreglar de alguna forma.

—¿Se podrá arreglar? Pero ¿qué vamos a hacer? No hay forma de arreglarlo.

—Entonces, ¿para qué hemos empezado las clases de baile? Vale, de acuerdo. Desde mañana no saldré a ningún lado —dijo con los ojos llenos de lágrimas, mirándome con reproche, y se quedó callada con frialdad.

—Naomi-chan, ¿estás enfadada? ¿Eh, Naomi-chan? Mírame, por favor.

Aquella noche, después de irnos a la cama, sacudí a Naomi por los hombros, pero ella fingía estar dormida dándome la espalda.

—Eh, Naomi-chan. Mírame, en serio...

La cogí suavemente con las manos y la giré hacia mí como si le diese la vuelta a un filete de pescado con las espinas del revés. Su cuerpo elástico no oponía resistencia, y giró obedientemente hacia mí con los ojos entreabiertos.

—¿Qué pasa? ¿Aún estás enfadada?

No respondió.

—Eh, escucha... No hace falta que te enfades. Voy a solucionarlo...

Siguió en silencio.

—Abre los ojos, mírame...

Tiré hacia arriba de sus párpados, mientras sus pestañas temblaban. Aquellos globos oculares observaban en silencio desde su oquedad como almejas en su concha. No estaban adormilados, sino que miraban directamente mi rostro.

—Te daré el dinero. ¿Te parece?

—Pero si lo usamos, tendremos problemas, ¿no?

—No te preocupes, ya lo arreglaré.

—¿Qué vas a hacer?

—Se lo comentaré a mi familia y les pediré que me manden efectivo.

—¿Te lo van a mandar?

—Seguro que me lo enviarán. Nunca he molestado a mi familia. Mi madre comprenderá que tenemos varias necesidades, ya que vivimos los dos en una casa.

—¿Ah, sí? Pero ¿no le molestará a tu madre? —Naomi lo decía preocupada, pero podía percibir levemente que hacía tiempo que había concebido aquella posibilidad: este hombre puede pedirle dinero a su familia. Lo que le había dicho era exactamente lo que ella quería oír.

—Bueno, no hace falta que nos sintamos culpables. No les he pedido nunca porque esa idea va en contra de mis principios.

—Entonces, ¿por qué razón has cambiado tus principios?

—Me da mucha pena verte llorar así.

—¿Ah, sí? —Sonrió, agitando su pecho como si fuera mecido por las olas—: ¿Me he echado a llorar?

—Me decías, con los ojos empapados en lágrimas, que no saldrías a ningún lado. Siempre vas a ser una niña mimada, mi gran *baby*-chan...

—¡Mi papa-chan! ¡Qué papa-chan tan guapo!

De pronto, Naomi se agarró a mi cuello y estampó el sello encarnado de sus labios por toda mi cara sin dejar ni un hueco, en la frente, la nariz, los párpados, detrás de los lóbulos de las orejas, como si fuese un empleado de la oficina de correos que estuviese sellando a toda prisa. Me produjo una placentera sensación, como si llovieran infinitos pétalos. Eran pesados, húmedos y tiernos como las flores de camelia. Estaba en un estado de ensoñación, como si mi cuello estuviese completamente cubierto por el alma de los pétalos.

—¿Qué te ha pasado, Naomi-chan? Estás loca.

—Sí, lo estoy... Me pareces tan hermoso esta noche, Jōji-san, que me vuelves loca... ¿ O, quizás te molesto?

—¿Cómo me vas molestar? Al contrario, me alegro, me alegro tanto que pierdo el juicio. No me importa hacer cualquier sacrificio por ti... ¿Qué pasa? ¿Otra vez estás llorando?

—Gracias, papa-san. Te estoy tan agradecida, papa-san, que se me saltan las lágrimas... ¿Ves? ¿Quieres que siga llorando? Si no, sécame, por favor.

Naomi sacó un pañuelo de su escote e hizo que fuera yo quien tirara de él y la secase. Sus pupilas estaban fijadas en mí, llenas de lágrimas hasta el borde antes de que yo las enjugase. ¡Qué ojos tan preciosos, repletos de encanto! ¿Podría cristalizar aquellos hermosos globos de lágrimas y guardarlos? Primero limpié las mejillas y luego continué por sus cuencas sin tocar los ojos hinchados por las lágrimas. Cada vez que la piel cedía o se contraía, sus globos alteraban su forma, como si fuesen una lente cóncava y convexa. Al final caían revoloteando y resbalaban de nuevo sobre las mejillas que acababa de limpiar, dejando tras de sí un hilo de luz. Comencé a enjugarlas de nuevo, acariciando sus párpados, que todavía estaban un poco mojados. Y, con el mismo pañuelo, le apreté las aletas de la nariz porque seguía sollozando. Le dije «suénate» y se sonó haciendo ruido, con lo que tuve que limpiarla varias veces. Al día siguiente le di a Naomi doscientos yenes y se fue sola a los grandes almacenes Mitsukoshi. Escribí una carta dirigida a mi madre para pedirle ayuda económica durante un descanso. «Últimamente el coste de la vida es muy elevado, ha cambiado bastante con respecto a un par de años atrás. Aunque no llevemos una vida fastuosa, los gastos mensuales nos están ahogando. La vida en la gran ciudad no es nada fácil...». Recuerdo que le escribí algo así. Me aterroricé al haberme vuelto tan osado como para soltarle una mentira como esa a mi buena madre. Sin embargo, mi madre confiaba en mí y sentía compasión por la valiosa esposa de su hijo. Lo noté con claridad en la respuesta que me llegó un par de días después. Además de lo que le había pedido, incluyó cien yenes más diciendo «cómprale un kimono a Naomi».

10

El sábado por la noche decidimos ir a El Dorado. Regresé más o menos a las cinco de la tarde, ya que nos dijeron que el baile comenzaría a las siete y media. Naomi estaba recién duchada y desnuda de cintura para arriba, maquillándose con entusiasmo.

—Ah, Jōji-san, ya lo tengo —dijo al verme reflejado en el espejo, y señaló estirando un brazo hacia atrás.

Allí, encima del sofá, estaba el kimono y el *obi* que había encargado de urgencia en Mitsukoshi. Estaban desembalados en fila. El kimono de crepé de seda era de manga larga ribeteado en las bocamangas, el cuello y el bajo. Sobre la oscura tela bermeja se veían dispersados dibujos de flores amarillas y hojas verdes. En el *obi* oscilaban un par de líneas de olas en hilo de plata y flotaban exquisitas barcas de recreo antiguas.

—¿Qué te parece? Tengo buen gusto, ¿verdad? —Naomi espolvoreó maquillaje de tocador entre sus manos. Mientras hablaba, se daba repetidos golpecitos con las palmas de las manos desde sus gruesos hombros hasta el cuello, que aún estaba humeando por el sudor.

Sin embargo, siendo sincero, aquella textura dúctil como el agua no favorecía el cuerpo de Naomi, con sus hombros abultados, voluminosas nalgas y pecho prominente. La muselina y la seda corriente le aportaban el toque de belleza exótica de una chica mestiza. Pero, al contrario de lo que podría parecer, cuando optaba por una vestimenta formal, parecía vulgar. Cuanto más llamativos eran los dibujos, más ruda lucía, como si fuese una mujerzuela de los locales para occidentales de Yokohama. No me atreví a contradecir a Naomi, ya que estaba muy contenta, pero me horrorizaba subir al tren o aparecer en la sala de baile con una mujer ataviada con un atuendo tan estridente.

Al vestirse, dijo:

—Vamos, Jōji-san, ponte el conjunto azul marino. —Y me sacó el traje. Me quedé sorprendido al ver que lo había limpiado y planchado.

—Prefiero el marrón al azul marino.

—¡Qué tonto eres, Jōji-san! —Me lanzó su habitual mirada de ira en tono de reprimenda—. A las fiestas nocturnas hay que asistir de traje azul marino o esmoquin. Tienes que llevar el cuello rígido, no uno blando. Este es el protocolo. Apréndetelo para el futuro.

—¿Es así?

—Claro que sí. ¿Cómo puedes creer que eres un *haikara* sin saber eso? Este traje azul marino está bastante sucio, pero irá bien, pues basta que no esté arrugado y conserve su forma para que pase por uno occidental. Venga, te lo he dejado bien preparado, así que póntelo para esta noche. Pronto tendremos que hacerte un esmoquin. Si no, no bailaré contigo.

Luego me dio otra explicación; hay que llevar una corbata con nudo de pajarita de color azul marino o negro sin estampado; los zapatos tenían que ser de charol, pero si no tenía, podía llevar unos negros ordinarios, mas nunca de cuero marrón, pues no era adecuado. Era preferible llevar calcetines de seda, pero si no, tenía que elegir unos de color negro liso... No sabía de dónde sacaba todas estas cosas, pero hacía todo tipo de comentarios sobre mi indumentaria, no solo sobre la suya. Tardamos una eternidad en salir de casa.

Eran más de las siete y media cuando llegamos allí, así que el baile ya había comenzado. Al subir la escalera, desde donde se escuchaba el estruendoso sonido de la banda de *jazz*, se encontraba la entrada a la sala de baile de la que habían retirado las sillas del comedor. «*Special Dance-Admisson: Ladies Free, Gentlemen ¥ 3.00*». Había un cartel y un mozo que cobraba la entrada. La sala no era nada especial, ya que se trataba de un café. Al mirar de reojo vi diez parejas bailando. Solo con esas personas, el local ya parecía bulliciosamente concurrido. Había dos filas con mesas y sillas a un lado de la sala donde los que habían pagado entrada podían descansar y ver el baile. Aquella parecía ser su función. Grupos de hombres y mujeres, aparentemente desconocidos entre sí, se organizaban en distintos corrillos y charlaban. Cuando Naomi entró, se pusieron a murmurar entre ellos, lanzando el tipo de miradas extrañas e intrigantes que solo pueden verse en esa clase de lugares, llenas de desprecio y hostilidad. Miraban fijamente la llamativa figura de Naomi como si la estuviesen escudriñando.

—¡Mirad, mirad! Aquella, la que acaba de llegar.

—¿Quién será ese hombre que la acompaña?

Esta fue la sensación que me dio. Noté con claridad cómo sus miradas no solo estaban fijadas en Naomi, sino también en mí, que caminaba encogido tras ella. La estruendosa música de la orquesta martilleaba mis oídos. Los participantes de aquel baile, que daban la impresión de ser muchísimo mejores que yo, formaron un gran círculo que giró delante de mí. Al mismo tiempo, pensaba: con mi metro cincuenta y siete de estatura, no soy más que un retaco. Mi dentadura es horrenda y soy moreno como un bárbaro. Además llevo un vulgar traje de azul marino que tiene ya dos años. Me empecé a ruborizar y todo mi cuerpo se echó a temblar. No pude evitar pensar «Jamás volveré a un lugar como este».

—Es una tontería estar aquí de pie... Vamos a cualquier sitio... hacia aquellas mesas...

Incluso Naomi parecía cohibida. Habló en voz baja, pegando su boca a mi oreja.

—Pero, no sé, ¿podríamos atravesar el corro de baile?

—Seguro que sí...

—Es que, si chocamos con ellos, me sentiré mal.

—Podemos cruzar sin chocarnos con nadie... Mira, aquel también ha pasado por allí. No te preocupes, vamos a probar.

Atravesé la concurrida sala siguiendo los pasos de Naomi. Pero me costó llegar sano y salvo al otro lado, pues mis piernas seguían temblando y el suelo era muy resbaladizo. Hubo un momento en el que estuve a punto de caerme.

—¡Ten cuidado! —recuerdo cómo Naomi me fulminó con la mirada y frunció el ceño—: Mira, allí hay una mesa libre. ¡Vamos!

Naomi no era tan pusilánime como yo. Caminaba con la mirada firme y mostrándose imperturbable hasta llegar a la mesa. Sin embargo, a pesar de toda la ilusión que había depositado en este evento, no parecía que quisiera salir a la pista en ese instante. Durante un rato se mostró inquieta, sacando el espejo de su bolso y retocándose el maquillaje.

—Tienes la corbata torcida hacia la izquierda —dijo atentamente, mientras observaba la sala.

—Naomi-chan, allí está Hamada-kun.

—Nunca digas Naomi-chan, llámame Naomi-san —dijo torciendo de nuevo el gesto—. Son Hama-san y Mā-chan.

—¿A ver? ¿Dónde están?

—Mira, allí... —de repente bajó la voz—. Es de mala educación señalar con los dedos —me corrigió con delicadeza—. Mira, allí, el que está bailando con la señorita del vestido rosa. Aquel es Mā-chan.

—¡Hola! —Mā-chan se acercó y sonrió con sorna sobre el hombro de la mujer con la que bailaba. La señorita del vestido rosa era una mujer alta y rechoncha que dejaba al descubierto sus largos y voluptuosos brazos. Su oscuro cabello, cortado a la altura de los hombros, había crecido hasta un punto que resultaba desagradable, pues no era muy abundante. Lo tenía rizado y cubierto por una cinta. Sin embargo, su cara presentaba el siguiente aspecto: las mejillas sonrojadas; los ojos grandes; los labios gruesos. Y, sobre todo, encajaba a la perfección en el verdadero estilo japonés que se suele encontrar en los grabados antiguos. Sus rasgos recordaban a las alargadas semillas del melón, con la nariz larga y delgada. Yo soy una persona que presta bastante atención al rostro de las mujeres, pero nunca había visto una cara tan extraña e inarmónica como esta. Creo que esa señorita se sentía tan avergonzada de tener unas facciones tan japonesas que trataba, por todos los medios, de conferirles el aspecto más occidental posible. Al observarla con detenimiento, me di cuenta de que su cutis estaba tan maquillado que parecía desprender polvo a su paso. La sombra de ojos, de color verde azulado, brillaba con la intensidad de la pintura. No cabía duda de que el rojo de sus mejillas también se debía al uso de colorete. Además, la línea que formaba aquella cinta le otorgaba un aspecto lamentable y horrendo.

—Naomi-chan... —solté involuntariamente, dirigiéndome a ella de nuevo como Naomi-chan—. ¿Aquella mujer es una señorita a pesar de su aspecto?

—Pues sí, aunque parezca una prostituta...

—¿La conoces?

—No personalmente, pero Mā-chan habla a menudo de ella. Mira cómo se cubre la cabeza con esa banda, ¿ves? Por lo visto tiene las cejas muy arriba, así que las oculta con esa banda y se pinta las cejas más abajo. ¿Te das cuenta? Esas cejas son falsas.

—Pero no tiene malas facciones. Parece cómica por el maquillaje rojo y azul, y todas esas extravagancias.

—O sea, es una idiota, —Naomi había recuperado la autoestima y retomaba su habitual tono altanero—. Sus facciones son penosas. Jōji-san, ¿te parece guapa una mujer así?

—No es que sea una belleza, pero tiene la nariz respingona y no tiene mala figura. Si fuera más elegante, daría mucha mejor impresión.

—¿Qué me dices? ¿Qué daría buena impresión? Hay montones de chicas con esa misma cara. Por favor, hace todo lo posible por tratar de pasar por una occidental. A mí no me importa, pero no se parece en nada a una occidental. Es patética. Es como una mona.

—Por cierto, la que está bailando con Hamada-kun me suena de algo.

—Claro que te suena. Es Kirako Haruno, del Teatro Imperial.

—Anda, ¿Hamada-kun conoce a Kirako?

—Claro que sí. Como baila bien, conoce a muchas actrices.

Hamada llevaba un traje marrón. Se había puesto unos zapatos *box-calf* de color chocolate con polainas. Se movía como un experto bailarín, destacando sobre el resto de los asistentes. Y lo más escandaloso era, quizás debido al tipo de baile que estaban practicando, que tenía su mejilla pegada a la de su pareja. Kirako tenía los dedos finos como si fueran de marfil, y era tan pequeña y frágil que daba la impresión de que podría llegar a partirse si se la abrazaba con fuerza. Era muchísimo más hermosa que cuando subía al escenario. Llevaba un deslumbrante kimono que resplandecía al nivel de su reputación, con un *obi* negro de damasco y satén con un dragón bordado en hilo dorado y verde oscuro.

Hamada ladeaba la cabeza y pegaba su oreja al mechón que caía sobre la de Kirako, ya que la chica era mucho más baja que él. Daba la impresión de estar olisqueando su pelo. Kirako también pegaba su frente a la mejilla de aquel hombre con tal fuerza que se le arrugaba el rabillo del ojo. Aquellas dos caras con sus cuatro ojos parpadeantes bailaban sin que sus cuellos se separasen, aun cuando ambos cuerpos se alejaban.

—Jōji-san, ¿sabes qué tipo de baile es ese?

—No tengo la menor idea, pero no es nada agradable verlo.

—Es una grosería —hizo un gesto como si escupiera—. Se llama *cheek dance* y dicen que no es adecuado en ambientes formales. Si lo bailas en Estados Unidos, te pedirán que te largues. Hama-san baila muy bien, pero es demasiado cursi.

—Sí, aunque la chica también lo es.

—Claro que sí. Al fin y al cabo todas las actrices lo son. En general, no deberían admitirlas en lugares como este. Si empiezan a acudir ellas, las auténticas *ladies* dejarán de venir.

—Hablando de los hombres, antes te pusiste muy exigente conmigo, pero muy pocos llevan traje azul marino. Hamada-kun también se viste así...

Era algo de lo que me había dado cuenta desde el principio. Naomi, que siempre quiere presumir de todo lo que sabe, apenas se sabía el protocolo de oídas y me obligó a llevar el traje azul marino. Sin embargo, aquí había solo un par de personas que lo llevaban. Nadie llevaba esmoquin. La mayoría vestían trajes originales de distintos colores.

—Ya, pero Hama-san se equivoca. Lo adecuado es ir de color azul marino.

—Bueno, no sé... Mira a aquel occidental, lleva un traje de lana, ¿verdad? Al final, cualquier cosa sirve.

—No es así. A ti te tienen que dar igual los demás y venir con la vestimenta correcta. Si los occidentales vienen vestidos así, es culpa de los japoneses. Hama-san es un caso aparte, porque es un bailarín muy experimentado. Jōji-san, tú tienes que venir bien arreglado. Si no, serías un impresentable.

La música se detuvo y estalló un gran aplauso. Como la orquesta había dejado de tocar, los más entusiastas pedían bises a silbidos y patadas en el suelo como si quisieran seguir bailando sin descanso. Entonces la música se reanudó y el corro que se había detenido comenzó de nuevo a dar vueltas. Al cabo de un rato, la música volvió a detenerse. Y, de nuevo, pidieron otra pieza... Este proceso se repitió un par de veces más. Y cuando, por fin, la música dejó de sonar a pesar de los aplausos, todo el mundo regresó paulatinamente a sus mesas. Los bailarines escoltaban a sus parejas. Tanto Hamada a Kirako como Mā-chan a la señorita del vestido rosa, las acompañaron hasta sus mesas, las acomodaron en las sillas y saludaron con cortesía. Ambos se acercaron hasta nosotros.

—Hola, buenas noches. Han llegado tarde, ¿verdad? —dijo Hamada.

—Eh, ¿no bailas, o qué? —dijo Mā-chan con su característico tono ordinario. Estaba de pie detrás de Naomi, mirando fijamente el deslumbrante y pomposo vestido de Naomi—. Si no tienes ningún compromiso, ¿bailarías conmigo el siguiente?

—No, Mā-chan, bailas fatal.

—¡No seas tonta! Es extraordinario que pueda bailar a la perfección aunque no pagué ni una clase. —Se rio, haciendo una mueca con los labios mientras hinchaba las aletas de su enorme y rechoncha nariz—. Yo tengo aptitudes innatas.

—¡Bah, no te creas! Cuando bailabas con aquella mujer del vestido rosa, hiciste bastante el ridículo.

Para mi sorpresa, Naomi empleó un tono violento con aquel hombre.

—¡Tan mal! —Mā-chan se rascó la cabeza, encogiendo el cuello y echando un vistazo a la señorita del vestido rosa sentada a lo lejos en una mesa—. Yo creía que no podía haber alguien más caradura que yo, pero aquella mujer me ha derrotado atreviéndose a venir aquí con ese vestido.

—¿Quién será? Es como una mona.

—¡Ja, eso es, una mona! No hay ninguna duda, es como una mona.

—Pero ¿qué dices? Eres tú el que la ha traído aquí, ¿no? De verdad, Mā-chan, dile algo, es lamentable. Por mucho que intente asemejarse a una occidental, con esa cara no hay manera. Sus facciones son demasiado niponas, netamente niponas.

—En resumen, es un triste esfuerzo, ¿verdad?

—¡Ja, la verdad es que sí! No es más que el triste esfuerzo de una mona. Porque hay gente que parece occidental a pesar de llevar un vestido japonés.

—¿Hablas de ti misma?

—¡Hum! —Naomi levantó la nariz, riéndose con sorna—. ¡Pues sí! De todas formas, doy la impresión de ser mestiza.

—Kumagai-kun —parecía que Hamada se preocupaba por mí y estaba un poco nervioso; no obstante se refirió a Mā-chan con este nombre—. ¿Nunca te había presentado a Kawai-san?

—Sí, aunque nos hemos cruzado varias veces... —Kumagai, conocido como Mā-chan, me lanzó una mirada sarcástica tras la silla, apoyándose sobre los hombros de Naomi—. Me llamo Seitarō Kumagai, pero todo el mundo me conoce como Mā-chan...

—Oye, Mā-chan, puedes presentarte algo mejor, ¿no? —Naomi miró a Kumagai levantando la cabeza.

—Prefiero dejarlo así. Si sigo hablando, empezaré a destapar mis trapos sucios... Si quiere más detalles, puede preguntárselos a Naomi-san.

—¡Nada de eso! ¿Qué clase de detalles podría saber yo?

—¡Ja, ja, ja!

Yo también me reí sin poder hacer nada, pensando en lo desagradable que era estar rodeado de esos chavales, pero Naomi se había animado y estaba de buen humor.

—Bueno, Hamada-kun, Kumagai-kun, ¿por qué no os sentáis?

—Jōji-san, pídeme algo de beber, tengo sed. Hama-san, ¿qué quieres? ¿Una limonada?

—Cualquier cosa me viene bien...

—¿Y tú, Mā-chan?

—Si me vais a invitar, me pediría un *whisky* con soda.

—¡Qué sorpresa! A mí no me gustan los borrachos. ¡El aliento les apesta!

—Es bueno oler mal. Dicen que no pueden abandonarme porque huelo mal.

—¿Eso dice aquella mona?

—¡Uy, qué desastre! No hablemos de ella, te pido que me perdones.

—¡Ja, ja, ja, ja! —Naomi se partió de risa sin ningún pudor—. Jōji-san, llama al camarero, por favor... Un *whisky* con soda, tres limonadas... ¡Y, espera, espera! No voy a tomar limonada, tráeme un *fruit cocktail*.

—¿Un *fruit cocktail*? —me extrañaba que Naomi conociera una bebida de la que nunca había oído hablar—. ¿El *cocktail* es una bebida alcohólica, no?

—¡Qué va! Jōji-san, no tienes ni idea... ¡Hama-chan, Mā-chan, escuchad, por favor! Aquí donde lo veis, está hecho un zafio. —Me dio unas palmadas suavemente en los hombros cuando Naomi dijo «lo»—. Por eso no tiene sentido venir a bailar con él. Es una bobada. Es tan distraído que hace un rato casi se cae.

—Es que el suelo es muy resbaladizo —dijo Hamada, como si quisiera defenderme—, y al principio todos parecemos idiotas. Una vez que se acostumbre, irá encajando poco a poco...

—¿Y qué pasa conmigo? ¿Tampoco estoy en armonía?

—No, Naomi-kun, tú eres diferente. Eres tan intrépida... Bueno, eres un genio en el arte de las relaciones sociales.

—Hama-san, tú también tienes tu genialidad.

—¿Yo?

—Claro, ¡te hiciste amigo de Kirako Haruno sin que me diera cuenta! ¿No crees, Mā-chan?

—Sí, sí —afirmó Kumagai, sacando el labio inferior y moviendo la mandíbula—. Hamada, ¿le tiraste los tejos a Kirako?

—¡No digas estupideces! ¡Yo no haría una cosa así!

—Hama-san, eres encantador, te ruborizas cuando intentas excusarte. Aún te queda algo de sinceridad... Oye, Hama-san, ¿por qué no le dices a Kirako que venga? ¡Tráenosla! Preséntamela, por favor.

—Ya veo, ¿estás maquinando algo nuevo para burlarte de mí? Tu lengua pérfida no tiene rival.

—No te preocupes. No me burlaré de ti, así que, ¡tráemela! Cuantos más seamos, mejor.

—Entonces, ¿yo también tengo que traer a aquella mona?

—¡Qué bien! ¡Qué bien! —Naomi miró a Kumagai—. Mā-chan, trae a tu mona y así nos juntaremos todos.

—Vale, de acuerdo, pero ya ha empezado el baile. Lo haré después de que bailes conmigo.

—No me apetece mucho bailar con Mā-chan, pero no me queda otro remedio. Bailaré contigo.

—¿Qué dices? Aún eres una principiante que acaba de empezar.

—Bueno, Jōji-san, yo iré a bailar y tú te quedarás ahí mirándome. Luego bailaré contigo.

Estoy seguro de que mi expresión era triste y extraña. Pero Naomi se puso de pie de repente y se zambulló del brazo de Kumagai, en la corriente de la muchedumbre que había empezado a moverse con brío.

—Ahora toca la pieza número siete del foxtrot...

Cuando se quedó solo conmigo, Hamada parecía sentirse incómodo ante la falta de conversación. Sacó el programa del bolsillo, lo miró y levantó con discreción su trasero.

—Disculpe. Me voy, tengo comprometido este baile con Kirako-san.

—Desde luego, no se preocupe por mí...

Tuve que contemplar boquiabierto el movimiento de la sala con cuatro vasos delante de mí, un *whisky* con soda y el llamado *fruit cocktail*, que trajo el camarero después de que se hubieran ido los tres. No obstante, yo no quería bailar. Mi motivo principal era ver cómo lucía Naomi en este tipo de lugares y observar cómo bailaba, por lo que yo me sentía más cómodo así. Me noté entonces más aliviado, mirando apasionado cómo la figura de Naomi aparecía y desaparecía entre las olas de gente.

«Vaya, baila bastante bien... No es una impresentable... Cuando dejo que haga este tipo de cosas demuestra su talento...».

Naomi se movía de puntillas sobre unos *tabi* blancos con unas delicadas sandalias de baile. Y al girar, las largas mangas de su magnífico y amplio kimono levitaban, ondeando. Cada vez que daba un paso, el ruedo delantero del kimono se levantaba, aleteando como si fuera una mariposa. Al verla en ese kimono, la imagen era espectacular; sus dedos pálidos agarraban los hombros de Kumagai con un gesto similar al de las *geishas* cuando sostienen un plectro, con la espléndida tela del *obi* sujetando con firmeza su cintura. Entre toda la concurrencia lucía como el tallo de una flor; el cuello, su perfil, la frente y la nuca... Y, además de eso, estaba preocupado por la elección de aquel atuendo tan llamativo. Pero, al fin y al cabo, no resultaba vulgar, quizá porque habían venido varias mujeres con un aspecto mucho más estridente, como la señorita del vestido rosa.

—¡Qué calor hace! ¿Cómo estás, Jōji-san? ¿Me has visto bailar? —Naomi regresó a la mesa al terminar el baile y agarró impaciente el *fruit cocktail*.

—Sí, no te he quitado ojo de encima. Nadie podría pensar que esta noche ha sido tu primera vez.

—¿En serio? Entonces bailaré contigo, Jōji-san, cuando venga un *one-step*. ¿Está bien, verdad? El *one-step* es bastante fácil.

—¿Y esos dos? ¿Hamada-kun y Kumagai-kun?

—Sí, ahora vendrán, cuando traigan a Kirako y a la mona. Puedes ir pidiendo dos *fruit cocktails*.

—Por cierto, me ha parecido ver como la del vestido rosa bailaba con un occidental.

—Lo cierto es que sí, me parece bastante gracioso —Naomi sació su sed con una serie de sonoros tragos hasta que pudo ver a través del fondo de su copa—. Aquel occidental ni siquiera es amigo suyo. Pero, de repente, se dirigió hacia la mona y le pidió que bailase con él. Se está burlando de nosotras. Habló con ella sin que se la hubieran presentado. Seguro que la confundió con una prostituta o algo así.

—Bueno, podría haberlo rechazado, ¿no?

—Por eso me parece tan gracioso. ¡Como se trata de un occidental, la mona ha sido incapaz de decirle que no y ha bailado con él! ¡Menuda estúpida sinvergüenza!

—Ya está bien, no haces otra cosa que criticarla. Me pongo nervioso con solo escucharlo.

—No te preocupes. Es que estaba pensando... Bueno, será mejor que alguien se lo diga. De lo contrario, acabará causándonos molestias a las demás. Mā-chan también me ha comentado que iba a hablar con ella para que no siga así.

—Bueno, algún caballero podría comentárselo...

—¡Eh! Hama-chan viene con Kirako. Cuando una *lady* llega a la mesa, tienes que levantarte de la silla.

—Permítanme que los presente... —Hamada se situó delante de nosotros dos y se cuadró como un soldado a la voz de «¡firmes!»—: La señorita Kirako Haruno.

En situaciones como esta consideraba natural estimar la belleza de Naomi como un patrón y pensaba, ¿esta mujer es superior o inferior a Naomi? Kirako apareció con elegancia detrás de Hamada y dio un paso adelante, sonriendo tranquila y relajada. Es posible que tuviera uno o dos años más que Naomi, pero irradiaba la misma sensación de lozanía y viveza. Quizás se debía a que Kirako era bajita. Sin embargo, su lujosa vestimenta superaba con creces a la de Naomi.

—Encantada... —dijo con humildad. Nos saludó bajando unos pequeños ojos redondos bien abiertos que le daban un matiz de inteligencia, mientras encogía sutilmente el pecho. Sus gestos carecían de la brusquedad de los de Naomi, puesto que era una actriz reconocida.

La actitud de Naomi sobrepasa los niveles del buen gusto. Es demasiado violenta. Su tono es áspero y carece de delicadeza femenina. Por lo general, se comporta de forma vulgar. Dicho de otra forma, es una fiera indómita. Kirako, comparada con ella, era sofisticada en todos los sentidos: la manera de hablar, el uso de la mirada, el modo en que giraba el cuello o cómo levantaba las manos. Me parecía un valioso objeto artesanal pulido cuidadosa y sensiblemente hasta alcanzar la máxima excelencia. Solo había que ver cómo se sentaba a la mesa y asía la copa de su cóctel. Sus manos, desde las palmas hasta las muñecas, eran verdaderamente delicadas. Al observarlas se percibía su delicadeza. Eran tan livianas y refinadas que daba la impresión de que no podían soportar el peso de las mangas que pendían con serenidad. La tersura y gracia del color de su piel eran igual de excelentes. ¿Cuántas veces se deslizaba mi mirada entre aquellas cuatro palmas de manos sobre la mesa, una tras otra? Sin embargo, su constitución era completamente diferente. Supongamos que Naomi es Mary Pickford, una chica yanqui. Kirako sería entonces una preciosa mujer refinada que exhibe cierta coquetería en su elegancia, como las italianas o las francesas. Ambas son flores, pero Naomi es como las que brotan en el campo y Kirako en un invernadero. ¡Qué fina y transparente era la nariz de Kirako! Esa diminuta nariz situada en el centro de su firme y redondeado rostro. Ni siquiera un bebé tendría una nariz tan delicada, solo podría encontrarse en una muñeca tallada por un ilustre artesano. Y por fin contemplé su excelente dentadura, algo de lo cual Naomi tiende a presumir con frecuencia. Esas piezas de una perla, idénticas a las suyas, estaban enfiladas en la hermosa boca de Kirako como un melón rojo partido en dos. Allí lucían como las semillas de esa fruta.

A su lado me sentí un ser insignificante. Al mismo tiempo, es posible que Naomi también se sintiera acomplejada. Desde que Kirako se sentó en la mesa Naomi se calló de súbito, a pesar de todas las muestras de arrogancia que había desplegado. Ni un comentario burlón. Permanecía en silencio. Sin embargo, Naomi tiene muy mal perder. No tardó en comportarse de nuevo como una niña traviesa, ya que era ella la que había sugerido que invitara a Kirako.

—Hama-san, no te quedes callado. Dinos algo... Kirako-san, ¿cuándo trabó amistad con Hamada-san? —dijo Naomi retomando su actitud.

—¿Se refiere a mí? —respondió Kirako, y sus ojos brillantes se pusieron alegres enseguida—. Fue hace muy poco.

—Yo misma —Naomi trataba inconscientemente de emular el tono de la interlocutora— la estuve observando y parece que se le da muy bien. ¿Ha practicado usted mucho?

—No, es cierto que llevo mucho tiempo practicando, pero no avanzo nada porque soy una torpe...

—No lo creo. Oye, Hama-san, ¿qué te parece a ti?

—Su destreza es innegable. Dada su situación, recibe clases con regularidad en la academia de actrices.

—¡Qué cosas dice! —Kirako se sonrojó y bajó la cabeza.

—Es verdad, se le da muy bien. De toda esta sala, el mejor bailarín es Hama-san y Kirako-san la más brillante.

—¡Vaya!

—¿Qué es esto? ¿Un concurso del baile? No hay duda de que soy yo quien mejor baila. —En ese momento llegó Kumagai junto con la señorita del vestido rosa.

Según comentaba Kumagai, esa rosita era hija de un hombre de negocios del lujoso barrio de Aoyama y se llamaba Kikuko Inoue. Tendría unos veinticinco o veintiséis años, con lo que ya se le había pasado la edad para casarse. Más tarde, me enteré de que había estado casada durante un par de años, pero se había divorciado hacía poco debido a su particular afición al baile.

Bajo el vestido de noche, mostraba intencionadamente sus brazos hasta la zona de los hombros. Quizá había elegido esa indumentaria para dejar ver el rollizo atractivo de su cuerpo. Pero, vista de cerca, parecía más una regordeta señorita entrada en años que una mujer voluptuosa. La ropa occidental es más adecuada a una constitución rolliza como la suya. Pero sus facciones eran lamentables. Era como si hubieran encajado la cabeza de una muñeca japonesa en el cuerpo de una occidental. Aquellos rasgos no armonizaban con su atuendo extranjero... Además trataba por todos los medios de aparentar un aire occidental, emperifollándose de pies a cabeza y arruinando así cualquier atractivo que pudiera tener. Hubiera sido mejor que se aceptara tal y como era. Se podía apreciar cómo sus cejas reales estaban ocultas tras el pañuelo, mientras que las que había sobre sus ojos eran visiblemente artificiales. Casi todo su rostro resultaba antinatural; la sombra azul que bordeaba sus ojos, el colorete, un lunar falso, la línea de los labios y la línea de la nariz.

—Mā-chan, ¿te gustan los monos? —preguntó de pronto Naomi.

—¿Los monos? —respondió Kumagai, aguantando la risa—: ¿Qué te pasa? De repente me preguntas cosas raras.

—Es que tengo dos monos en mi casa, así que, si te gustan, te puedo dar uno. ¿Qué me dices? ¿No te gustan los monos?

—¡Hala! ¿Tiene monos en su casa? —preguntó muy seria Kikuko, lo que animó a Naomi despertando el brillo de su mirada traviesa.

—Pues sí, los tengo. ¿Le gustan a usted los monos, Kikuko-san?

—A mí me gusta cualquier animal, los perros, los gatos...

—¿Y los monos también?

—Sí, los monos también.

La conversación era tan graciosa que Hamada se empezó a tronchar de risa, mirando hacia otro lado. Hamada se puso un pañuelo sobre la boca mientras se le escapaba una carcajada. Incluso Kirako se dio cuenta y esbozó una sonrisa. Pero Kikuko parecía una persona bondadosa y no se percató de que se estaban burlando de ella.

Por fin, comenzó la pieza número ocho del *one-step*. Kumagai y Kikuko fueron hacia la pista de baile.

—Es tan imbécil que me preocupa que tenga algún problema circulatorio —dijo Naomi con desprecio, sin que le preocupara que Kirako la estuviera escuchando.

—¿No está usted de acuerdo, Kirako-san?

—¡Vaya! No sabría qué decirle...

—¿No es cierto que esa señorita parece una mona? Ese era el propósito de mi insistencia en los monos.

—¡Vaya!

—Todo el mundo se ha partido de risa, pero no se ha dado cuenta. Debe de ser idiota perdida.

Kirako se quedó boquiabierta, mirando fijamente a Naomi con una mirada levemente despectiva repitiendo sin parar «¡vaya!».

II

—Vamos, Jōji-*san*, el *one-step*. Ven, voy a bailar contigo —dijo Naomi.

Por fin tuve el honor de bailar con ella. A mí me daba vergüenza, pero era la ocasión de poner en práctica todas aquellas clases. Además iba a bailar con una mujer preciosa, con Naomi, así que, ¿cómo no entusiasmarme? Por muy torpe que fuera, hasta el punto de que quizá todo el mundo se burlara de mí, eso no haría sino ayudar a Naomi a destacar. Y ese, más bien, era mi deseo. Mi vanidad es un poco particular. Quería que la gente dijera «Parece que es el marido de esa mujer». En otras palabras, quería presumir con orgullo, exclamando: «Esta mujer es mía. Contemplad mi tesoro». Al pensarlo me invadió una tremenda satisfacción y, al mismo tiempo, me pareció muy divertido. Sentí que todos los sacrificios y esfuerzos que le había dedicado habían dado, de golpe, sus frutos.

Al observarla durante esa noche pensaba que no quería bailar conmigo. Es posible que no le apeteciera hasta que pudiera bailar un poco mejor. Si no quería hacerlo, no insistiría en bailar con ella. De tanto pensar de aquella manera ya me había resignado. Y, de repente, me dijo «Bailaré contigo». No pueden imaginar cuánto me alegró oír su voz.

Recuerdo que di el primer *one-step* de la mano de Naomi, excitado como un loco febril. Pero ahí me encontraba, entregado. Cuanto más me entregaba, menos escuchaba la música. Mis pasos empezaron a desbaratarse. Tenía los ojos exhaustos. El corazón me palpitaba con fuerza. No tenía nada que ver con los vinilos del gramófono de la primera planta de Yoshimura, la tienda de instrumentos. En medio de toda esa muchedumbre me sentía como si remara en alta mar, y ya no sabía si avanzaba o retrocedía.

—Jōji-san, ¿por qué demonios estás temblando? ¡No seas tonto! —Naomi me regañaba continuamente al oído—: ¡Mira, has resbalado otra vez! ¡Giras demasiado rápido! ¡Cálmate! ¡Te estoy diciendo que te calmes!

Cuánto más me reñía Naomi, más nervioso me ponía. Y encima el suelo estaba especialmente resbaladizo esa noche, así que, si me despistaba y pensaba que aquello era como bailar en la sala de ensayos, mis pies patinaban en el acto.

—¡Eh! ¡No puedes levantar los hombros! ¡Baja los hombros! ¡Bájalos! —chilló Naomi.

De vez en cuando, apartaba con brusquedad mis manos mientras la agarraba con todas mis fuerzas y me clavaba las suyas en los hombros.

—¿Qué haces apretándome así con las manos? ¡Parece que me estás agarrando! ¡No puedo respirar! ¡Mira, otra vez los hombros!

Era como si solo estuviese bailando para recibir sus gritos de enfado. Estaba tan entregado que ni siquiera prestaba atención a sus quejas.

—Jōji-san, ya no puedo más —Naomi se enfadó y regresó a la mesa, dejándome ahí solo mientras la muchedumbre pedía a gritos otra pieza.

—¡Qué fastidio! No hay forma de bailar contigo. Tendrás que practicar en casa.

En ese momento vinieron Hamada y Kirako. Llegó Kumagai y también Kikuko. La mesa se animó de nuevo, pero yo estaba tan triste y desilusionado que permití en silencio que Naomi hiciera de mí el blanco de todas sus críticas.

—¡Ja, ja, ja, ja! Un cobarde sería incapaz de volver a bailar si le dices esas cosas. Cállate de una vez y ponte a bailar con él.

Las palabras de Kumagai me ofendieron aún más. «¿Cómo puede decirle "ponte a bailar con él" ¿Quién se cree que soy? ¡Menudo niñato!».

—Bueno, no lo hace tan mal como dice Naomi-kun. Hay otros muchos más torpes —dijo Hamada—. ¿Qué le parece, Kirako-san? Quizás podría bailar con Kawai-san el siguiente foxtrot.

—Bueno, adelante...

La amable Kirako asintió bajando la cabeza, con la elegancia de una actriz.

—¡Imposible, imposible! —dije agitando la mano, quedándome tan atónito que mis gestos resultaban cómicos.

—¿Cómo que imposible? Vamos, no se acobarde, por favor. ¿No es así, Kirako-san?

—De verdad, adelante...

—¡Que no, que no! Baile conmigo cuando lo haga un poco mejor, por favor.

—Baila con ella. Es tan amable que acaba de decirte que podría bailar contigo —dijo Naomi como si supusiese un honor tan grande que me sobrepasaba—. Jōji-san, bailas tan mal porque solo quieres bailar conmigo... Mira, el foxtrot ya ha empezado. Vete a bailar. En el mundo del baile es mejor que practiques con alguien de otra escuela.

—*Will you dance with me?*

De repente se escuchó una voz. Un joven occidental se había situado al lado de Naomi. Era el mismo que había estado bailando con Kikuko hacía un rato. De complexión delgada, llevaba maquillaje sobre su alegre rostro afeminado. Encorvó la espalda y se inclinó delante de Naomi, sonriendo. Estaba hablando con ella muy rápido. Quizá estuviera soltándole algún piropo. Solo puede entender cómo le decía «*please, please*» con descaro. Naomi se quedó desconcertada y su cara se ruborizó tanto que parecía arder. Sin embargo, no expresó su enfado y se limitó a sonreír. Quería rechazar la invitación, pero en ese momento su inglés se esfumó; ¿cómo decírselo de manera indirecta? El occidental interpretó que su actitud era favorable, ya que Naomi seguía sonriendo. Insistió en que le diera una respuesta, haciendo un gesto de ánimo como diciendo «¡venga!».

—*Yes...* —dijo Naomi y se puso en pie de mala gana. Sus mejillas se enrojecieron aún más, como si ardiesen.

—¡Ja, ja, ja! A pesar de toda su bravuconería, no sabe cómo reaccionar cuando se le planta delante un occidental —dijo Kumagai partiéndose de risa.

—Los occidentales son insoportables, me parecen todos unos caraduras. Yo tampoco habría sabido qué hacer, la verdad —añadió Kikuko.

—Bueno, ¿me haría el favor? —dije a Kirako sin mucho entusiasmo, ya que me estaba esperando.

Me atrevo a decir, y no solo respecto a esa noche, que Naomi es la única mujer capaz de cautivar mi mirada. Desde luego, si veo a una mujer hermosa, soy capaz de apreciar su belleza. Pero cuanto más hermosa es, más quiero alejarme y observarla sigilosamente sin tocar sus manos. El caso de la señora Shlemskaya fue excepcional.

Aquellos sentimientos extáticos que experimenté con ella no fueron fruto de un mero apetito sexual. Era algo demasiado brillante como para considerarlo «apetito sexual». Con ella la sensación era de ensueño. Además, en esos momentos bailaba con una occidental, completamente distinta a nosotros, una maestra de baile. Así que con Kirako, una actriz japonesa del Teatro Imperial que además vestía de manera espléndida, estaba relajado.

Sin embargo, al bailar con ella me sorprendió lo liviana que era. Todo su cuerpo parecía ligero como el algodón. Sus manos eran flexibles como las hojas de un árbol que acaban de brotar. Era capaz de percibir su respiración. Acompasaba su aliento al mío, como un corcel amaestrado, logrando que alguien tan torpe como yo pudiera bailar. Poco a poco esa ligereza me produjo un placer indescriptible. De pronto, mi corazón se animó entusiasmado y mis pies comenzaron a dar enérgicos pasos de manera natural. Dimos un sinfín de fluidos giros como si estuviéramos en un tiovivo.

«¡Qué divertido! ¡Qué divertido! Qué curioso, ¡estoy disfrutando!», pensé.

—¡Vaya! Se le da muy bien. No es nada complicado bailar con usted.

¡Vueltas, vueltas y más vueltas! La voz de Kirako llegaba hasta mis oídos mientras girábamos como un molino de agua. Era una voz simpática, dulce y sutil, que solo podía venir de alguien como ella.

—¡Qué va! No es cierto. Es que usted baila bien. —Sí, de verdad... —dijo de nuevo tras unos momentos.

—La orquesta de esta noche es fantástica, ¿no cree?

—Sí...

—Si la música no es buena, no podremos disfrutar por mucho que bailemos.

Me di cuenta de que los labios de Kirako estaban justo bajo el pelo que había al lado de mi oreja. Debía de ser habitual en ella. Al igual que sucedía con Hamada, el pelo que caía sobre su sien rozaba mi mejilla. La sensación que me producían su mechón aterciopelado y los sutiles susurros que dejaba escapar de vez en cuando eran «la máxima femineidad» que jamás podría haber imaginado. Llevaba mucho tiempo siendo pisoteado por las pezuñas de la yegua indómita de Naomi. Sentía como si unas manos piadosas acariciaran las cicatrices causadas por aquellas espinas.

«Estaba a punto de rechazarlo, pero los occidentales apenas tienen amigos. Me ha dado lástima ver a alguien en esa situación». Esa fue la excusa que soltó Naomi a regañadientes cuando por fin regresamos a la mesa.

Creo que eran las once y media cuando finalizó el vals número dieciséis. Tocaron algunas piezas extras. Naomi insistía en que, dada la hora que era, pidiéramos un coche, pero al final la convencí de que regresáramos a pie hasta

Shinbashi y cogiéramos el último tren. Kumagai y Hamada, junto con las chicas, nos acompañaron por la avenida de Ginza, siguiéndonos uno tras otro. La banda de *jazz* seguía resonando en todos nuestros oídos. Cuando alguien tarareaba una melodía, tanto los chicos como las chicas lo acompañaban enseguida. Yo, que no me sé ninguna canción, sentía envidia de su talento, su buena memoria y sus voces alegres y juveniles.

—La, la, la-la-la —Naomi caminaba marcando el compás en un tono particularmente alto.

—Hama-san, ¿cuál te gusta más? Mi favorita es *Caravan*.

—¡Oh, *Caravan*! —gritó Kikuko de modo exagerado—. Esa pieza es preciosa.

—A mí... —prosiguió Kirako— *Whispering* no me parece nada mal. Es excelente para bailar...

—«La Mariposa» está muy bien. Es la que más me gusta. —En ese mismo instante Hamada comenzó a silbar la melodía de «La Mariposa».

Nos despedimos de ellos en el acceso a las vías. Naomi y yo apenas hablamos mientras esperamos el tren. Soplaba un viento nocturno invernal. Me asoló un sentimiento de soledad después de toda aquella diversión. No me cabe duda de que Naomi no sentía lo mismo. Me dijo: «Ha sido una noche fantástica, ¿no crees? Deberíamos volver pronto». Me limité a contestarle «Sí» susurrando desde mis labios congelados.

¿Qué es esto? ¿Se supone que esto es un baile? ¿Es esta ridiculez llamada baile lo que he saboreado tras haber engañado a mi madre y haber discutido con mi mujer, entre risas y lágrimas? Son todos un atajo de vanidosos, aduladores, engreídos y remilgados. ¿No es cierto?

Entonces, ¿por qué he acudido? ¿Para presumir de Naomi delante de todos ellos?

Si fuera cierto, yo también sería preso de la vanidad. Entonces pensé, ¿qué tal le ha ido a ese tesoro del que tanto me enorgullezco?

«Cuando he entrado con ella, ¿se han quedado boquiabiertos tal y como esperaba?», dije burlándome de mí mismo. Escucha, dicen que un ciego no puede temerle a una serpiente. Ese es tu caso. Esa mujer es tu tesoro más preciado, pero ¿cuál ha sido la reacción cuando la has subido a la ilustre palestra? ¡Toda esa gente no mostraba más que vanidad y orgullo! Eso es, bien dicho.Pero ¿no era ella el estandarte de toda esa gente? Altiva y engreída, no paraba de soltar críticas fuera de lugar. Viéndolo desde fuera, ¿quién ha sido más deleznable? Como ese occidental, cualquier otro la habría confundido con una ramera. Además, la tomó como pareja de baile, ruborizándose, sin poder decir ni una sencilla palabra en inglés. No solo le ha pasado a la señorita Kikuko, ¿eh? Y después, ¡qué manera tan brusca de hablar tiene! Aunque intente comportarse como una *lady*, su lenguaje es impropio de una dama. La señorita Kikuko y la señorita Kirako son mucho más comedidas.

Todas estas inaguantables sensaciones me ofuscaron durante nuestro regreso a casa. No sabía cómo expresar mi agria decepción y pesadumbre.

En el tren me puse a propósito delante de ella porque quería observar de nuevo a esa persona llamada Naomi que estaba sentada enfrente de mí. ¿Por qué razón estoy tan loco por ella? ¿Por esa nariz? ¿Por esos ojos? Mientras lo pensaba, me sorprendía que ese rostro que siempre me había atraído me pareciese ahora vulgar y tedioso. De pronto, brotó desde el fondo de mi memoria aquel instante de primavera en el que la conocí en el café Daiamondo. Pero, en comparación, me parecía mucho mejor en aquella época. Era inocente, ingenua, introvertida y melancólica. No tenía nada que ver con esta mujer ruda e impertinente. Me enamoré de Naomi en aquel momento, y así ha sido hasta hoy. Pero, si lo pienso con detenimiento, esa persona se había convertido sigilosamente en una mujer repulsiva e insoportable. No había más que mirar su forma de sentarse, altanera, como diciendo «Soy una mujer inteligente». Su rostro arrogante decía «Soy la mujer más hermosa del mundo» o «No puede haber otra, con mis facciones occidentales, tan *haikara* como yo». Soy el único que sabe que esa mujer no es capaz de pronunciar ni la «i» del inglés, menos aún de distinguir entre la voz activa y la voz pasiva.

Así era como, en secreto, la despreciaba en mi cabeza. Ella permanecía sentada, inclinado el cuerpo hacia atrás y mirando hacia arriba. En esa postura, y desde mi asiento, veía las aletas de su nariz, esa nariz respingona de la que tanto se enorgullecía al considerarla su punto más occidental. A ambos lados de esas cavernas se hinchaban sus robustas fosas nasales. Claro, yo ya estoy acostumbrado a ver las aletas de su nariz desde la mañana hasta la noche. Siempre que observo sus cavernas desde este ángulo le ayudo a sonarse la nariz y acaricio su silueta cuando cada noche hacemos el amor. O, a veces, frotamos nuestras narices como si fueran cuñas. Esa nariz, ese pequeño bulto adherido al centro de la cara de esa mujer, es como otra parte de mi cuerpo. No puedo pensar que sea de alguien más. Pero, al verla de este modo, me parece más odiosa y repugnante. Es como cuando estás hambriento y devoras insaciablemente cualquier porquería. Y, a medida que vas llenando el estómago, de repente te das cuenta de que lo que estás comiendo es asqueroso. Te provoca náuseas y eres capaz de vomitar. Así me sentía en esos momentos. Imaginar que tenía que dormir como cada noche frente a esa nariz me provocó pesadumbre, como una digestión pesada que dice «Basta ya de esa comida». Pensé «Esto es un castigo por lo que le hice a mi madre. Aunque sea para pasar un buen rato, si engañas a tu propia madre, esa mentira no cesará de perseguirte».

Pero, queridos lectores, no deduzcan que me he cansado por completo de Naomi, no se confundan. Bueno, yo también lo pensé en aquel momento, ya que era algo que nunca me había pasado. Sin embargo, cuando llegamos a casa y estuvimos a solas, aquella sensación que tenía en el tren de «estómago lleno» se fue volando. Y cualquier parte del cuerpo de Naomi, los ojos, la nariz o las extremidades, me resultó atractiva de nuevo. Cada una de ellas se convirtió en una pieza suprema, incapaz de saciarme. Más tarde, comenzamos a ir a bailar con frecuencia. En cada ocasión me irritaban sus defectos y me deprimía durante la vuelta a casa. Pero todo eso se desvanecía. Mis sentimientos hacia ella, ya fueran de amor o de odio, se transformaban como los ojos de un gato.

12

Poco a poco, Hamada, Kumagai, sus amigos y muchos de los chicos que conocimos en el baile empezaron a reunirse en la otrora tranquila casa de Ōmori.

Solían venir por la tarde, más o menos a la hora en que yo regresaba de la oficina. Poníamos algo de música en el gramófono y nos dedicábamos a bailar. A Naomi le gustaba invitar a gente a casa. Además no teníamos que preocuparnos por los criados o ancianos a los que cuidar. Y nuestro estudio era un sitio idóneo para bailar. Así disfrutaban, perdiendo la noción del tiempo. Al principio decían con educación que ya había llegado la hora de irse. Pero Naomi los retenía con insistencia.

—¡Eh! ¿Por qué os vais? Quedaos y cenamos todos juntos.

Así que, siempre que venían, pedíamos comida a la taberna Ōmori y los invitábamos a cenar, hasta el punto de que se convirtió en una costumbre.

Lo siguiente sucedió durante una noche húmeda, al inicio de la temporada de lluvias. Hamada y Kumagai habían venido y se quedaron charlando hasta las once de la noche. Empezó a caer una tromba de agua y la lluvia golpeaba con fuerza las ventanas. Ambos se quedaron durante un rato diciendo:

—Ya es hora, vámonos.

—¡Vaya, qué mal tiempo hace! Así no podéis iros, quedaos a dormir —dijo Naomi de pronto—. ¿Está bien, a que sí? Se pueden quedar. Mā-chan, tú no tienes ningún inconveniente, ¿no?

—Pues bueno, no... Pero si se va Hamada, yo también me voy.

—Hama-san, ¿a ti tampoco te importa, no? —preguntó Naomi, observando mi expresión—. Está bien, Hama-san. No te preocupes. Si estuviésemos en invierno no tendríamos suficientes futones, pero con este tiempo podemos dormir tranquilamente los cuatro. Además, mañana es domingo, así que Jōji-san también se quedará en casa. Podremos dormir hasta la hora que queramos.

—¿Qué os parece? ¿Por qué no os quedáis? La lluvia es muy fuerte —dije, ya que no había otro remedio.

—Quedaos, y así mañana podremos hacer algún otro plan. Podríamos ir al Kagetsuen por la tarde.

Al final, los dos se quedaron a dormir.

—Entonces, ¿cómo colocamos la mosquitera?

—Podemos dormir juntos, porque solo tenemos una. Así será mucho más divertido —propuso Naomi muy satisfecha, como si estuviera en un viaje escolar y fuera toda una novedad para ella.

Esto me pilló desprevenido. Pensaba que íbamos a ofrecerles la mosquitera y que nosotros pernoctaríamos en el sofá del estudio con un pebete. No se me pasó por la cabeza que los cuatro dormiríamos juntos en una habitación. Sin embargo, Naomi estaba plenamente decidida y yo no quería incomodar a los otros dos... Mientras trataba de decidir qué hacer, ella se apresuró a tomar una decisión.

—Vamos, voy a poner los futones, así que venid a ayudarme.

Subió la primera las escaleras hacia el cuarto del desván de cuatro tatamis y medio mientras daba órdenes. Yo estaba pensando en cómo distribuir los futones. Era imposible que los cuatro durmiéramos en fila, ya que la mosquitera era demasiado pequeña. Tres personas tenían que colocarse en paralelo y otra en perpendicular.

—A ver, ¿qué tal os parece así? Los tres chicos os ponéis ahí en fila. Y yo duermo aquí sola —dijo Naomi.

—Vaya, vaya, menuda noche —comentó Kumagai, mirando dentro de la mosquitera que habíamos colgado—. Esto es una pocilga. Vamos a estar todos apretujados.

—No va a pasar nada porque estemos todos amontonados. No te pongas exigente.

—¡Ajá! ¿Quieres decir que estoy importunando a los anfitriones?

—Claro, porque de todos modos esta noche no vamos a dormir, créeme.

—Yo voy a dormir. Dormiré y voy a roncar muy fuerte. —Kumagai, vestido con su kimono, fue el primero en meterse en el futón, dando tumbos y haciendo ruido.

—Por mucho que trates de dormir, no te dejaré... Hama-san, no permitas que Mā-chan se duerma. Cuando se quede dormido, hazle cosquillas.

—¡Qué bochorno! ¿Cómo demonios se puede dormir así?

Hamada, vestido con ropa occidental, recostó su enjuto cuerpo boca arriba al lado de Kumagai, que se había tirado en el futón del centro con las rodillas dobladas. Solo llevaba un pantalón y una camisa interior, y su vientre se hundía entre sus costillas. Se puso una mano sobre la frente, mientras con la otra se abanicaba con un paipái. Aquel sonido no hacía más que aumentar la sensación de bochorno.

—Encima, si hay mujeres en la misma habitación, no puedo conciliar el sueño —prosiguió Hamada.

—Yo no soy una mujer, soy un hombre. Hama-san, tú mismo me dijiste que no te parecía una mujer.

Mientras se ponía el pijama en un rincón oscuro fuera de la mosquitera, Naomi dejó ver durante un instante su pálida espalda.

—Sí, es cierto que te lo dije, pero...

—Cuando me tienes cerca y dormida, ¿parezco una mujer?

—Pues sí.

—¿Y a ti, Mā-chan?

—No tengo ningún problema. No te considero una mujer.

—Si no soy una mujer, ¿qué soy?

—Bueno, serás una foca.

—Ja, ja, ja, ¿qué prefieres, una foca o una mona?

—No quiero estar con ninguna —respondió intencionadamente Kumagai con voz somnolienta.

Yo estaba tumbado a la izquierda de Kumagai, escuchando callado cómo los tres hablaban sin parar. Me preocupaba a qué lado iba a colocar Naomi su cabeza cuando se metiera en la mosquitera, si hacia Hamada o hacia mí, ya que había dispuesto la almohada en una posición ambigua. Me parecía que la había puesto así a propósito, para tirarse donde quisiera al extender los futones. Naomi se puso una bata de crepé rosa y, por fin, entró.

—¿Apago la luz? —preguntó de pie.

—Si, apágala por favor... —dijo Kumagai.

—Vale, la apago...

—¡Caramba! —gritó Kumagai en el momento en que Naomi se subió a su pecho, utilizándolo como una banqueta, y apagó la luz desde dentro de la mosquitera. Aun así no estaba oscuro, ya que por la ventana entraba la luz de la farola del exterior. La tenue luz que iluminaba la habitación permitía distinguir las caras y la ropa de cada uno. Naomi pasó por encima del cuello de Kumagai y se acostó en su futón. En ese instante me acarició la nariz el aire que venía desde la falda del pijama de Naomi, que se había abierto de repente.

—Mā-chan, ¿fumamos un pitillo?

Naomi no tenía intención de dormirse y se sentó sobre la almohada con las piernas abiertas como un hombre. Le dijo a Kumagai desde arriba:

—¡Eh! ¡Mira, aquí!

—¡Maldita sea! ¿No vas a dejar que me duerma?

—Ji, ji, ji. ¡Eh! ¡Gírate! Si no, puedo ser muy impertinente.

—¡Caray! ¡Para, para, te digo que pares! Trátame con un poco más de cuidado, que soy una criatura. Aunque esté en buena forma, me vas a reventar si me sigues dando patadas y me tratas como a una banqueta.

—Ji, ji, ji.

No podía ver bien, ya que tenía la cabeza mirando hacia el techo de la mosquitera, pero parecía que Naomi le estaba empujando la cabeza con la punta del pie.

—No tienes remedio —Kumagai se dio la vuelta.

—Mā-chan, ¿te has despertado? —se escuchó decir a Hamada.

—Claro que me he despertado, no paras de atormentarme.

—Hama-san, gírate hacia mí. Si no, te atormentaré a ti también.

A continuación, Hamada se dio la vuelta y parecía que se había puesto boca abajo,

Al mismo tiempo, oía el ruido que hacía Kumagai al buscar las cerillas en el bolsillo de su pecho. Y encendió una. Su tenue luz llegó hasta mis párpados.

—¿Jōji-san, por qué no estás mirando hacia aquí? ¿Qué estás haciendo ahí solo?

—Sí, sí...

—¿Qué pasa? ¿Tienes sueño?

—Sí, sí... Estaba a punto de caerme...

—Ji, ji, ji, ¿qué estás diciendo? Te estás haciendo el dormido a propósito, ¿no es así? ¿Estás nervioso?

Aunque tenía los ojos cerrados, noté cómo me ruborizaba, porque estaba en lo cierto.

—Está bien. Solo estoy armando jaleo, así que no te preocupes y duérmete... O, si de verdad estás nervioso, mira un poquito hacia aquí. No hace falta que te reprimas...

—En el fondo quieres que te atormente —dijo Kumagai. Encendió un cigarrillo y exhaló el humo, haciendo ruido por la boca.

—¡No! No sirve de nada atormentar a este hombre, porque ya lo atormento yo cada día.

—¡Qué bien vivís! —dijo Hamada. No parecía que estuviese siendo sincero, sino que se trataba más bien de un halago hacia mí.

—Oye, Jōji-san... si quieres, te atormento.

—No, gracias, es suficiente.

—Si ya es suficiente, mírame. No es normal que estés ahí solo.

Me di la vuelta y apoyé mi mandíbula sobre la almohada. Entonces me di cuenta de que Naomi tenía un pie sobre la punta de la nariz de Hamada y el otro sobre la mía, ya que estaba sentada con las rodillas levantadas, con las piernas en forma de uve. Kumagai fumaba tranquilamente su Shikijima, con la cabeza entre las piernas de Naomi.

—¿Qué te parece esta escena, Jōji-san?

—Sí...

—¿Qué quieres decir con «sí»?

—Esto es el colmo. No hay duda, debes de ser una foca.

—Sí, soy una foca. Y ahora la foca está descansando encima del hielo. Y estos tres que tengo delante también son focas.

La mosquitera de color verde claro caía sobre el cabello de Naomi como si estuviese cubierto por un cielo encapotado. Su rostro blanco contrastaba tanto con la oscuridad de su pelo largo y suelto que brillaba en la penumbra nocturna. La bata desabrochada dejaba ver por varios puntos el pecho, los brazos y las piernas. Esa era una de las posturas que solía emplear para provocarme, lo que hacía que me comportara como una bestia a punto de alimentarse. Percibí claramente entre las sombras cómo Naomi ponía su habitual gesto provocativo, sonriendo con malicia mientras me miraba fijamente.

—Dices que es el colmo, pero eso es mentira. Siempre te quejas de que no puedes soportar que me ponga la bata, pero como esta noche hay gente te estás aguantando. ¿No es cierto, Jōji-san?

—No digas tonterías.

—No te comportes como un arrogante o tendré que bajarte los humos, ¿vale?

—¡Eh, eh! ¿Estáis tramando algo? Preferiría que trataseis este tema mañana por la noche.

—¡De acuerdo! —dijo Hamada a Kumagai—. Quiero que esta noche estemos en paz.

—Estamos en paz. Para que no me guardéis rencor, voy a poner este pie hacia Hama-san y el otro a Jōji-san...

—Y yo, ¿qué?

—Mā-chan, tú te quedas con lo mejor. Eres el que más cerca está de mí, y además tienes la cabeza aquí metida, ¿no?

—Es un gran honor.

—Claro, te estoy dando un trato preferencial.

—¿Y tú, vas a seguir así despierta toda la noche? Cuando te duermas, ¿cómo te vas a poner?

—No lo sé. ¿Hacia dónde voy a poner la cabeza? ¿Hacia Hama-san o hacia Jōji-san?

—A mí me da igual hacia dónde pongas la cabeza.

—A mí no. Mā-chan está en el medio, así que le da igual. Pero a mí me daría algo.

—¿Ah, sí? Hama-san, ¿no quieres que me ponga hacia ti?

—Te estoy diciendo que me daría algo. Me pondría muy nervioso tener tu cabeza al lado. Pero si la vas a poner hacia Kawai-san, también me sentiré incómodo...

—Además, esta mujer se mueve mucho cuando duerme —interrumpió Kumagai—y, si tienes cerca sus pies y no andas con cuidado, te estará dando patadas toda la noche.

—Kawai-san, ¿es cierto que se mueve mucho?

—Sí, se mueve mucho. Más que nadie.

—¡Eh, Hamada!

—¿Qué?

—Le lamiste las plantas de los pies a alguien que estaba medio dormido, ¿verdad? —preguntó Kumagai partiéndose de risa.

—No pasa nada por lamerlas. Jōji-san me lo hace todo el rato. Incluso dice que mis pies son más hermosos que mi cara.

—Eso es una especie del fetichismo.

—Es precisamente eso. ¿Eh, Jōji-san, no es cierto? De hecho, a ti te gustan más los pies, ¿verdad? Las cosas tienen que ser justas —dijo Naomi y puso sus pies hacia mí y luego hacia Hamada.

Continuamente, cada cinco minutos, se daba la vuelta sobre el futón.

—¡Ahora te toca a ti, Hama-san! —Y, tumbada, giraba como un compás. Levantaba las piernas y pateaba el techo de la mosquitera al girar el cuerpo. O lanzaba la almohada de un lado al otro. La foca estaba tan animada que cada vez que abría la mosquitera y dejaba medio futón fuera, entraban más mosquitos.

—Esto es un desastre. Menudo mosquito —Kumagai se levantó y empezó a exterminar los mosquitos.

Alguien pisó la mosquitera y se cayó la manga que la sujetaba. Y al caerse la mosquitera Naomi causó aún más alboroto. Tardamos un rato en reparar la manga y volver a colocarla. Con tanto jaleo, cuando sentí que todo se había calmado, nos había dado la hora en la que empezaba a amanecer por el este. En cuanto me quedaba dormido me despertaba de forma repentina, ya que me golpeaba en el oído el sonido de la lluvia, la resonancia del viento o los ronquidos de Kumagai. Desde un principio la habitación era demasiado pequeña para que pudieran dormir siquiera dos personas. Además flotaba en el ambiente el dulce aroma y olor a sudor que impregnaban la piel y el kimono de Naomi, que parecía que hubiese fermentado. Y a eso había que sumarle la presencia de otros dos hombres adultos. El ambiente que se había creado entre esas paredes era tan sofocante y bochornoso que me daba la sensación de que iba a ocurrir un terremoto. Cuando Kumagai se daba la vuelta, chocaba sus manos o sus rodillas, empapados en sudor, con las mías. Miré a Naomi y vi que estaba cómodamente dormida. La niña traviesa por fin había caído. Tenía su almohada a mi lado con la pierna puesta encima. La rodilla estaba levantada y el dorso del pie metido en mi futón. Ladeaba el cuello hacia Hamada y sus brazos estaban extendidos del todo.

—Naomi-chan...—Murmuré mientras observaba como todos respiraban en silencio. Acaricié el pie que estaba dentro de mi futón. Ese pie, ese pie blanco, precioso, profundamente dormido. Ese pie era mío. Yo lo bañaba y lavaba con jabón cada noche desde que era una niña. Y esa piel tan suave. Aunque su cuerpo había ido madurando desde los quince años, sus pies seguían siendo pequeños y delicados, como si no hubiese crecido. Es verdad, ese pulgar era exactamente igual que entonces, la forma del meñique, la curvatura de los talones y la carnosidad del dorso de su pie no habían cambiado con los años... No pude controlarme y lo besé tratando de no hacer ruido.

Me quedé dormido después del amanecer. Más tarde me despertaron unas risotadas. Naomi me estaba metiendo un cordoncillo por la nariz.

—¿Qué pasa? Jōji-san, ¿te has despertado?

—Sí. ¿Qué hora es?

—Ya son las diez y media. Pero no va a servir de nada que nos levantemos ahora. ¿Por qué no nos quedamos dormidos hasta que suene la salva de cañón del mediodía?

Dejó de llover. El día era soleado y el cielo de domingo estaba azul y despejado. Sin embargo, el calor dentro de la habitación seguía siendo sofocante.

13

En aquellos tiempos se suponía que nadie en mi empresa conocía esta disoluta situación. Mi vida se dividía entre el tiempo que pasaba en casa y mi trabajo en la oficina. Desde luego, la imagen de Naomi me venía todo el rato a la cabeza mientras trabajaba en la oficina, pero no me suponía una particular distracción de mis tareas. No había nadie que se diera cuenta. Con lo cual, a ojos de mis compañeros, seguía siendo todo un caballero.

Sin embargo, una noche plomiza cercana al final de la temporada de lluvias, se celebraba una cena de despedida en el Seiyō-ken, un elegante restaurante occidental de Tsukiji. Uno de nuestros compañeros, un técnico llamado Namikawa, iba a ser destinado a Occidente. Asistí a regañadientes, como siempre. La cena concluyó con un discurso durante el postre. Uno tras otro, los asistentes fueron saliendo del comedor hacia la sala de fumadores y comenzaron a charlar bulliciosamente, tomando licores tras la cena. Pensé que era un buen momento y me levanté.

—Eh, Kawai-kun, siéntese —dijo de pronto un hombre llamado S, que me detuvo con una sonrisa sarcástica. Un poco ebrio, intentó llevarme por la fuerza al centro de un sofá ocupado por T, K y H—. Bueno, no hace falta que te escabullas de esa manera. ¿Hacia dónde se dirige usted con la que está cayendo? —Sonrió de nuevo, mirándome mientras yo seguía de pie sin poder decidir qué hacer.

—No tengo intención de huir...

—Entonces, ¿se va directamente a casa? —preguntó H.

—Sí. Disculpad, permitidme que me marche. Vivo en Ōmori. Con toda esta lluvia, no va a haber ningún *rikisha*[24] disponible si no me voy pronto.

—Ja, ja, ja, dices bien —dijo T.

—Oye, Kawai-kun, todos estamos enterados de lo tuyo.

—¿Qué? —pregunté un poco atónito sin poder entender las palabras de T y qué significaría «lo mío».

—Nos has sorprendido. Creíamos que eras todo un caballero... —dijo esta vez K, torciendo el cuello como si estuviese muy impresionado—. Dicen que ahora bailas, Kawai-kun. En cualquier caso, el mundo avanza.

—Oye, Kawai-kun —S me habló al oído con discreción—, ¿quién es esa maravillosa mujer con la que andas? Preséntanosla de una vez.

—No es la clase de mujer que vaya a presentaros.

—Dicen que es actriz en el Teatro Imperial... ¿No ¿No es así? También corre el rumor de que es actriz de cine,

24 Carrito para el transporte de personas tirado por un hombre.

y también que es mestiza. Dinos dónde está su nido. No te dejaremos marchar hasta que nos lo digas.

Muy excitado, S me lo preguntó con seriedad, inclinándose hacia delante sin darse cuenta de mi mala cara y mis titubeos.

—Entonces, ¿qué? ¿No puedes llamar a esa mujer si no es para bailar?

Estaba a punto de gritarle —¡idiota!—. Hasta entonces pensaba que todavía nadie sabía nada de ella, así que todo esto me pillaba desprevenido. No solo lo habían deducido. Según lo que decía S, que tenía fama de libertino, no creían que fuéramos un matrimonio, y pensaban que Naomi era el tipo de mujer que uno podía llamar cuando quisiera.

«¡Imbécil! ¿Qué estás diciendo, tratando así a mi esposa, preguntándome si puedo hacerla venir? ¡Basta de groserías!». Estaba tan enfurecido por aquella humillación insoportable que quise gritarle todo aquello. De hecho, me alteré durante unos instantes.

—Eh, Kawai, Kawai, ¡dinos la verdad! —dijo H con descaro, consciente de que soy una persona bondadosa, y se dirigió a K—: Oye, K, ¿quién te lo ha contado?

—Me lo han contado unos estudiantes de Keiō.

—¿Y, qué?

—Pues que uno es pariente mío. Como es fanático del baile, acude con frecuencia a salones de baile. Por eso conoce a esa preciosidad.

—¿Y, cómo se llama? —interrumpió T.

—Se llama... pues... es un nombre raro... Naomi. Creo que se llama Naomi.

—¿Naomi?... Entonces será mestiza —dijo S, mirándome a la cara como si se estuviese burlando de mí—. Si piensas que es mestiza, entonces no es actriz.

—Dicen que es una mujer muy liberada y que arrasa entre los estudiantes de Keiō. Una mujer con mucho entusiasmo.

A mí solo me temblaban los labios, con una extraña sonrisa irónica, como un espasmo. Pero cuando la historia de K llegó a este punto, esa sonrisa irónica cesó de repente de moverse sobre mis mejillas, como si se hubiese quedado congelada. Sentí como si los ojos se me hubieran hundido al fondo de las cuencas.

—Vaya, vaya, ¡qué ilusión! —dijo S muy satisfecho.

—¿Y, ese estudiante pariente tuyo ha tenido algo con ella?

—No lo sé muy bien, pero dijo que había algo entre algunos de ellos.

—Déjalo ya, que Kawai se va a preocupar. Mira qué cara está poniendo —dijo T. Todos me miraron de golpe y se partieron de risa.

—Bueno, tiene razones para preocuparse. No está bien que tenga intenciones de acaparar a esa mujer tan guapa sin decirle nada a nadie.

—Ja, ja, ja, ¿qué opinas, Kawai-kun? No está mal que un caballero tenga una buena preocupación de vez en cuando, ¿no?

—Ja, ja, ja.

Ya no tenía ánimos para enfadarme. No oía nada de lo que decían ni quién lo decía. Solo un estallido de carcajadas que retumbaba con fuerza en mis oídos. Mis preocupaciones en ese momento eran: ¿cómo puedo manejar esta situación? ¿Mejor llorar? ¿O mejor reírme? Pero si se me escapa algo, se burlarán aún más.

A pesar de todo, salí corriendo de la sala de fumadores completamente alterado, sin poder entender nada. No posé los pies en el suelo hasta que empecé a deambular por las calles embarradas, empapándome en la gélida lluvia. Aún tenía la sensación de que algo me perseguía y hui hacia Ginza.

Llegué a un cruce que estaba un bloque a la izquierda de Owari-chō y seguí mi rumbo hacia Shinbashi.

Más bien eran mis pies los que me dirigían inconscientemente hacia esa dirección sin que mi cabeza llegara a intervenir. En mis ojos se reflejaba el brillo de las farolas de la calle sobre el pavimento mojado por la lluvia. A pesar del tiempo, las calles estaban bastante concurridas. Ah, una *geisha* paseando con paraguas. Una joven con un vestido de franela. Se acerca un tren. Y pasa un coche...

Naomi es una mujer muy desarrollada. ¿Está arrasando entre los estudiantes? ¿Es posible? Es posible. Es perfectamente posible. Sería extraño no pensarlo viendo cómo se comporta. La verdad es que, en el fondo, yo también estaba preocupado; pero Naomi estaba rodeada de tantos amigos masculinos que, justo al contrario, estaba tranquilo. Naomi es una niña activa. Como ella misma dice, «Soy un hombre». Por eso solo le gusta juntarse con chicos y montar una juerga, bulliciosa e inocente. Por mucho que ella tuviera una doble intención no podría ocultarlo, ya que terminará llamando la atención. «Ella jamás...» pensé. Y este «jamás» no era correcto.

Pero jamás... ¿Sería cierto ese «jamás»? Naomi se había transformado en una persona insolente, pero seguía siendo una mujer con un carácter repleto de elegancia. De eso estoy seguro. A veces, aparenta despreciarme. Sin embargo, siente un profundo agradecimiento por el favor que le hice al criarla desde que tenía quince años. Nunca me va a traicionar. No puedo dudar de las palabras que me suele decir sollozando en la cama. Y aquella historia de K.

Tal vez esos bastardos del trabajo se estaban burlando de mí. De verdad, esperaba que fuera así.

¿Quién sería ese estudiante de los parientes de K? ¿Conocía a un par de chicos que han tenido relaciones con ella? ¿Un par? ¿Hamada? ¿Kumagai?

Sopesando la situación, esos dos eran los principales sospechosos. «Pero, entonces, ¿por qué no discuten entre sí? Nunca vienen por separado. Vienen juntos y se divierten con Naomi. ¿Con qué intención? ¿Es una estrategia para engañarme? ¿O ninguno sabe nada sobre el otro porque Naomi oculta la situación? No... ¿Ha podido caer tan bajo Naomi? Si estuviera manteniendo relaciones con esos dos, ¿cómo podría haberse comportado aquella noche, cuando dormimos todos revueltos, sin ningún tipo de vergüenza?» Si fuera cierto, su comportamiento iba más allá que el de cualquier prostituta...

Sin darme cuenta, atravesé Shinbashi y llegué caminando por la calle de Shibaguchi hasta el puente de Kanasugibashi pisoteando charcos de barro. La lluvia encapotaba cielo y tierra sin dejar un solo hueco, y me cubría por delante, por detrás, izquierda y derecha. Las gotas que resbalaban por el paraguas empapaban los hombros de mi gabardina. «Ah, aquella noche también llovía así», pensé. «En la noche de primavera en la que, por primera vez, le confesé mis sentimientos a Naomi en la mesa del café Daiamondo también llovía así. Entonces, ¿habrá ido alguien a la casa de Ōmori mientras yo estoy andando por aquí empapado? ¿Dormiremos revueltos de nuevo?». Estas dudas me asaltaron de repente. Podía ver con toda claridad aquella obscena situación en el salón. Naomi en el centro. Hamada y Kumagai bromeando, despatarrados en el suelo.

«No. Este no es momento para perder el tiempo». Fui corriendo hacia la estación de Tamachi. Un minuto, dos minutos, tres minutos. Por fin, a los tres minutos, llegó el tren. Nunca se me habían hecho tan largos tres minutos.

¡Naomi! ¡Naomi! ¿Por qué la habré dejado sola esta noche? No está bien que Naomi no esté a mi lado, eso es terrible.

Pensé que, con solo ver su rostro, esta ira se desvanecería. Rezaba para que se despejasen mis dudas al oír las palabras que emanaran de su gran corazón y mirar esos ojos que parecían rebosar de inocencia.

Pero si me dijera que íbamos a dormir otra vez todos juntos, ¿qué debería decirle? ¿Qué actitud debería adoptar contra Naomi, Hamada, Kumagai, y toda esa gentuza que se acercaba a ella? ¿Me debería atrever a vigilarla de cerca, aunque eso la enfureciera? Si lo aceptara de buen grado, sería estupendo, pero ¿y si se rebela contra mí? No, eso no va a ocurrir. Podría decir: «Esta noche mis compañeros de trabajo me han humillado con descaro. Por esa razón tienes que comportarte con más discreción, por favor, para no dar lugar a malentendidos». Tal vez así, por su propia reputación, me haría caso, ya que esta situación es distinta de cualquier otra. Si no le preocupa su reputación ni este tipo de malentendidos, tendría razones para sospechar de ella. Lo que había dicho K sería verdad. Sí, eso fue lo que ocurrió

Visualicé este último escenario, esforzándome por mantener la calma y procurando estar lo más tranquilo posible. Si al final confirmara que me había estado engañando, ¿sería capaz de perdonarla?

Siendo honesto, he llegado al punto de no poder sobrevivir ni un día sin ella. Si Naomi fuera obediente y me pidiera perdón, arrepintiéndose de la falta cometida, no le soltaría ningún tipo de reproche ni tendría derecho a hacerlo, ya que parte de la culpa de su depravación recae en mí. Sin embargo, lo que me preocupa es si ella, que tiende a ser especialmente obstinada y cabezota conmigo, me va a pedir perdón con facilidad, aunque le arroje las pruebas a la cara. Quizá me pediría perdón una sola vez, pero en el fondo no se habría arrepentido. Y, si me menosprecia, ¿no volvería a cometer el mismo error dos o tres veces más? E incluso, ¿si llegamos a separarnos porque ninguno de los dos damos nuestro brazo a torcer?

Esto es lo que más me aterraba. Hablando con franqueza, era esto lo que más quebraderos de cabeza me causaba, incluso más que su infidelidad. Por mucho que la fuera a interrogar o vigilar, tenía que estar mentalizado si la situación llegaba a ese punto. Cuando me dijera «Entonces, me voy», tendría que estar preparado para decir «Vete cuando quieras».

Sin embargo, sabía que ese era también el punto débil de Naomi. Ella podía permitirse lujos y comodidades gracias a que vivía conmigo. Pero, una vez que la echara a la calle, ¿adónde podría ir, sino a su sucia y destartalada casa de Senzoku-chō? Si así fuera, nadie le daría una calurosa acogida a no ser que decidiera trabajar como prostituta. Antes no habría habido ningún problema. Pero ahora que había crecido llena de egoísmo, estaba seguro de que su vanidad no podría soportarlo. O, a lo mejor, le pediría a Hamada o Kumagai que la acogieran. Pero ella era consciente de que, siendo estudiantes, no podrían procurarle el estilo de vida que yo le ofrecía. Meditándolo, me pareció una buena idea enseñarle a saborear los placeres del lujo.

«Aunque no me acuerdo muy bien, es cierto que cuando rompió el cuaderno de inglés y le dije enfadado "¡Vete!", ella claudicó. No soy capaz de imaginar el dolor que me habría causado su partida. Ella se habría preocupado más que yo. Puede seguir así porque está conmigo. Una vez que se aparte de mi lado, caerá de nuevo en lo más bajo de la sociedad y ocupará un puesto ínfimo en este mundo, algo que debería aterrorizarla. Este miedo no es muy diferente al de aquellos tiempos. Tiene ya diecinueve años. Debería percibirlo con mayor claridad, porque ya es una mujer adulta, más o menos sensata». Sopesando todo esto, si «se va» para asustarme, era impensable que llegara a hacerlo en serio. Seguro que era consciente de que no me podía amedrentar con un amago tan transparente...

Recuperé cierto valor de camino a la estación de Ōmori. «Pase lo que pase, Naomi y yo nunca llegaremos al punto de separarnos». Estaba plenamente convencido.

Al llegar frente a casa mis horribles elucubraciones resultaron erróneas. El interior del estudio estaba oscuro, y tampoco parecía que hubiera ningún invitado. Reinaba el silencio y solo se veía una luz en el desván de cuatro tatamis y medio.

«Está sola en casa...».

Di un suspiro de alivio.

«Así está bien. No hay duda de que somos felices», no pude evitar pensar.

Abrí la puerta cerrada de la entrada con la llave, entré y encendí la luz del estudio. La habitación presentaba el desorden habitual, pero no había indicios de que hubiera venido nadie.

—Naomi-chan, he vuelto.

Como no me respondía, subí las escaleras y encontré a Naomi durmiendo con toda tranquilidad en el desván. Esto no era inusual en ella. Cuando se aburría, se metía en la cama y leía sus novelas hasta caer dormida sin importarle la hora, ya fuera de día o de noche. Al ver su inocente rostro me quedé por fin tranquilo.

«¿Esta mujer me está engañando? ¿Es posible? ¿Esta mujer, que respira con tanta paz frente a mí?». Sentado junto a su almohada, intentando no despertarla, la miraba en silencio conteniendo el aliento. Érase una vez un zorro que se transformó en una hermosa princesa para engañar a un hombre. Pero, mientras dormía, sus orejas asomaron y fue desenmascarado.

Me acordé de aquel cuento que había escuchado cuando era niño. Naomi, que suele moverse mucho cuando duerme, se había quitado por completo el kimono de dormir y su cuello yacía entre los muslos. Con un brazo extendido, había puesto la punta de la mano sobre su torso, donde sus pechos descubiertos parecían una rama arqueada. El otro brazo estaba doblado hacia mis rodillas, donde me había sentado. Había girado su cuello hacia el lado de la mano extendida y estaba a punto de caerse de la almohada. Frente a su nariz había un libro abierto. Era una novela titulada *Los descendientes de Caín,* de Arishima Takeo[25], «el escritor más ilustre de la escena literaria actual», según la crítica de Naomi. Mis ojos se fijaban alternativamente en la blancura del papel occidental de aquel libro encuadernado en rústica y la lividez de sus pechos.

25 Arishima Takeo (1878-1923), novelista del grupo Shirakaba que ganó fama a partir de 1917. Su obra más representativa es *Cierta mujer,* próximamente en esta misma colección.

Dependiendo del día, la piel de Naomi podía parecer blanquecina o amarillenta, pero cuando estába dormida o se acababa de levantar, su color era resplandeciente. Se convertía en una criatura preciosa, como si toda la grasa hubiera abandonado su cuerpo durante el sueño. En general, suele asociarse «la noche» con «la oscuridad». Sin embargo, cuando pienso en «la noche», no puedo evitar asociarla con «el blanco» de la piel de Naomi. Ese «blanco» es diferente al «blanco» deslumbrante que se aprecia en pleno día. Cuanto más sucio y manchado de mugre estaba el futón por el uso, más me atraía «lo blanco». Al mirar con detenimiento, sus pechos, que estaban bajo la sombra de la pantalla de la lámpara, emergían con la claridad de unas figuras que aparecen desde el fondo de las aguas azuladas. Su rostro, vivaracho y cambiante cuando estaba despierta, tenía ahora un semblante misterioso con las cejas fruncidas melancólicamente, como si la estuvieran obligando a tragar un medicamento amargo o hubiera sido estrangulada. Adoraba aquel rostro somnoliento. Solía decirle: «Cuando estás dormida, tienes la cara de otra persona, como si tuvieras una pesadilla». También pensaba a menudo «Seguro que cuando esté muerta su rostro será maravilloso». Aunque esta mujer resultase ser un zorro, si su auténtica forma fuera tan fascinante como esta, con gusto quedaría preso de su hechizo.

Seguí así sentado, en silencio, durante más o menos treinta minutos. La mano que emergía de la sombra de la pantalla hacia la zona iluminada estaba contraída con suavidad con el dorso hacia abajo y la palma hacia arriba, como pétalos marchitos. Y en su muñeca se veía latir su pulso con calma y claridad.

Su acompasada respiración, que se repetía con timidez, perdió un poco el ritmo. Naomi abrió por fin los ojos, manteniendo parte de aquel semblante melancólico...

—¿Cuándo has regresado?

—Ahora... Hace un rato.

—¿Por qué no me has despertado?

—Te he llamado, pero como no me contestabas, te he dejado así.

—¿Qué estabas haciendo ahí sentado? ¿Estabas viendo mi cara mientras dormía?

—Sí.

—¡Qué gracioso eres! —dijo, riéndose con la inocencia de una niña. Puso su mano extendida sobre mis rodillas—. Esta noche me he aburrido mucho porque estaba muy sola. Pensé que vendría alguien, pero no ha venido nadie. Oye, papa-san, ¿por qué no nos acostamos ya?

—Nos podemos acostar, pero...

—¡Venga, acuéstate ya! Me he quedado así dormida y me han picado muchos mosquitos, ¿mira, ves? ¡Ráscame un poquito por aquí...!

Hice lo que me pidió y estuve un rato rascándole los brazos y la espalda.

—Ay, gracias. Es que me pica tanto que no sé qué hacer. Perdona, ¿me puedes acercar el pijama que está ahí? ¿Me lo pones?

Traje la bata y la levanté mientras permanecía tumbada con los brazos y las piernas abiertos. Naomi se dejó caer a propósito, relajando sus miembros como si fuera un cadáver mientras le quitaba el *obi* y la cambiaba.

—Cuelga la mosquitera y acuéstate, papa-san...

14

No hace falta entrar en detalles sobre la charla que tuvimos después de acostarnos. Al escuchar la historia del Seiyōken, Naomi profirió insultos groseros y violentos, «¡Qué estupidez! ¡Qué tipos más insensatos!», y se lo tomó a risa. En resumen, decía que la esencia de los bailes de salón todavía no había calado en la sociedad. En el momento en el que un hombre y una mujer bailan cogidos de la mano, todo el mundo piensa que hay algo turbio entre ellos y comienzan los rumores. Además, la prensa no mostraba ninguna simpatía por esta nueva moda, y la criticaba en sus desproporcionados artículos. De este modo, la gente ordinaria deduce que el baile es algo pernicioso. Con lo cual deberíamos estar preparados para que nos dijeran ese tipo de cosas.

—Encima, nunca he estado a solas con otro hombre, salvo Jōji-san. ¿No es cierto?

Cuando va a bailar, está conmigo. Mientras juega en casa, está conmigo. Y, si no estoy en casa, no invita solo a una persona. Si alguien decide acudir solo, le dice «Hoy estoy aquí sola» y se marchan con discreción. Entre sus amigos no hay nadie que le falte al respeto.

—Por muy egoísta que sea, por lo menos sé distinguir entre lo que es correcto y lo que no. Jōji-san, si quisiera engañarte, podría hacerlo en cualquier momento, pero jamás lo haré. Soy una persona justa. Nunca te he ocultado nada.

—Yo también lo sé, pero me sentí fatal cuando me dijeron esas cosas.

—Si te sienta fatal, ¿qué puedo hacer? ¿Dejar de bailar?

—No es necesario que lo dejes, solo te digo que tengas cuidado para no dar lugar a malentendidos.

—Ya te he dicho que trato de tener cuidado.

—No soy yo quien lo entiende de esa manera.

—Si no lo entiendes así, no me importa lo que digan los demás. De todos modos, soy insoportable y grosera. Todo el mundo me odia.

Y lo repetía en un tono dulce y emotivo. Le basta que confíe en ella y la ame. No es especialmente delicada, por eso traba amistad de manera natural con los chicos. Prefiere las amistades masculinas porque tienen un carácter más franco. Por eso sale a divertirse con ellos, pero sin sentimientos retorcidos ni lascivos. Soltó sus frases recurrentes: «Nunca he olvidado el favor que me hiciste al criarme desde que tenía quince años» o «Veo a Jōji-san como a mi padre, pero también como a mi marido» mientras sollozaba. Me hizo enjugar sus lágrimas mientras dejaba caer, uno tras otro, un torrente de besos.

Sin embargo, a pesar de que estuvo hablando durante un buen rato, no mencionó ni a Hamada ni a Kumagai. No sé si fue casual o intencionado. De hecho quise nombrarlos para ver cómo reaccionaba, pero al final perdí la ocasión de hacerlo. Está claro que no me creí todo lo que me dijo, pero una vez que empiezas a desconfiar, cualquier cosa parece sospechosa. No era necesario forzarla a explicar qué había pasado. Lo mejor sería vigilarla a partir de ahora... No, aunque en principio tenía la intención de mostrarme rígido, poco a poco empecé a adoptar una actitud incierta. A medida que susurraba a mi oído entre sollozos, creí que tenía razón y no pensé que me estuviera mintiendo.

Después de aquello, observé con disimulo la actitud de Naomi. Con mucha sutileza, daba la impresión de que se había reformado. Seguíamos yendo a bailar, pero no con tanta frecuencia como antes. Cuando íbamos, no estábamos mucho tiempo. Cuando llegaba el momento adecuado, regresábamos a casa. Ya no teníamos tantas visitas. Cuando regresaba del trabajo, la encontraba en casa leyendo tranquila sus novelas, tejiendo, escuchando el gramófono o plantando flores en el huerto.

—¿También hoy estás sola?

—Sí. No ha venido nadie.

—¿No te sientes un poco triste?

—Si desde un principio sé que no va a venir nadie, no me siento sola. Estoy bien — dijo—. A mí me gusta el bullicio, pero no me desagrada la falta de compañía. Cuando era pequeña, no tenía amigos y siempre jugaba sola.

—Es verdad. Eras así. Cuando estabas en el café Daiamondo, apenas hablabas con las compañeras y parecías un poco melancólica.

—Es cierto. Aunque parezco una chica muy activa, en el fondo soy bastante sombría. ¿Eso es un problema?

—Un poco de tranquilidad no hace daño, pero no es necesario que te pongas así.

—Pero es mejor que el alboroto que teníamos antes, ¿no?

—Mucho mejor.

—Me he convertido en una buena chica, ¿verdad? —dijo y, de pronto, se lanzó hacia mí. Me rodeó el cuello con ambos brazos y empezó a besarme con tanta fuerza que apenas podía ver.

—¿Qué te parece si vamos a bailar esta noche? Hace mucho tiempo que no vamos —le propuse.

—No sé, si tú quieres, Jōji-san... —respondió—. Aunque prefiero que vayamos al cine. No me apetece mucho ir a bailar esta noche.

Y así volvió la vida inocente y desenfadada que teníamos hacía cuatro o cinco años. Solo estábamos Naomi y yo.

Íbamos a Asakusa todas las noches y veíamos alguna película. A la vuelta, hablábamos sobre nuestros recuerdos y nos entregábamos a la nostalgia. «Cómo eran las cosas en aquellos tiempos» o «Estábamos así», decíamos mientras cenábamos en alguna taberna.

—Tú te sentabas sobre los travesaños del Teikokukan. Eras tan pequeña que veías la película agarrada a mis hombros.

—Jōji-san, cuando viniste al café por primera vez, estabas muy callado, mirándome fijamente desde lejos, y me dio un poco de miedo... Por cierto, papa-san, hace mucho tiempo que no me bañas. En aquella época me lavabas a todas horas.

—Ah, es verdad. Lo hacía.

—No me digas eso de «lo hacía». Ya no me bañas. ¿No te apetece hacerlo porque he crecido mucho?

—No digas eso... Ahora también me gustaría lavarte, pero no te lo proponía por discreción.

—¿Ah, sí? Entonces lávame, por favor. Trátame de como a tu *baby*-san.

Después de nuestra conversación, saqué la bañera que estaba abandonada en el rincón del trastero del estudio. Empecé a lavar de nuevo su cuerpo, ya que, afortunadamente, había empezado la temporada de darse baños. Antes la llamaba «gran *baby*-san». Sin embargo, la Naomi actual había crecido con gracia durante los últimos cuatro años hasta convertirse en una perfecta mujer adulta que podía recostarse estirada sobre la bañera. Al desenredar su abundante cabello, lo extendía como las nubes durante un chaparrón. Su cuerpo carnoso y rechoncho tenía hoyuelos en varias articulaciones. Los hombros habían aumentado su grosor.

Además, sus pechos y sus nalgas eran más firmes y turgentes. Las piernas también parecían haberse alargado.

—Jōji-san, ¿he crecido?

—Claro que has crecido. Ahora mismo eres casi tan alta como yo.

—Voy a crecer más que tú, Jōji-san. Me pesé hace poco y estoy en cincuenta y tres kilos.

—¡Qué sorpresa! Yo apenas llego a los sesenta.

—Pero ¿cómo pesas más que yo siendo tan bajito?

—Es natural. Aunque sea bajito, los hombres tenemos una constitución más robusta.

—Entonces Jōji-san, ¿te atreves a hacer de caballito y llevarme? Cuando nos mudamos aquí solíamos hacerlo. Yo cabalgaba sobre tu espalda y usaba un *tenugui* como rienda. Dábamos vueltas por la habitación, diciendo «arre, arre, so, so»...

—Sí. Entonces eras muy ligera. Quizá estarías en unos cuarenta y cinco kilos.

—Ahora te aplastaría.

—¿Cómo que me aplastarías? Si no te lo crees, ponte encima de mí —después de bromear durante un rato jugamos al caballito como antaño.

—Mira, ahora soy un caballo —dije, poniéndome a cuatro patas.

Naomi se subió a mi espalda, con sus cincuenta y tres kilos, y me hizo morder el *tenugui* para usarlo como rienda gritando:

—¡Qué caballo tan pequeño y enclenque! ¡Ponte firme! ¡Arre, arre, so, so!

Apretó sus piernas contra mi abdomen y tiró con fuerza de las riendas. Yo hacía todo lo que podía por no hundirme mientras daba vueltas por la habitación empapado en sudor. No cesó su tarea hasta que me vio exhausto.

—Jōji-san, ¿por qué no vamos a Kamakura este verano? Hace tiempo que no vamos —propuso Naomi a principios de agosto—. Quiero ir, no he vuelto desde aquella vez.

—Es cierto. No hemos ido desde entonces.

—Claro, por eso este verano nos vamos a Kamakura. Es nuestro sitio conmemorativo.

¡Cuánto me alegré al oír esas palabras a Naomi! Como bien dijo, habíamos ido a Kamakura por nuestra luna de miel... Sí, nuestro viaje de luna de miel. No debería haber para nosotros otro lugar más memorable que Kamakura. Después de aquel viaje fuimos de vacaciones todos los años, pero Kamakura quedó en el olvido. Sin embargo, la propuesta de Naomi resultó ser una idea maravillosa.

—¡Claro que sí, vamos! ¡Adelante! —asentí sin pensármelo dos veces.

En cuanto nos pusimos de acuerdo, pedí en la empresa diez días de vacaciones. Cerramos la casa de Ōmori y nos fuimos a Kamakura a principios de mes. Respecto al alojamiento, alquilamos una habitación adosada a una jardinería llamada Uesō, en el camino al hotel Goyōtei, pasada la segunda residencia de la familia imperial desde la calle Hase.

En un principio pensaba alojarnos en un *ryokan*[26] con clase que no tuviera nada que ver con el Kinparō. Sin embargo, para mi sorpresa, alquilamos una habitación. Un día Naomi dijo: «La señora Sugisaki me ha contado algo muy interesante» y así surgió el tema de aquella jardinería. Según Naomi, un *ryokan* nos iba a salir muy caro y podríamos escandalizar a los vecinos, así que lo mejor sería

---

26 Es un tipo de alojamiento tradicional japonés.

alquilar una habitación. Por suerte un pariente de la señora Sugisaki, que trabajaba como ejecutivo en la Tōyō Sekiyu, tenía disponible una habitación. Y ya que nos la estaba ofreciendo, parecía la mejor opción. Ese ejecutivo la había alquilado por quinientos yenes para los meses de junio, julio y agosto. Había estado allí hasta a finales de julio, pero Kamakura le resultaba aburrido y la ofrecía gustoso a quien lo deseara. No le importaba el precio del alquiler, ya que lo había gestionado a través de la señora Sugisaki.

—Oye, no vamos a encontrar nada así, vamos a aceptarla. No nos cuesta nada y podemos estar el mes entero —argumentó Naomi.

—Escúchame, no podemos pasar tanto tiempo, tengo que trabajar.

—Bueno, si estamos en Kamakura, puedes ir en tren cada día. ¿Por qué no?

—Pero hasta que la veamos no sabremos si te gusta...

—Entonces iré mañana a verla. Si me gusta, ¿me dejarás que lo decida?

—Puedes hacerlo, pero me sabe mal usarla sin pagar nada. Tendríamos que discutirlo antes...

—Lo sé. Si todo va bien, hablaré con la señora Sugisaki, sé que estás muy ocupado. Y le pediré que nos cobren algo. A lo mejor tendremos que pagar cien o ciento cincuenta yenes.

Estaba tan acelerada que Naomi lo arregló todo en seguida. Pactamos pagar cien yenes por el alquiler, y ella se ocupó de hacer el pago.

Yo estaba un poco preocupado, pero, al ver la casa, resultó ser mucho más agradable de lo que esperaba. Aunque estuviera destinado al alquiler, se trataba de un chalé independiente del edificio principal. Además de dos salones de ocho y cuatro tatamis y medio, tenía un recibidor, cuarto de baño con bañera y cocina. La entrada y la salida estaban separadas. Se podía acceder directamente desde el jardín. No era necesario tratar con los dueños de la jardinería. De esta manera, parecía que teníamos una nueva vivienda. Hacía mucho tiempo que no estaba en una casa de estilo japonés. Me senté sobre auténticos tatamis nipones y tomé un respiro con las piernas cruzadas delante del brasero.

—¡Qué maravilla! Esto es muy relajante.

—Es una buena casa, ¿verdad? ¿Cuál te gusta más, la de Ōmori o esta?

—Esta casa te da mucha más tranquilidad. Podría pasarme el día aquí.

Naomi se puso muy contenta:

—¿Lo ves? Por eso te dije que era la mejor opción.

Un par de días después de nuestra llegada a esta casa, fuimos a bañarnos a mediodía. Una hora después, cuando estábamos tumbados en la playa, se oyó una llamada inesperada frente a nosotros: «¡Naomi-san!».

Cundo me levanté, vi a Kumagai. Acababa de salir del mar. Tenía el bañador mojado pegado al pecho y chorreaba agua a lo largo de sus velludas pantorrillas.

—¡Anda, Mā-chan! ¿Cuándo has venido?

—He venido hoy. No estaba seguro de si eras tú o no —gritó, agitando la mano hacia el mar— ¡Eh!

—¡Eh! —contestó alguien desde el agua.

—¿Quién está nadando por allí?

—Es Hamada. Hemos venido los cuatro, Hamada, Seki, Nakamura y yo.

—Bueno, menuda la que habéis organizado. ¿Dónde os alojáis?

—Qué dices, no tenemos tanto dinero. Como el día era muy caluroso y no sabíamos qué hacer, hemos decidido venir y regresaremos hoy mismo.

Mientras Naomi y Kumagai estaban hablando, Hamada llegó hasta nosotros.

—¡Cuánto tiempo! Hacía tanto que no nos veíamos... ¿Qué tal está, Kawai-san? Hace mucho que no viene a bailar.

—No es del todo así, es que a Naomi ya no le apetece ir.

—Ya lo veo, es una lástima. ¿Desde cuándo están aquí?

—Desde hace un par de días. Hemos alquilado una habitación independiente en la jardinería de Hase.

—La verdad es que es un buen sitio. Lo alquilamos el mes entero gracias a la profesora Sugisaki.

—Pues sí, todo esto es muy elegante —dijo Kumagai—.

—Entonces, ¿van a estar aquí por algún tiempo? —dijo Hamada—. Pueden bailar en Kamakura. De hecho, esta misma noche hay un baile en el Hotel Kaihin. Yo mismo iría si tuviera pareja.

—A mí no me apetece —dijo de repente Naomi—. Bailar con un tiempo tan caluroso es un engorro. Iremos cuando haga más fresco.

—Tienes razón. El baile no es para el verano —dijo Hamada, algo inquieto —¡Eh! ¿Qué hacemos, Mā-chan? ¿Nos damos otro baño?

—Bah, no quiero. Estoy cansadísimo. Vámonos ya. Damos una vuelta por allí y descansamos un rato. Cuando lleguemos a Tokio, ya se habrá puesto el sol.

—¿Para allí? ¿Adónde vais? —preguntó Naomi a Hamada—. ¿Hay algo interesante?

—Bueno, el tío de Seki tiene una casa de vacaciones en Ōgigayatsu. Nos ha invitado a cenar, pero no me apetece mucho. Así que pienso escaparme sin cenar.

—¿Ah, sí? ¿Tan incómodo es?

—Es más que incómodo. Vienen las criadas y empiezan a hacerte reverencias de lo más formal, es una pesadez. Aunque te inviten, no puedes ni tragarte la cena. Eh, Hamada. Nos vamos. Ya cenaremos algo en Tokio —dijo Kumagai. Sin embargo, se quedó allí plantado, sin moverse, estirando las piernas en la playa. Agarraba puñados de arena y los lanzaba sobre sus rodillas.

—Entonces, ¿por qué no cenamos todos juntos? Ya que habéis venido —propuse un poco forzado al sentir lástima por ellos.

Naomi, Hamada y Kumagai se quedaron callados.

15

Hacía tiempo que no organizábamos una cena tan bulliciosa. Acudieron Hamada y Kumagai, y más tarde se unieron Seki y Nakamura. Los seis comensales nos sentamos alrededor de una mesita baja en el cuarto de ocho tatamis y estuvimos charlando hasta las diez de la noche. Al principio no me gustaba que estos chavales hubieran venido a molestarnos a nuestra casa. Pero ver de vez en cuando el carácter natural de estos muchachos no era para nada desagradable; joviales, francos; no se enfrascaban en menudencias. La encantadora actitud de Naomi atraía a la gente, sin llegar a ser frívola. Tenía una manera idónea de entretener y agasajar a los demás.

Naomi y yo acompañamos a los muchachos hasta la parada mientras charlábamos, caminando de la mano durante aquella noche de verano.

—Ha sido una velada genial. No está mal verlos de vez en cuando.

Era una noche plagada de hermosas estrellas en la que soplaba el viento fresco desde el mar.

—¿Ah, sí? ¿Te lo has pasado bien? —preguntó Naomi, que parecía alegrarse al percibir mi buen humor. Y, después, dubitativa, añadió—: Si te llevas bien con ellos verás que no son mala gente.

—Es verdad, son buena gente.

—Pero ¿vendrán otra vez aunque no les invitemos? Seki-san dice que todos volverán más a menudo porque su tío tiene aquí su segunda casa.

—No lo sé. No creo que vengan tanto por aquí...

—No pasa nada por que se pasen de vez en cuando. Pero, si empiezan a venir con frecuencia, sería bastante molesto. Si vienen otra vez, es mejor que no seamos demasiado hospitalarios. No les invitaremos a cenar. Seremos comedidos y les pediremos que se marchen.

—Pero no les podemos echar así como así...

—Sí que podemos. Les diré que nos están incordiando y les echaré enseguida. ¿O es que no se lo puedo decir?

—¡Hum! Kumagai se burlará de nuevo.

—A mí me da igual que se burlen. Es que hemos venido de propio a Kamakura. Si vienen a molestarnos, son unos gamberros.

Mientras nos acercábamos a las lúgubres sombras de los pinos, Naomi se detuvo.

— Jōji-san...

En cuanto comprendí que aquella sutil y dulce voz me estaba pidiendo algo, estreché su cuerpo con las dos manos, y saboreé sus intensos y tersos labios como cuando uno se traga una gota de agua marina...

A partir de entonces nuestros diez días de vacaciones pasaron en un abrir y cerrar de ojos, pero seguíamos siendo felices. Como habíamos planeado desde un principio, acudí cada día a la oficina desde Kamakura. Los que habían dicho «Vendremos más a menudo», como Seki, solo acudieron una vez pasada una semana y apenas se dejaron ver.

De pronto, cuando quedaba poco para finalizar el mes, me surgió un asunto urgente, por lo que empecé a llegar a la casa más tarde. Normalmente regresaba no más tarde de las siete para poder cenar con Naomi, pero ahora me tenía que quedar en la oficina hasta las nueve y eso hacía que llegara a casa a las once. Tendría que estar así cinco o seis días más. Y, justo la cuarta noche, sucedió algo.

Aquella noche pensaba quedarme hasta las nueve, pero terminé antes mi trabajo, así que salí de la oficina sobre las ocho. Fui a Yokohama desde Ōimachi en el tren local, como siempre. Tras hacer un transbordo a la locomotora, me bajé en Kamakura. Recuerdo que era un poco antes de las diez. En los últimos tres o cuatro días, había vuelto de manera metódica a nuestro alojamiento cada noche más tarde. Por eso quería regresar a casa lo antes posible, ver a Naomi y cenar juntos con tranquilidad. Tomé un *rikisha* en la estación y enfilamos el camino que pasaba junto al Goyōtei.

Había regresado mecido por los vaivenes de la locomotora tras haber trabajado en la oficina aquel caluroso día de verano. Por esa razón percibí el tacto suave y fresco del aire nocturno de aquella costa. Esto sucedía cada noche, pero además aquel día había llovido al atardecer. Así que el ambiente estaba calmado e impregnado del aroma silencioso de la hierba y las hojas mojadas. Las ramas de los pinos goteaban e incluso el vapor de agua ascendía enmudecido. Había charcos por todas partes que brillaban con claridad en la penumbra, pero el camino de arena estaba ya tan seco y limpio que no se levantaba polvo. El sonido de los pasos del conductor al correr caía con tal ligereza y suavidad que parecía que estuviese pisando terciopelo. Más allá de los setos de una finca de verano se escuchaba un gramófono. A veces podía vislumbrar varias siluetas de personas ataviadas con *yukata* blanca paseando por la zona. Era cierto, daba la sensación de estar en un lugar de vacaciones.

Le pedí al conductor que detuviera el *rikisha* delante de la puerta de madera y crucé el jardín hacia el corredor exterior de nuestra estancia adosada. Esperaba que Naomi viniera enseguida, abriendo el *shōji* al escuchar mis pasos. Sin embargo, aunque veía luz a través del *shōji*, todo estaba muy tranquilo y no había rastro de ella. «Naomi-chan», la llamé un par de veces. Al no recibir respuesta, abrí el *shōji* y vi que la habitación estaba vacía. Había bañadores, toallas y *yukata* colgados en la pared, en el *fusuma* y en el *tokonoma*[27]. Los utensilios para té, el cenicero y los cojines estaban desparramados. La habitación estaba tan revuelta y desordenada como siempre. Pero notaba una soledad silenciosa, como si el vacío de su ausencia no fuera reciente, con la particular sensibilidad que solo una pareja podría percibir. «Se ha ido a algún sitio... Hace un par de horas...», me dije.

---

27 El *fusuma* es la puerta corredera de papel opaco, más gruesa y pesada y el *tokonoma* es una especie de alcoba elevada de una estancia que se adorna con un arreglo floral o un rollo colgante.

Aun así, fui al aseo e investigué el cuarto de baño. Luego bajé por si acaso a la cocina y encendí la luz del fregadero. De pronto, una imagen llamó mi atención: una botella vacía de sake Masamune y restos de comida occidental que alguien había devorado. Y, además, un montón de colillas en el cenicero. Seguro, ese grupo se había pasado por allí...

Fui corriendo al edificio principal y le pregunté a la dueña de Uesō:

—Señora, parece que Naomi no está. ¿Se ha ido a algún sitio?

—¿La señorita? —la mujer llamaba a Naomi «señorita». Si no la llamaban así, se ponía de mal humor, ya que queríamos que nos considerasen como una sencilla pareja que compartía una casa, aunque estuviésemos casados.

—La señorita ha vuelto por la tarde y ha cenado. Después se ha ido de nuevo con todos.

—¿Quienes son todos?

—Pues...—la casera titubeó un poco—. El señorito Kumagai y el resto que estaba con ellos.

Me extrañó que la dueña no solo supiera el nombre de Kumagai, sino que también lo llamara «señorito Kumagai», pero en aquel momento no tenía tiempo para indagar.

—Si ha vuelto por la tarde, entonces, ¿ha estado con ellos todo el día?

—Se fue sola a bañarse pasado el mediodía. Luego, bueno, regresó con el señorito Kumagai...

—¿Solos, Kumagai y ella?

—Sí...

El caso es que entonces no estaba tan aturdido, pero parecía que a la casera le costaba contarme todo aquello. Poco a poco observaba cómo su rostro iba tomando un aspecto confuso, lo cual me inquietó. No pude evitar hablar con impaciencia, mientras pensaba que no era prudente que aquella señora se percatara de mi estado de ánimo.

—Entonces, ¡no estaban todos juntos!

—No. En ese momento estaban solos. Me dijeron que hoy había un baile en el hotel y se fueron...

—¿Y?

—Y luego vinieron todos juntos.

—Cenaron todos en casa, ¿verdad?

—Sí, estaban muy animados... —dijo la casera y sonrió con amargura al observar mi mirada.

—¿Sobre qué hora se marcharon después de cenar?

—Sobre las ocho, creo...

—Entonces ya han pasado dos horas —dije sin querer—. ¿Están en el hotel? ¿No le han dicho nada, señora?

—No sé muy bien, pero quizás estén en la residencia de verano...

Era cierto. Recordé que el tío de Seki tenía una casa de veraneo en Ōgigayatsu.

—Vale, se han ido allí. Iré a buscarla ahora mismo. ¿Sabe usted dónde está la casa?

—Eh... Aquí al lado, en la playa Hase...

—¿Hase? Creí que me habían dicho que estaba en Ōgigayatsu... Le estoy preguntado por la casa de verano del tío de Seki, un amigo de Naomi. No sé si ha venido esta noche...

Al oír mis palabras, el rostro de la señora mostró de repente una expresión de sorpresa.

—¿No es esa casa?

—Eh... Esa...

—¿De quién es la casa que está en la playa Hase?

—Eh, Es de la familia del señorito Kumagai...

—¿De Kumagai-kun? —De pronto, me puse pálido.

La casera me indicó que girase a la izquierda en la estación por la calle Hase y siguiera recto por la calle del Hotel Kaihin. Allí encontraría sin pérdida la playa. La casa de Ōkubo, situada en la esquina exterior, era de la familia de Kumagai, lo cual era una novedad para mí. Ni Naomi ni Kumagai habían hecho la menor alusión a ella.

—¿Naomi va a menudo allá?

—Bueno, no le sabría decir… —A pesar de sus esfuerzos por disimular, me percaté del nerviosismo de la casera.

—Entonces esta noche no ha sido la primera, ¿no es así? —empecé a hablar jadeando con voz temblorosa, pero no podía controlarme. Al parecer, mi rabia la estaba aterrorizando y también ella se puso pálida—. No pienso causarle ninguna molestia. Por favor, no se preocupe y sea sincera. ¿Qué pasó anoche? ¿También se fue de casa?

—Sí. Recuerdo que anoche también se marchó

—¿Y la noche de antes de ayer?

—Sí.

—¿Se fue?

—Sí.

—¿Y la noche de hace tres días?

—Sí, también la noche de hace tres días

—Todas las noches han sido así desde que empecé a regresar tarde.

—Sí, aunque no lo recuerdo con claridad

—¿A qué hora suele volver?

—Suele volver, no sé, un poco antes de las once, como mucho.

¡Esos dos me habían estado engañando desde el principio! ¡Por eso Naomi había insistido en venir a Kamakura!

Mi cabeza comenzó a dar vueltas como un tifón y mi memoria proyectó sobre mi corazón a una velocidad extraordinaria la actitud y las palabras de Naomi durante aquellos días, sin obviar ningún detalle. En un instante, y con una claridad sorprendente, emergió el hilo del ardid que me rodeaba. Había mentiras dobles y triples, y embustes que la mayoría de personas ordinarias como yo no podría imaginar. Y también había delicados acuerdos. Además, todo parecía tan complicado que no sabía cuántas personas tomaban parte en la trama. De súbito, un golpe me arrojó del suelo firme y seguro a una fosa profunda. Desde el fondo del agujero miraba con envidia a Naomi, Kumagai, Hamada, Seki y las innumerables sombras de todos los que pasaban por encima y se reían de mí.

—Señora, me marcho. Si ella vuelve sin que nos hayamos cruzado por el camino, por favor, no le diga que he regresado. Tengo una idea —dije y salí de la casa.

Llegué hasta el Hotel Kaihin y seguí la ruta indicada, manteniéndome en la penumbra siempre que me fue posible. Había poca gente en las calles y en el barrio reinaba un profundo silencio. Las grandes residencias a los lados del camino formaban sendas filas. Por suerte, el alumbrado era escaso. Saqué el reloj y lo miré bajo la luz de una farola. Eran las diez pasadas. Pensé: «Quiero averiguar como sea si está sola con Kumagai en aquel lugar o si está divirtiéndose con ese grupo en la residencia del tal Ōkubo. Y, si me fuera posible, ser testigo de sus actos sin que se dé cuenta para ver qué clase de embustes irrespetuosos me suelta después. Podré echárselos en cara y dejarla de piedra». Y así, apresuré el paso.

Encontré enseguida la casa. La estuve observando por fuera, yendo y viniendo por la calle colindante durante un rato. En la magnífica entrada de piedra había unos frondosos arbustos entre los que discurría un camino de grava hacia la puerta principal, que estaba más apartada. Una pared cubierta de musgo rodeaba el amplio jardín. En una placa cuyo desgaste evidenciaba su antigüedad se leía: «Segunda residencia de la familia Ōkubo». Daba la impresión de tratarse más de un antiguo palacio que de una segunda casa. Cuánto más lo pensaba, más me sorprendía imaginar que Kumagai tuviera unos parientes con una casa tan espléndida en un lugar así.

Procuraba que mis pies no hicieran el menor ruido mientras pisaba la grava y fui adentrándome en silencio. Los árboles eran tan frondosos que, desde la calle, no se atisbaba la vivienda principal. Al acercarme, todas las estancias con las que me topaba, tanto las entradas exteriores e interiores como la planta baja y la primera, estaban en silencio, cerradas y oscuras. «Es posible que la habitación de Kumagai esté al otro lado», pensé, y me dirigí a la parte trasera de la casa moviéndome de nuevo a hurtadillas a lo largo del edificio principal. En efecto, había luz en una habitación de la primera planta y en la puerta de la cocina, que estaba debajo de la habitación.

Con solo echar un vistazo averigüé que aquella habitación de la primera planta era la de Kumagai, ya que en el pasamanos había apoyada una mandolina, además de un sombrero de la Toscana que me era familiar colgado en una columna. Sin embargo, a pesar de que el *shōji* estaba abierto, no se oía nada, ni una conversación. Era obvio que en ese momento la habitación estaba vacía.

Las puertas de la cocina también estaban abiertas. Parecía que alguien acababa de salir de allí. De pronto, a un par de metros, seguí una luz tenue que alumbraba desde la cocina hasta el patio y descubrí una entrada trasera. No tenía puertas, solo dos viejas vigas de madera entre las que se veían las olas que rompían en la playa de Yuigahama trazando nítidas líneas blancas en la oscuridad y dispersando con fuerza el aroma del mar.

—Seguro que ha salido por aquí.

Nada más cruzar el acceso trasero a la playa, oí de cerca la inconfundible voz de Naomi, que aún no había escuchado hasta ese momento. Quizá habría sido por el ruido del viento.

—¡Eh! No puedo andar, que tengo arena en los zapatos. ¿Alguien me la puede sacar? Mā-chan, ¡quítame los zapatos!

—Oye, no soy tu esclavo.

—Si te pones así, no volveré a portarme bien contigo... Entonces tú, Hama-san, eres tan simpático... Gracias, gracias, Hama-san, es el mejor. Hama-san es mi preferido.

—¡Caray! No me trates como a un idiota solo porque sea atento.

—¡Ay! ¡Ja, ja, ja! ¡No, Hama-san, deja de hacerme cosquillas en los pies!

—No te estoy haciendo cosquillas. Te estoy limpiando la arena, que se te ha quedado pegada.

—Después puedes lamérsela. Así serás su papa-san —dijo Seki.

A continuación, cuatro o cinco chicos estallaron en risas.

Desde donde yo permanecía de pie, bajando las dunas, se atisbaba un local de té con paredes de estera. De la choza salía una voz. No estaba muy apartada, me separaban de ella menos de cinco metros. Como acababa de llegar del trabajo, aún llevaba mi traje marrón de alpaca. Levanté la solapa de la chaqueta y abroché todos los botones para que el cuello y la camisa no llamaran la atención. Luego escondí el sombrero de paja debajo del brazo. Me agaché y fui deprisa hasta la sombra del pozo que estaba detrás de la choza, arrastrándome. De repente, salieron todos en fila encabezados por Naomi:

—Ya vale, vamos para allá.

No se dieron cuenta de que los estaba observando y bajaron hacia la playa desde la puerta de la choza. Hamada, Kumagai, Seki y Nakamura iban vestidos con *yukatas* de verano. Naomi estaba en el medio, caminando en tacones y cubierta con una capa negra. Debían de habérselos prestado, ya que no había llevado ni una capa ni unos tacones así a la casa de Kamakura. La capa aleteaba y se levantaba cuando soplaba el viento. Parecía que la estaba sujetando, agarrándola desde la parte interior con ambas manos. Su redondo trasero bailoteaba bajo la capa con cada paso. Avanzaba tambaleándose a propósito, caminando como si estuviera borracha y chocando los hombros con los chicos que tenía derecha e izquierda.

Hasta entonces me mantuve inmóvil, agachado, conteniendo la respiración. Cuando se alejaron unos veinte metros y sus *yukata* blancas se vislumbraban a lo lejos, me atreví a levantarme y comencé a seguirlos. Al principio parecía que iban derechos por la playa hacia Zaimokuza, pero a medio camino giraron hacia la izquierda y atravesaron una duna de arena que llevaba hacia el pueblo. Cuando sus figuras desaparecieron, subí la duna a toda la velocidad, ya que sabía que el camino que iban a tomar atravesaba un barrio poco alumbrado, con residencias rodeadas por pinos que proyectaban sombras ideales para esconderme. Pensaba que no habría peligro de ser descubierto, aunque me aproximara un poco más.

Tan pronto como bajé la duna, sus animados cantos llegaron hasta mis oídos. No era de extrañar, ya que caminaban al compás, cantando a menos de cinco o seis pasos desde donde yo estaba.

Just before the battle, mother,
I am thinking most of you...

Era una de las canciones favoritas de Naomi. Kumagai iba el primero, agitando las manos como si los dirigiera con una batuta. Naomi seguía caminando y tambaleándose de aquí para allá chocando con sus hombros. Los que recibían sus empujones se balanceaban como si estuviesen remando en una barca.

—¡Aúpa! ¡Aúpa! ¡Aúpa! ¡Aúpa!

—¡Oye! ¿Qué? Si me empujáis así, me estamparé contra un muro.

¡Crac! ¡Crac! Parecía que alguien había golpeado el muro con un bastón. Naomi rompió a reír.

—¡Ahora, *Honika ua, wiki wiki*!

—¡Venga, vamos! Este baile hawaiano es para mover el pandero. ¡Vamos, cantad y moved el culo!

Honika ua wiki wiki! Suīto buraun meidun sed tū mī... Y todos movieron el pandero al unísono.

—Ah, ja, ja, ja, Seki-san tiene la mejor técnica de movimiento de culito.

—Claro que sí. He estado mucho tiempo investigándola.

—¿Dónde?

—En la Exposición de la Paz en Ueno. Los indígenas bailaron en el pabellón internacional, ¿lo sabías? Estuve allí diez días.

—¡Qué tonterías hace la gente!

—Tú también deberías haber actuado en el pabellón internacional, con tu cara seguro que te habrían confundido con un indígena.

—Eh, Mā-chan, ¿qué hora es? —preguntó Hamada. Parecía el más serio porque era abstemio.

—No lo sé, ¿qué hora será? ¿Alguien tiene reloj?

—Sí —dijo Nakamura y encendió una cerilla—. Ya son las diez y veinte.

—No os preocupéis, que *papa* no vuelve hasta las once y media pasadas. Vamos a dar una vuelta por la calle Hase y ya regresamos. Quiero pasearme con este modelo por un sitio concurrido.

—¡De acuerdo, de acuerdo! —gritó Seki.

—Pero ¿qué pensará la gente cuando me vea andando así?

—Seguro que les parecerás la jefa de una banda.

—Entonces, si soy la jefa de una banda, todos vosotros seréis mis esbirros.

—Somos el *Shiranami Yonin Otoko,* los cuatro villanos de Shiranami[28].

—Y yo, su cabecilla Benten Kozō.

—Nuestra líder, Naomi Kawai... —dijo Kumagai imitando a un narrador de cine— aprovechando la penumbra nocturna, se cubre con una capa negra...

—Buf, ¡no pongas una voz tan vulgar!

—... dirigiendo a los cuatro rufianes desde la playa Yuigahama...

—¡Basta, Mā-chan, déjalo ya!

Naomi le dio una bofetada a Kumagai en la mejilla.

---

28 Parodia de la obra de kabuki *Aoto Zōshi Hana no Nishiki-e,* también llamada *Shiranami Gonin Otoko,* «Los cinco villanos de Shiranami».

—¡Ay! Mi voz es vulgar por naturaleza. Es toda una tragedia que no fuera un trovador en tiempos antiguos.

—Pero Mary Pickford no suele hacer de líder.

—Entonces, ¿quién será? ¿Priscilla Dean?

—Eso es, Priscilla Dean.

—La, la, la.

Hamada empezó a bailar de nuevo, tarareando una música de baile. Enseguida me escondí a la sombra de un árbol, ya que Hamada estaba a punto de girarse hacia atrás mientras marcaba el paso. Y entonces: «¿A ver?», escuché la voz de Hamada:

—¿Quién es? ¿Es usted, Kawai-san?

De pronto, todos se callaron, inmóviles, y se giraron hacia mí, mirando a través de la oscuridad. Pensé «¡Maldición!», pero ya era tarde.

—¿Papa-san? Es papa-san, ¿no? ¿Qué haces ahí? Únete a nosotros. —Naomi vino corriendo hacia mí. Abrió la capa, extendió los brazos y los puso sobre mis hombros. Estaba completamente desnuda.

—¿Qué haces? ¡Me has humillado delante de todos! ¡Puta! ¡Zorra! ¡Demonio!

—Jo, jo, jo.

Su risa desprendía el aroma del alcohol. Nunca la había visto beber alcohol hasta entonces.

16

Tardé dos días, esa noche y el día siguiente, en conseguir sonsacarle a Naomi una parte del ardid con en el que me había estado engañando.

Como pude deducir, la razón por la que ella había querido venir a Kamakura era la de divertirse con Kumagai. Aquello de que un pariente de Seki vivía en Ōgigayatsu era mentira. La segunda residencia de Ōkubo en Hase era, precisamente, la casa del tío de Kumagai. No solo eso, el alquiler del cuarto aislado se había hecho a través de Kumagai. El jardinero trabajaba en la casa de Ōkubo. No sé cómo se arreglaron, pero fue el mismo Kumagai quien lo propuso, echó al anterior inquilino y lo organizó todo para que fuésemos allí. Todo esto lo habían decidido Naomi y Kumagai. Con lo cual, aquel trámite de la señora Sugisaki o el ejecutivo del Tōyō Sekiyu había sido una absoluta patraña de Naomi. Fue así como Naomi lo gestionó todo tan rápido ella sola. Según lo que me comentó la señora de Uesō, cuando Naomi se presentó para inspeccionar la habitación, lo había hecho acompañada por Kumagai, el señorito Kumagai. Al parecer, se comportó como si fuera pariente del propio señorito. Ante tal situación, la señora se había visto obligada a echar al inquilino anterior y dejar la casa libre para nosotros.

—Señora, disculpe las molestias que le estoy causando, pero ¿podría contarme todo lo que sepa, por favor? En cualquier caso, le juro que nunca mencionaré su nombre. Respecto a este asunto no tengo intención alguna de protestar frente a la familia de Kumagai. Solo quiero saber la verdad.

Al día siguiente no fui a la oficina, algo que no había sucedido hasta ese día. Vigilé estrechamente a Naomi, diciéndole: «Hoy no debes salir de casa, ni dar solo un paso», y me llevé todas sus cosas, su ropa, sus zapatos y su cartera, al edificio principal, donde interrogué a la señora en una habitación.

—Entonces, ¿hacía tiempo que los dos se dedicaban a ir y venir durante mi ausencia?

—Sí, todo el rato. El señorito venía, la señorita salía...

—¿Y quién demonios vive en la segunda residencia del señor Ōkubo?

—Este año todos regresaron a la casa principal. De vez en cuando vienen, pero normalmente Kumagai, el señorito, está solo.

—¿Y qué pasaba con los amigos de Kumagai-kun? ¿Ellos también venían?

—Sí, a menudo.

—¿Era Kumagai-kun quien los traía aquí? ¿O cada uno venía cuando le daba gana?

—No sé —dijo. En ese momento, la señora se quedó perpleja. No obstante, no reparé en ello hasta más tarde—. A veces venían por su cuenta, a veces con el señorito. Pasaba de todo...

—Además de Kumagai-kun, ¿había alguien más que viniera solo?

—Recuerdo que el tal Hamada-san, y algunos otros amigos más, también venían solos...

—En esas ocasiones, ¿venían para acompañarla a algún lado?

—No. Normalmente se quedaban dentro, conversando.

Esto fue lo que más me sorprendió. Si había algo entre Naomi y Kumagai, ¿por qué traía a otros chicos? ¿Por qué razón venían solos a charlar con Naomi? Si todos iban detrás de Naomi, ¿por qué no se peleaban entre ellos? La noche anterior los cuatro muchachos estaban pasándolo bien todos juntos. Tras pensar todo esto, de nuevo me quedé desconcertado, llegando a dudar si entre Naomi y Kumagai había algo.

Sin embargo, Naomi no quiso abrir la boca sobre ese tema. No paraba de insistir en que no había ningún ardid enrevesado y que solo quería pasárselo bien con todos sus amigos. Entonces le pregunté por qué me había embaucado con tanta insidia.

—Es que papa-san siempre sospechaba de aquellos chicos y se preocupaba sin ninguna necesidad.

—¿Por qué dijiste que los parientes de Seki tenían una segunda casa? —pregunté de nuevo—. ¿Qué importaba que fuera de Seki o de Kumagai?

Tras esa pregunta, parecía que por fin había acorralado a Naomi. De repente, miró hacia abajo y se quedó callada. Luego, mientras se mordía los labios, levantó los ojos y clavó su mirada en mí de tal manera que podría haber agujereado mi cara.

—Es que de quien más desconfías es de Mā-chan, así que pensé que era mejor decir que era de Seki-san.

—¡Deja de llamarle Mā-chan! ¡Tiene un nombre, Kumagai! —Después de llevar un rato reprimiéndome, por fin exploté. Me provocaba náuseas escuchar cómo Naomi le llamaba «Mā-chan»—. ¡Eh! ¿Has estado teniendo relaciones con Kumagai? ¡Dime la verdad, ya!

—No hemos tenido esas relaciones. Ya que sospechas tanto, ¿tienes pruebas?

—Aunque no tenga ninguna prueba, estoy completamente seguro.

—¿Y eso? ¿Cómo lo sabes?

Naomi se comportaba con una calma asombrosa. Además, esbozaba una leve sonrisa que me llenaba de rabia.

—Entonces, ¿qué fue lo de anoche? ¿Aún crees que puedes defender tu inocencia con aquella actitud tan vergonzosa?

—Eso fue porque me obligaron a emborracharme y me vistieron así... Y solo estaba paseándome con esa ropa.

—¡Bien! Entonces, ¿insistes en que eres inocente?

—Sí, soy inocente.

—¿Me lo juras?

—Sí, te lo juro.

—¡De acuerdo! ¡No olvides lo que acabas de decir! Ya no me creo nada de lo que me cuentes —dije, y no hablé más con ella.

Temía que escribiera a Kumagai, así que le confisqué todo el material de escritura, papel de cartas, sobres, tintas, lápices, estilográficas, sellos, y se lo entregué a la señora de Uesō junto con otras cosas. Solo le dejé una bata roja de crepé para vestirse. Así no podría salir cuando yo no estuviese en casa. El tercer día por la mañana salí de Kamakura para ir a la oficina, pero en el tren comencé a darle vueltas al asunto y decidí ir a la casa de Ōmori, que ya llevaba desocupada un mes. Si Naomi tenía relaciones con Kumagai, estaba seguro de que no habían empezado este verano. Pensé que allí podría encontrar algo entre sus pertenencias, quizá una carta.

Llegué a la casa de Ōmori sobre las diez, ya que ese día había tomado el siguiente tren respecto al que suelo tomar. Subí al porche, abrí la puerta con una copia de la llave, atravesé el estudio y me dirigí hacia las escaleras del desván para inspeccionar su habitación. En cuanto abrí la puerta y me adentré un paso, exclamé «¡Ah!» y me quedé de pie sin poder avanzar. ¡Hamada estaba allí tumbado!

Cuando entré, Hamada se ruborizó al instante:

—Hola —dijo, y se levantó.

—Hola —dije yo también, y nos quedamos un rato mirándonos como si tratáramos de descubrir qué pensaba el otro—: Hamada-kun, ¿qué haces aquí?

Hamada intentó balbucear una respuesta, pero al final se calló. Y agachó la cabeza como si suplicara que me compadeciera de él.

—Dime, Hamada-kun, ¿desde cuándo estás aquí?

—Ahora mismo acabo de llegar —dijo esta vez con voz clara, consciente de que ya no podía escabullirse.

—Pero esta casa estaba cerrada, ¿no? ¿Por dónde has entrado?

—Por la puerta trasera...

—Creí que también había cerrado la puerta trasera...

—Sí, pero tengo una copia de la llave —susurró Hamada en voz tan baja que apenas podía oírle.

—¿Una copia? ¿Por qué la tienes?

—Me la dio Naomi-san... Ahora que se lo he dicho, podrá hacerse una idea de qué hago aquí... —Hamada levantó tranquilo la cabeza y miró directa y fijamente mi cara estupefacta. En su rostro se percibía la elegancia de un chico honesto y capaz de afrontar una situación con seriedad si es necesario. No era el habitual sinvergüenza—. Kawai-san, no me es difícil de imaginar la razón por la que usted ha venido hoy aquí de improviso. Le he estado engañando. Y estoy dispuesto a recibir cualquier castigo por ello. Puede que le resulte extraño que diga algo así, pero... Hace ya tiempo que pensaba en confesarle mi culpa, para que no tuviera que descubrirlo así...

Sus ojos se llenaron de lágrimas, que corrieron por sus mejillas. Todo esto me pilló desprevenido. Yo estaba pasmado, callado, parpadeando mientras contemplaba la escena. Todavía había innumerables cosas que no entendía, a pesar de que hubiera confesado en aquel momento.

—Kawai-san, por favor, perdóneme...

—Pero, Hamada-kun, todavía hay algo que no entiendo. Naomi te dio una copia de la llave. ¿Para qué venías por aquí?

—Por aquí... Hoy he quedado aquí con ella.

—¿Eh? ¿Has quedado aquí con ella?

—Sí... Hoy no es la primera vez. Lo hemos hecho otras veces.

Según me fue contando, Naomi y él habían tenido aquí tres encuentros furtivos desde que nos habíamos ido a Kamakura. Al parecer, Naomi venía a Ōmori en el siguiente tren, u otro más tarde, al que yo había cogido para ir a la oficina. Llegaba un poco antes o después de las diez de la mañana y, como muy tarde, se iba a las once y media. Así, regresaba a Kamakura a la una de la tarde a más tardar. Por eso, durante ese tiempo, nadie de la casa se había enterado de que Naomi se había ido a Ōmori. Hamada me confesó que había pensado que era Naomi y no yo quien había entrado hacía un rato, ya que aquella mañana también habían quedado a las diez.

Ante aquella sorprendente confesión, lo primero que inundó mi corazón fue una sensación de incredulidad. No podía cerrar mi boca entreabierta. Todo resultaba ridículo. Así fue como me sentí en aquel momento. Sepan que yo tenía treinta y dos años y Naomi diecinueve. ¡Cómo era posible que una niña de diecinueve años me hubiera estado engañando de forma tan astuta y atrevida! No, hasta ese momento no me podía imaginar que Naomi fuera una chica tan temible.

—¿Desde cuándo tenéis esta relación Naomi y tú? —La curiosidad por conocer la verdad con todo detalle ardía de tal manera que dejé a un lado la cuestión de si iba a perdonar o no a Hamada.

—Comenzó hace ya tiempo, cuando aún no le conocía.

—No recuerdo muy bien cuándo nos conocimos... Creo que fue un día de otoño del año pasado. Regresé de la oficina y estabas de pie hablando con Naomi en el arriate.

—Si, así fue. Hace casi un año...

—¿Deduzco que desde entonces...?

—No, fue antes de aquello. Empecé a ir a clases de piano con la señora Sugisaki en marzo del año pasado. Allí conocí a Naomi-san. Entonces, como tres meses después...

—¿Dónde quedabais durante ese tiempo?

—Era también aquí, en esta casa de Ōmori. Naomi-san me dijo que por la mañana no tenía clases, que la soledad la mataba y que viniera a visitarla. Al principio venía aquí por esa razón.

—Entonces... ¿Naomi te dijo que vinieras?

—Eso es. Además, no sabía nada de usted. Naomi-san decía que era un primo del pueblo que había venido a Ōmori porque tenía aquí a sus familiares. Cuando vino por primera vez al baile de El Dorado me di cuenta de todo. Pero yo... Ya, en aquel momento, no había remedio...

—¿Fuiste tú quien planeaste con Naomi el viaje a Kamakura?

—No, no fui yo. Fue Kumagai quien le recomendó a Naomi-san que fuera a Kamakura —dijo Hamada, alzando de repente la voz—. ¡Usted no es el único que ha sido engañado! ¡A mí también me ha mentido!

—Entonces... ¿Naomi también tiene relaciones con Kumagai?

—Sí. Kumagai hace con Naomi-san lo que quiere. Hace tiempo que sospechaba que a Naomi-san le gustaba Kumagai. No obstante, ni se me había pasado por la cabeza que, además de conmigo, también tuviera relaciones con Kumagai. Además, Naomi-san me decía que solo le gustaba pasar el rato de forma inocente con sus amigos masculinos, que no había nada más. Yo estaba convencido...

—Ah —dije suspirando—, esa es su estrategia. A mí me decía lo mismo, y yo confiaba en ella... ¿Cuándo descubriste que también estaba liada con Kumagai?

—¿Recuerda aquella noche lluviosa en la que dormimos todos juntos? Fue entonces cuando me di cuenta. Aquella noche sentí una profunda lástima por usted. Se comportaban de forma tan descarada que era evidente que había algo entre ellos. Cuanto más celoso me sentía, más me compadecía de usted.

—¿Lo dedujiste aquella noche por su comportamiento, no te lo imaginaste?

—No, no lo hice. Hubo algo que confirmó mis sospechas. Fue al amanecer, no creo que usted se diera cuenta porque estaba dormido. Yo no podía conciliar el sueño, estaba adormilado y los vi besarse.

—¿Naomi sabe que los viste?

—Sí lo sabe, porque hablé con ella después. Le dije que rompiera de inmediato con Kumagai. No quiero ser su juguete. Dada la situación, tenía que tomarla...

—¿Tomarla...?

—Ah. Tenía pensado en confesarle a usted nuestro amor y pedirle que fuera mi esposa. Naomi-san decía que, si le contábamos nuestros sentimientos y la angustia que nos provocaba esta situación, usted estaría de acuerdo, ya que es una persona razonable. No sé si es cierto, pero Naomi-san me dijo que usted solo cuidaba de ella porque tenía la intención de educarla. Que, aunque vivieran juntos, no tenían ningún compromiso matrimonial. Incluso me dijo que entre usted y ella había tal diferencia de edad que no podrían tener una vida feliz...

—¿Naomi... te dijo eso?

—Sí, me lo dijo. Me prometió repetidas veces que pronto hablaría con usted para que pudiéramos casarnos, que solo tenía que esperar un poco más. También me dijo que rompería con Kumagai. Pero era todo mentira. Jamás tuvo la menor intención de casarse conmigo.

—Entonces, ¿crees que Naomi también tiene el mismo compromiso con Kumagai?

—No lo sé, pero me temo que sí. Naomi-san no es nada constante y Kumagai carece de seriedad. Además, es muy astuto...

Puede resultar un poco extraño, pero no experimenté ningún rencor hacia Hamada. Más bien, al escuchar su historia, sentí compasión por él como si se tratara de un compañero que sufre la misma enfermedad. Y, por eso, creció mi odio contra Kumagai. Tenía la sensación de que Kumagai era nuestro enemigo común.

—Hamada-kun, no podemos seguir hablando aquí. ¿Por qué no charlamos con calma mientras comemos algo juntos? Tengo muchas cosas que preguntarte —propuse, y lo llevé al Matsuasa en la playa de Ōmori, ya que un restaurante occidental no habría sido adecuado por su escasa privacidad.

—Kawai-san, ¿no va hoy a la oficina? —Hamada empezó a hablarme poco a poco en un tono más relajado, como si se hubiera quitado un peso de encima. Ya no tenía el tono alterado con el que me había hablado antes.

—No. Ayer tampoco fui. Por desgracia, estos días hay mucho ajetreo en la empresa, así que debería haber acudido.

Pero desde anteayer tengo la cabeza en otro sitio y no puedo concentrarme...

—¿Naomi-san sabe que ha venido hoy a Ōmori?

—Ayer estuve todo el día en casa, pero hoy le dije que iba a la oficina. Conociendo a esa mujer, puede que haya notado algo, pero no creo que se imagine que he venido hasta Ōmori. Decidí pasarme de improviso porque pensé que quizás encontraría cartas de amor si inspeccionaba su habitación.

—Ah, vale. No se me había ocurrido. Creía que venía a cazarme. Entonces, ¿va a venir Naomi-san?

—No te preocupes... Cuando no me quedo con ella en casa, le quito la ropa y la cartera para que no pueda salir. No podría llegar ni hasta la puerta con esa ropa.

—¿Qué ropa?

—¿Has visto su bata rosa de crepé?

—Ah, esa.

—Pues solo le he dejado eso, ni siquiera tiene un cinturón con que atarla, así que no te preocupes. Es como una fiera enjaulada.

—Pero si Naomi-san hubiera venido, ¿qué habría pasado? No sabemos qué clase de alboroto habría montado.

—A ver... ¿Cuándo quedaste con Naomi para veros hoy?

—Anteayer... Cuando usted nos pilló. Como estaba de muy mal humor, Naomi-san me pidió que viniera a Ōmori para que me calmara. Desde luego, yo tampoco soy inocente porque debería haber cortado con ella o enfrentarme a Kumagai, pero no pude hacerlo. Soy un cobarde y les seguí la corriente sin saber muy bien qué hacer porque no tengo fuerza de voluntad. Antes he dicho que Naomi-san me ha engañado, pero en realidad soy un idiota.

Me daba la impresión de que estaba hablando de mí. Cuando entramos en el restaurante Matsuasa y nos sentamos uno enfrente del otro, he de reconocer que aquel hombre me llegó a parecer tierno.

17

—Hamada-kun, ahora que has sido sincero conmigo me siento mucho mejor. ¿Por qué no tomamos un trago? —propuse mientras le ofrecía un vaso.

—Entonces, ¿me perdona, Kawai-san?

—No es cuestión de perdonarte o no. Tú no tienes ninguna culpa, es Naomi la que te ha engañado, ya me has dicho que no sabías nada de lo que había entre ella y yo. Ya no te guardo ningún rencor.

—Gracias, me tranquiliza mucho que me diga eso.

No obstante, parecía que no estaba satisfecho. Aunque le ofrecía sake no bebía y apenas hablaba, bajando la mirada.

—Perdone que le importune, pero ¿tiene usted, Kawai-san, algún parentesco con Naomi-san? —preguntó Hamada suspirando cuando ya había pasado un rato. Parecía estar preocupado por algo.

—No. No somos parientes. Yo soy de Utsunomiya, pero ella es tokiota de pura cepa y sigue teniendo casa en Tokio. La tomé bajo mi cargo cuando tenía quince años porque quería ir al instituto, pero sus circunstancias familiares no se lo permitían. Sentí lástima por ella.

—¿Y, ahora están casados?

—Sí. Llevamos a cabo todos los trámites con el consentimiento de nuestros padres. Fue cuando ella tenía dieciséis años. El caso es que convenimos que, durante un tiempo, íbamos a vivir como si fuéramos amigos. Era tan joven que llamarla «señora» se me hacía un poco raro, y tampoco creía que a ella eso le agradara mucho.

—Entiendo. Eso fue el origen del malentendido. Naomi-san no parece una mujer casada y tampoco nos dijo nada, así que todos caímos en su engaño.

—Naomi se ha comportado mal, pero yo también soy responsable. Mi idea no era la de vivir como cualquier pareja de casados, ya que no me parecía nada interesante el concepto de «matrimonio» que tiene todo el mundo, y eso ha provocado esta inesperada catástrofe. Eso es algo que voy a corregir a partir de ahora. Lo digo en serio, ya basta.

—Me parece muy bien. Kawai-san, puede que esto le parezca una estupidez teniendo en cuenta todas mis faltas, pero tenga cuidado con Kumagai. Es una mala persona. No se lo estoy diciendo porque le guarde rencor. Todos esos, Kumagai, Seki y Nakamura, son mala gente. Naomi-san no es mala. La culpa la tienen ellos, que la han pervertido... —dijo Hamada, emocionado, mientras sus ojos brillaban empapados de lágrimas.

El muchacho estaba profundamente enamorado de Naomi. Me sentí agradecido, casi afligido. Si no le hubiera dicho que éramos un matrimonio de pleno derecho, me habría pedido por voluntad propia la mano de Naomi. Incluso, si renunciara a ella ahora mismo, enseguida me diría que se haría cargo de ella. Su determinación era innegable. La conmovedora pasión que lo movía se dibujaba entre las cejas de aquel chico.

—Hamada-kun, seguiré tu consejo y arreglaré todo esto en un par de días. Si Naomi deja a Kumagai, magnífico. Si no, no soportaré estar con ella ni un solo día, así que...

—Pero, por favor, le ruego que no abandone a Naomi-san —Hamada me interrumpió al instante —. Si usted la abandona, seguro que acabará corrompiéndose. Ella no tiene la culpa...

—Gracias, ¡muchas gracias! ¡Cuánto me alegra que me hayas ayudado! Aunque se burlen de mí, no tengo intención de abandonarla, he estado cuidando de ella desde que tenía quince años. Pero tengo que asegurarme a toda costa de que pone fin a sus malas amistades porque es una mujer muy obstinada.

—Lo sé. Naomi-san es bastante terca. Si uno llega a discutir con ella por cualquier cosa, aunque sea una tontería, se vuelve intratable. Respecto a este asunto, permítame decirle que sea delicado...

Le dije a Hamada «gracias, gracias» innumerables veces. Si no hubiera tanta diferencia de edad y estatus entre los dos, y hubiéramos tenido una relación más cercana, tal vez habría cogido su mano y habríamos llorado abrazados. A ese punto habían llegado mis sentimientos.

—Hamada-kun, al menos tú, no dudes en venir a visitarnos —dije mientras nos despedíamos

—Sí, pero puede que tarde un tiempo en ir a visitarles... —respondió, un poco confundido, bajando la cabeza como si quisiera evitar que le viera la cara.

—¿Por qué?

—... hasta que pueda llegar a olvidarla—. Se puso el gorro y se despidió. En vez de coger el tren, pasó por delante de Matsuasa y caminó hacia Shinagawa.

Fui a la oficina, pero no pude concentrarme en el trabajo. Pensaba en qué estaría haciendo Naomi. Estaba seguro de que no podría ir a ningún lado porque solo le había dejado un pijama. Pero aun así me preocupaba. Las situaciones inesperadas no paraban de sucederse unas tras otras. A medida que descubría que me engañaba, habiéndome mentido ya antes, mis nervios se volvieron susceptibles y enfermizos. Y comenzaba a pensar o imaginarme todo tipo de situaciones. Incluso me parecía que Naomi disponía de un poder divino y misterioso que mi sabiduría no podía comprender. Era incapaz de calmarme, pensando inconscientemente qué estaría haciendo en todo momento a mis espaldas. No podía seguir así. Quizá algo estuviera ocurriendo mientras no estaba en casa... Salí de la oficina, dejando el trabajo a la mitad, y regresé a Kamakura a toda prisa.

—He vuelto —le dije a la señora al ver su cara asomando en la puerta—. ¿Está dentro?

—Creo que sí.

—¿Ha venido alguien a visitarla? —pregunté aliviado.

—No, nadie.

—¿Qué tal está? ¿Como se ha portado?

La miré y señalé con la barbilla la habitación aislada. En ese momento noté que las puertas correderas de la habitación de Naomi estaban cerradas, sin luz tras los cristales y en completo silencio. Allí no parecía haber nadie.

—No lo sé... Lleva dentro todo el día...

Vaya, había estado encerrada todo el día. Pero ¿qué estaría pasando? Todo estaba demasiado tranquilo. ¿Cuál sería su expresión? Todavía me obsesionaban mis malos presagios; subí silencioso al corredor exterior y abrí las puertas correderas. Eran pasadas las seis de la tarde. Naomi estaba tumbada boca arriba, desarreglada, roncando al fondo de la habitación donde no llegaba la luz. Los mosquitos la habían picado y habría estado dando vueltas de acá para allá. Alrededor de la cadera se había tapado con mi gabardina, pero solo tenía bien cubierta la parte de la barriga. Los miembros blancos emergían desde la bata rosa de crepé como si fueran los tallos de una col hervida. Y, por desgracia, aquel momento desgarró mi corazón de una manera cegadora. Sin decir nada encendí la luz y me puse un kimono haciendo ruido con las puertas del armario empotrado. Pero, se diera cuenta o no, su respiración seguía pausada.

—Eh, despiértate. Ya es de noche... —Durante media hora había fingido estar escribiendo cartas apoyado en el pupitre, a pesar de que no tener nada que hacer. Pero al final se me había acabado la paciencia y había abierto la boca.

—Mmm... —murmuró de mala gana, adormilada, después de que le gritara un par de veces.

—¡Eh! ¡Despiértate!

—Mmm... —solo decía y, por el momento, no parecía que tuviera la intención de despertarse.

Me puse de pie y le di un puntapié en la cadera.

—¡Eh! ¿Qué estás haciendo? ¡Eh! —se quejó, y extendió sus dos largos y flexibles brazos. Sacó sus pequeños y enrojecidos puños hacia delante, muy cerrados, Naomi levantó todo el cuerpo de repente reprimiendo un bostezo. Me miró un rato, apartó enseguida la mirada y se puso a rascarse el dorso de pies, las pantorrillas y la espalda, allí donde le habían picado los mosquitos. Puede que hubiera dormido demasiado o llorado a escondidas, ya que tenía los ojos enrojecidos. El pelo estaba desarreglado y le caía por encima de los hombros.

—Anda, ponte un kimono. No sigas así.

Me dirigí al edificio principal y cogí el paquete en el que guardaba el kimono. Lo tiré delante de ella. Se cambió con frialdad, sin decir nada. Y llegaron los platos de la cena.

Ninguno de los dos pronunció una palabra hasta que terminamos de cenar. Solo pensaba en cómo arrancarle una confesión y si existía alguna forma por la que esa obstinada mujer pudiera pedirme perdón con sinceridad. Desde luego, tenía presente el consejo de Hamada: «Naomi-san es bastante terca. Si uno llega a discutir con ella por cualquier cosa, aunque sea una tontería, se vuelve intratable.». Tal vez Hamada me había dado aquel consejo por experiencia propia, y es cierto que a mí también me había pasado. En cualquier caso, lo peor que podía hacer era enfadarla. Había que tratar el tema con mucho cuidado para que no se pusiera terca y evitar por todos los medios que acabáramos discutiendo. No obstante, tampoco tenía que subestimarme. Sería demasiado arriesgado interrogarla con la severidad de un juez: «¿Tienes relaciones con Kumagai?», «¿Y también con Hamada?». Si la presionaba con preguntas directas, no era la clase de mujer que se sintiera culpable y respondiera: «Sí, así es». Seguro que se pondría hecha una furia e insistiría de forma inacabable en que no sabía nada. Entonces yo perdería la paciencia y me daría un ataque de ira. «Si llegamos a ese punto, será el fin, con lo cual no sería provechoso llevar a cabo un interrogatorio». Abandoné la idea de hacerle confesar. Sería mejor que me atreviera a contarle todo lo que había pasado ese día. De este modo, no podría hacerse la tonta, por muy obstinada que fuera ella. Y decidí hacerlo. Esto fue lo que le dije:

—He ido a Ōmori esta mañana y me he encontrado con Hamada.

—Hum —murmuró Naomi alzando la punta de la nariz, helada, como si evitara mi mirada.

—Como nos dio la hora de almorzar, Hamada y yo fuimos al Matsuasa y comimos juntos.

A partir de entonces Naomi ya no dijo nada. Yo hablaba con ella, explicándoselo todo razonablemente para que no sonara irónico, prestando atención a su semblante. Naomi me escuchó tranquila, con la mirada baja, hasta que terminé mi relato. Estaba calmada, solo se quedó un poco pálida.

—Como ves, Hamada me lo ha contado todo, me he enterado sin tener que preguntarte. Así que no hace falta que te pongas cabezota. Si es de corazón, me basta que me digas que lo sientes... ¿Dime? ¿Lo sientes? ¿Reconoces que te has equivocado?

Empecé a preocuparme porque la situación estaba a punto de convertirse en un interrogatorio y Naomi tardaba mucho en responder.

—¿Qué te parece, Naomi-chan? —pregunté en un tono lo más amigable posible—. Si me dices que lo sientes, no voy a reprocharte nada de lo que ha pasado. No te estoy diciendo que me pidas perdón, arrodillándote con las dos manos al suelo. Solo que me jures que no volverá a suceder. ¿Eh? ¿Entiendes? ¿Vas a decirme que lo sientes?

Por suerte Naomi asintió con la mirada y dijo:

—Sí.

—Entonces, ¿lo has entendido? ¿No volverás a salir con Kumagai ni con el resto?

—No.

—¿Seguro? ¿Me lo prometes?

—Sí.

Parecía que con ese «sí» habíamos llegado a un acuerdo que nos permitiría salir adelante.

18

Esa noche Naomi y yo nos entregamos a nuestro romance como si nada hubiera pasado. Pero siendo sincero, la niebla de dudas no se había disipado de mi mente. Aquella mujer no era cándida ni inocente. Esta idea ensombrecía y aprisionaba mi corazón. Además, Naomi ya no era ni la mitad de preciada de lo que había sido. Yo la valoraba sobre todo porque la había criado, había hecho de ella la mujer que era hoy y solo yo conocía cada rincón de su cuerpo. Naomi era para mí una fruta que había ido cultivando. Había trabajado con cuidado y esmero para que ese fruto madurara hasta hoy. Por eso, saborearla era mi justa retribución como agricultor y nadie más tenía derecho a hacerlo. Sin embargo, unos desaprensivos habían pelado su piel y la habían mordisqueado sin que me diera cuenta. Una vez mancillada no había perdón que reparara aquel daño. Su piel, ese divino santuario, estaba marcada para siempre por las huellas ponzoñosas de dos ladrones. Cuanto más lo pensaba, más crecía mi odio.

—Jōji-san, perdóname... —dijo Naomi al verme llorar en silencio, cambiando por completo la actitud que había mantenido durante aquel día.

Pero yo me limité a asentir con la cabeza, sollozando.

—Te perdono —respondí, pero no podía borrar la pesadumbre que me producía aquella sensación de pérdida.

Y de esta horrible forma terminó el verano de Kamakura. Regresamos a la vivienda de Ōmori, pero la amargura había arraigado en mí y, en ocasiones, surgía de forma espontánea. Nuestra relación no iba bien. Parecía que nos habíamos reconciliado, pero en realidad yo no había perdonado a Naomi. Cada vez que iba a la oficina, no dejaba de pensar en Kumagai. Me preocupaba tanto qué haría ella cuando yo no estuviera en casa que cada mañana fingía salir hacia la oficina y me dirigía a la puerta trasera. Cuando Naomi iba a clase de inglés o de música, la seguía a hurtadillas. A veces revisaba el contenido de las cartas que recibía sin que se diera cuenta. A medida que avanzaba la situación y me iba convirtiendo en una suerte de detective privado, me daba la impresión de que Naomi se reía de mí para sus adentros. No discutíamos verbalmente, pero empezó a comportarse de manera extraña y antipática.

—¡Eh, Naomi! —dije en cierta ocasión sacudiendo su cuerpo mientras ella fingía dormir con una fría expresión en su rostro. (He de decirles que, ya en esta época, la llamaba simplemente «Naomi», sin emplear con ella el sufijo «*-chan*»)—. ¿Por qué finges estar dormida? ¿Tanto me odias?

—No finjo estar dormida. Solo he cerrado los ojos porque trato de conciliar el sueño.

—Entonces abre los ojos. No puedes tenerlos cerrados cuando trato de hablar contigo.

Como no le quedaba otro remedio, Naomi abrió lentamente los ojos. Pero la mirada que se atisbaba entre la sombra de su pestañas le daba una apariencia aún más cruel.

—¿Qué? ¿Me odias? Si es así, dímelo.

—¿Por qué me preguntas eso?

—Puedo deducirlo por tu actitud. Hace tiempo que no discutimos abiertamente, pero, en el fondo de nuestro corazón, nos estamos peleando. Aun así, ¿podemos considerarnos un matrimonio?

—No estoy peleando. ¿Eres tú quien está peleando?

—Creo que los dos estamos igual. No te veo muy segura y eso no me da ninguna tranquilidad...

—Mmm —murmuró Naomi, interrumpiéndome con su risa irónica alzando la punta de la nariz. —Entonces, ¿ves algo en mi comportamiento que te haga sospechar? Si es así, haz el favor de mostrarme tus pruebas.

—Bueno, no tengo ninguna prueba, pero...

—Sospechas de mí a pesar de no tener pruebas. Es un sinsentido por tu parte. No te fías de mí ni me das la libertad que merece una esposa. ¿Y me pides que tratemos de ser un matrimonio? Es imposible. Oye, Jōji-san, ¿crees que no me entero de nada? Sé que lees mis cartas a escondidas. Me sigues como si fueras un detective... Lo sé todo.

—Lo siento... Pero lo que ha sucedido me ha vuelto extremadamente suspicaz. Tienes que tener en cuenta todo lo que ha pasado, no sé...

—Entonces, ¿qué hago? Hemos quedado en que no íbamos a hablar del pasado.

—Quiero que te comportes de corazón, sin reservas, para que se me pase este ataque de nervios. Me basta con que me ames.

—Pero, para poder hacerlo, tienes que creer en mí...

—Sí, te creo. Tengo la certeza de que puedo fiarme de ti.

Aquí he de confesar algo lamentable de los hombres. Sin importar cómo discurriera el día, cuando llegaba la noche, era ella la que me derrotaba. Más que a mi persona, vencía a la monstruosa naturaleza que late en mi interior. Hablando con franqueza, todavía me costaba mucho confiar en ella. Aun así, mi monstruosa naturaleza me obligaba a obedecerla a ciegas, a abandonarlo todo y entregarme a ella. Naomi ya no era para mí un preciado tesoro ni un ídolo gratificante. Al contrario, se convirtió en una meretriz. Había desaparecido entre nosotros la pureza de una pareja de novios o el amor de un matrimonio. ¡Se habían esfumado como los sueños del pasado! Entonces, ¿por qué seguía al lado de una mujer tan impura e infiel? Se debía a la atracción que me despertaba su cuerpo, ese era mi único apego. Esto no hacía más que corromper a Naomi, al mismo tiempo que me degradaba, ya que había renunciado a los principios, la integridad y la inocencia de cualquier hombre abandonando mi orgullo pretérito. Y no sentía ninguna vergüenza por caer a los pies de una meretriz. Además, en ocasiones adoraba la figura de aquella despreciable prostituta como si venerara a una diosa.

Naomi conocía a la perfección este defecto y yo la detestaba por ello. Empezó a ser consciente de que su cuerpo ejercía en los hombres una fascinación misteriosa e irresistible. Y que, cuando llegaba la noche, podía hacer con ellos lo que quisiera. Con lo cual, de día mostraba una incompresible actitud antipática. Ella no ocultaba que estaba vendiendo su «mujer» al hombre que estaba ahí y que, aparte de eso, no tenía ningún interés ni relación con él. Cuando hablaba con ella, apenas contestaba y seguía tranquila con su actitud distante como si se tratara de una extraña. Respondía «sí» o «no» solo cuando no le quedaba otra opción. Este tipo de actos dejaban ver su espíritu rebelde. Y también me parecía que no era más que un modo de menospreciarme hasta el extremo. Cuando estaba con ella, me decía con la mirada: «Jōji-san, aunque me porto con frialdad, no tienes derecho a enfadarte, ya que, para satisfacerte, me estás sacando todo lo que puedes», y en sus ojos se solía reflejar con claridad una expresión: «Qué hombre tan desagradable... Es miserable como un perro. Tengo que soportarlo porque no me queda otro remedio».

La situación era insostenible. Ambos nos estábamos tanteando, enfrentados en una oscura y malévola pugna, dispuestos en nuestro interior a que la situación estallara tarde o temprano. Pero una noche, le hablé en un tono más amable que el que solía emplear:

—Oye, Naomi-chan, ¿por qué no dejamos de lado esta innecesaria tozudez? No sé qué opinas, pero yo no puedo seguir aguantando esta vida tan fría...

—Entonces, ¿qué quieres que hagamos?

—Intentemos por todos los medios ser de nuevo un verdadero matrimonio. Es imposible seguir viviendo en esta desesperación. No nos estamos esforzando por recuperar la felicidad que teníamos antes. Eso no está bien.

—Por mucho esfuerzo que hagas, no creo que podamos recuperar aquellos sentimientos.

—Puede que tengas razón, aunque creo que hay una manera con la que podríamos ser felices, pero solo si estás de acuerdo...

—¿Qué manera?

—¿Querrías tener un hijo? ¿Te gustaría ser madre? Si tuviéramos hijos, aunque fuera solo uno, seríamos matrimonio en el verdadero sentido de la palabra y volveríamos a ser felices. Te lo ruego. Hazme el favor.

—No quiero —dijo al momento Naomi con claridad—. Me dijiste que no querías que diera a luz y que me mantuviera siempre joven como una muchacha. Dijiste que lo peor para un matrimonio sería tener hijos.

—Sí, hubo un tiempo en el que pensaba así, pero...

—Entonces, ¿ya no me quieres como antes? ¿Quieres decir que no te importa que me haga mayor y sea un adefesio? Eso es, sí, eres tú el que no me ama.

—No me has entendido. Te amaba como si fueses mi amiga, pero, a partir de ahora, te voy a querer como a una esposa de verdad...

—¿Así crees que vamos a recuperar la felicidad que teníamos antes?

—Quizá no sea como antes, pero será una felicidad verdadera...

—No y no, ya basta —negó sacudiendo la cabeza sin parar antes de que yo terminara de hablar—: Yo quiero la clase de felicidad que teníamos antes. Si no, no quiero nada más, ese fue el acuerdo al que llegamos cuando vine aquí.

19

Si Naomi insistía en que no quería tener hijos, aún me quedaba otro recurso. Era cerrar «la casa de fantasía» de Ōmori y conseguir un hogar más serio y razonable. Desde el principio vivíamos en este estudio de pintor tan extraño y particularmente inútil por la ilusión que me hacía denominarlo *vida simple*. Pero tenía que admitir que esta casa propiciaba un estilo de vida disoluto. Si un matrimonio joven reside en una casa como esa sin tener ninguna criada, cada cual se volverá cada vez más egoísta, con lo que la vida simple dejaba de ser simple, y terminaría en libertinaje. Por eso contrataría a una sirvienta y una cocinera que pudieran vigilar a Naomi cuando no estuviera en casa. Nos mudaríamos a una casa donde pudiera vivir un matrimonio y dos criadas, es decir, una casa adecuada para un señor de clase media, puramente japonesa. Vendería los muebles occidentales que teníamos y los cambiaría por otros japoneses. Compraría un piano especial para Naomi. De esta manera podría pedirle a la señora Sugisaki que impartiera sus clases y prácticas de música en nuestro domicilio. Con respecto a las de inglés, le diría a *miss* Harrison que viniera a casa. Así Naomi no tendría ocasión de salir. Necesitaba una importante suma para ejecutar este plan, pero contaba con mi familia del pueblo. Decidí no informar a Naomi hasta que estuviera todo bien arreglado, y me enfrasqué en la búsqueda de una casa de alquiler y en cerrar el presupuesto del mobiliario.

Mi familia me envió un giro por valor de mil quinientos yenes, que era lo que me podían mandar por el momento. También les había comentado el asunto de las sirvientas. En la carta que venía con el giro mi madre me escribió: «Conozco a la persona adecuada para el puesto de sirvienta. Sentarō, que trabaja en nuestra casa, tiene una hija llamada Ohana, que ha cumplido los quince este año. Conociendo su forma de ser, te facilitará las cosas. También estoy buscando una cocinera. Os la mandaré allí cuando tengáis la nueva dirección».

Naomi se daba cuenta de que estaba tramando algo en secreto, pero en principio seguía muy tranquila, como si pensara «Voy a dejar que haga lo que quiera, a ver qué pasa». Sin embargo, una noche, dos después de que hubiera recibido la carta de mi madre, me dijo de repente con voz mimosa pero también burlona:

—Oye, Jōji-san, quiero un vestido occidental, ¿me lo puedes encargar?

—¿Un vestido occidental? —Me quedé boquiabierto durante un rato y, mirando fijamente su cara, caí en la cuenta: «Vale, se ha enterado de que me ha llegado un giro, por eso me está tanteando».

—Oye, ¿está bien, no? Si no es occidental, uno japonés también me vale. Encarga algo de calle para el invierno.

—No te lo voy a comprar.

—¿Y eso?

—Estás podrida de vestidos.

—Aunque esté podrida de vestidos, estoy harta de ellos y quiero uno nuevo.

—No te voy a consentir ese tipo de lujos.

—¿Ah, sí? Entonces, ¿para qué vas a utilizar ese dinero?

Pensé: «¡Ahora, sí!». Aun así, fingí no saber nada:

—¿Qué dinero? ¿De qué hablas?

—Jōji-san, he leído la carta certificada que tienes debajo de la estantería. Pensé que yo también podía hacerlo, ya que te dedicas a leer mis cartas sin permiso.

Esto fue una sorpresa para mí. Creía que Naomi hablaba del dinero porque había deducido que la carta certificada contenía un giro. Pero jamás me habría esperado que Naomi hubiera leído el contenido de la carta que había escondido debajo de la estantería. No obstante, Naomi debía haber estado buscando el sitio donde había escondido la carta para descubrir a toda costa mi secreto. Si había leído la carta, estaba al corriente de todo, del giro, el dinero, la mudanza y las criadas.

—Creo que, con tanto dinero, puedes encargarme un solo kimono, aunque sea. Oye, ¿qué me dijiste aquel día? «Por ti aguantaré cualquier incomodidad, incluso vivir en una casa minúscula. Y, con el dinero que gane, te daré todos los lujos que desees». ¿Lo has olvidado? Ya no eres la misma persona.

—El amor que hay en mi corazón es el mismo. Solo ha cambiado mi manera de amarte.

—Entonces, ¿por qué me has ocultado lo de la mudanza? ¿Ibas a obligarme a hacerlo sin consultarme?

—Claro que iba a comentártelo, pero cuando hubiera encontrado la casa apropiada... —continué y cambié a un tono más suave, como si tratara de calmarla—: Escúchame, Naomi. Si te soy franco, ahora también quiero que vivas con lujo. Pero no a base de ropa, quiero mejorar tu vida en general, que te conviertas en una señora formidable y vivas en una casa respetable. Así que no hay razón para quejarse, ¿cierto?

—¿Es así? Pues muchas gracias...

—¿No podrías venir conmigo a buscar una casa de alquiler mañana? A mí me viene bien cualquiera que te guste y tenga más habitaciones.

—Entonces quiero que sea una vivienda occidental. No quiero ni oír hablar de una casa japonesa, en serio —dijo con desprecio, mientras me miraba como diciendo «¿Te enteras?» y demoraba su respuesta—: Respecto a las criadas, preguntaré a mi familia de Asakusa. Deshazte de esas paletas, ten en cuenta que van a ser mis sirvientas.

A medida que se iban acumulando este tipo de discusiones, los nubarrones se cernían sobre nosotros. Fue a principios de noviembre cuando, por fin, la situación estalló. Habían pasado dos meses desde que regresamos de Kamakura cuando descubrí la sólida prueba de que Naomi todavía no había cortado su relación con Kumagai.

No es necesario que detalle en profundidad los pormenores de este descubrimiento. Aunque estaba enfrascado en los preparativos de la mudanza, comencé a percibir en Naomi una actitud sospechosa. Por lo tanto, seguí con mis pesquisas detectivescas. Por fin, un día fui testigo de un encuentro furtivo entre Kumagai y ella a la vuelta del restaurante Akebonorō, muy cerca de la casa de Ōmori, lo que me pareció todo un descaro.

Esa mañana Naomi se había maquillado con más esmero de lo normal, detalle que despertó mi desconfianza. Nada más salir de casa, regresé y me escondí tras un saco de carbón que estaba en el trastero de la puerta trasera (este tipo de cosas hacía que, en aquellos días, faltara con frecuencia al trabajo). De pronto, sobre las nueve, salió de casa muy arreglada, aunque ese día no tenía ninguna clase. No iba hacía la estación, sino que caminaba apresurada en dirección contraria. Esperé a que se alejara unos diez o doce metros y salté de inmediato hacia la casa. Saqué una capa y una gorra de mi época universitaria y me los puse sobre la ropa que llevaba. A continuación, salí corriendo con unas *geta* sin ponerme siquiera calcetines y seguí a Naomi desde una distancia prudencial. Naomi entró en el Akebonorō y, tras comprobar como Kumagai llegó allí diez minutos después, esperé a que salieran.

Se marcharon del mismo modo que habían llegado. Al parecer, Kumagai permaneció dentro esta vez y fue Naomi la que salió primero, a eso de las once. Eso significa que estuve dando vueltas por el barrio de Akebonorō durante casi una hora y media.

Ella caminaba de regreso a casa, que estaba a casi un kilómetro, sin mirar hacia atrás. También yo aceleré poco a poco el paso. Cuando llegué, no habían pasado ni cinco minutos desde que Naomi había entrado por la puerta trasera.

Nada más entrar vi los ojos de Naomi, con las pupilas dilatadas en una nítida expresión de crueldad. Estaba de pie, tiesa como un palo, con la mirada fija en mí. Desperdigados a sus pies, el gorro, el abrigo, los zapatos y los calcetines que me había quitado unas horas antes. Supongo que, con todo eso, se habría dado cuenta. Su semblante, iluminado por la luz matutina de aquel apacible otoño, empalideció con una profunda serenidad como si se hubiera resignado por completo.

—¡Vete! —grité con tanta fuerza que me retumbaron los oídos.

No dije nada más y Naomi no contestó. Los dos permanecimos al acecho, atentos a cualquier descuido que pudiera tener el otro, como dos enemigos cara a cara, con la mirada afilada y las espadas desenvainadas. En ese momento, el rostro de Naomi me resultó verdaderamente hermoso. Comprendí que, cuánto más fuerte es el odio de un hombre, más hermoso se vuelve el rostro de la mujer. Entonces me di cuenta de qué fue lo que llevó a don José a matar a Carmen. Cuánto más detestas a una mujer, más hermosa se vuelve. Naomi clavó su mirada sin mover un solo músculo de su rostro. Estaba de pie, mordiendo sus labios pálidos. Parecía el diablo en persona. Ah, esa era la cara que representaba a la perfección el vigoroso espíritu de una mujer lasciva.

—¡Vete! —grité agarrándola de los hombros y empujándola con fuerza hacia la puerta, poseído por una desconocida mezcla de odio, miedo y belleza—: ¡Vete, ahora! ¡Vete!

—¡Perdóname... Jōji-san! A partir de hoy... —El rostro de Naomi se alteró de repente. Su voz, suplicante y temblorosa; sus apacibles ojos empezaron a rebosar de lágrimas. Se arrodilló y me miró alzando la mirada, como si estuviera rogando—: Jōji-san, lo siento. ¡Perdóname!... Perdóname, perdóname...

Su sorprendente reacción me pilló desprevenido porque no esperaba que me pidiera perdón con tanta facilidad. Por eso mismo me enfadé aún más. Cerré los puños y la golpeé sin parar:

—¡Maldita seas! ¡Perra! ¡Ya no quiero nada más contigo! ¡Vete de aquí, te digo que te vayas!

Parecía que Naomi se había dado cuenta de que había hecho algo mal. De pronto cambió de actitud, se levantó.

—Pues me voy —dijo como si no hubiera pasado nada.

—¡Bien! ¡Vete ahora mismo!

—Me voy ahora mismo. ¿Puedo subir a recoger algo de ropa para cambiarme?

—¡Lárgate ya y envía a alguien a por ella! ¡Yo le daré la ropa!

—Es que es un problema para mí, hay varias cosas que necesito usar enseguida...

—¡Haz lo que quieras! ¡Date prisa, si no, te vas a enterar!

Hablé con brusquedad para que no pareciera que se había salido con la suya, su «ahora mismo me llevo el equipaje» me sonó como si fuera una amenaza. Subió, lo puso todo patas arriba haciendo mucho ruido y empaquetó tantas cosas en cestos y fardos que apenas podía cargarlos a su espalda. Ella misma fue la que llamó de inmediato a un *rikisha* en el que cargó su equipaje.

—Bueno, adiós. Muchas gracias por todo este tiempo...

Sus palabras de despedida fueron así de simples.

20

Cuando el *rikisha* que llevaba a Naomi se marchó, no sabría decirles por qué, saqué enseguida mi reloj de bolsillo y miré la hora. Eran justo las doce y treinta seis de la tarde... Claro, ella había salido a las once del Akebonorō. Y con la enorme discusión que habíamos tenido la situación había cambiado en un instante. Ella, que había estado aquí de pie, se había ido. Ese momento había durado una hora y treinta seis minutos... La gente tiende, de forma inconsciente, a mirar el reloj cuando muere un enfermo a su cargo o sucede un gran terremoto. Algo similar a aquello fue lo que me llevó a sacar el reloj y ver qué hora era. A las doce y treinta y seis de la tarde de ese día de noviembre de aquel año de la Era Taishō; a esa hora de ese día, por fin, me separé de Naomi. Puede que nuestra relación hubiera llegado a su fin...

«¡Qué alivio! ¡Menudo peso me han quitado de encima!», pensé, y en ese mismo instante me quedé absorto, sentado en una silla. Estaba exhausto por todas las agotadoras discusiones de los últimos días. La sensación que experimenté en aquel instante fue de desahogo. «Ah, me siento muy agradecido. Por fin soy libre». Esto no se debía en exclusiva a mi cansancio mental, sino también a que físicamente me encontraba agotado. Por eso mi cuerpo exigía reposo inmediato. Para que me entiendan, imaginen que Naomi es un licor muy fuerte. Todos los días hueles su aroma fragante y delicioso, y contemplas cómo la copa rebosa. Aunque sepas que una dosis excesiva de ese licor puede ser perjudicial, no puedes evitar beberlo. A medida que lo consumes, el veneno alcohólico debilita cada articulación de tu cuerpo. Pierdes el apetito y la determinación. Notas un peso turbio en la nuca, como si fuera de plomo. Si de pronto te levantas, sientes mareos y vértigo. Y apenas puedes evitar caerte hacia atrás boca arriba. Cada día notas que tienes resaca, el estómago revuelto y la memoria frágil. Pierdes el ánimo y el interés por todo, como si estuvieras enfermo. La cabeza se nubla con extrañas visiones de Naomi, provocando a veces náuseas en el estómago como un eructo. Su olor y su sudor se te quedan pegados a la nariz. Por esa razón, el hecho de que ese veneno para la vista que era Naomi hubiera desaparecido era como un cielo despejado al inicio de la época de lluvias.

Sin embargo, como les digo, fue una sensación efímera. Hablando con franqueza, ese sentimiento de alivio no duró más de una hora. Por muy robusto que fuera, no me podía recuperar por completo de aquel cansancio en una hora. Pero, en cuanto me tomé un respiro sentado en la silla, mi pecho se inundó por el formidable semblante de Naomi durante nuestra discusión. Era aquel instante en el que su rostro reflejaba que cuanto más la detestabas, más hermosa se volvía. La figura de aquella mujer lasciva era tan aborrecible que jamás me cansaría de acuchillarla, puñalada tras puñalada. Se había quedado grabada para siempre en mi cabeza y no había manera de deshacerme de ella por mucho que intentara borrarla. No sé por qué, pero a medida que transcurría el tiempo me daba la impresión de que su imagen se hacía más nítida ante mis ojos y fijaba su mirada en mí. Además, aquel odio se transformó poco a poco en una belleza infinita. Y, mientras lo pensaba, me daba cuenta de que nunca hasta entonces había visto su rostro desbordado por aquellas facciones voluptuosas. Era, sin lugar a dudas, el diablo en persona. Pero, al mismo tiempo, era una figura en la que toda la hermosura de su cuerpo y su espíritu habían alcanzado el clímax. Sin poder defenderme había sido atacado por esa belleza durante nuestra trifulca. Y no solo eso, sino que gritaba en mi interior «¡Qué hermosa es!». Aun así, ¿por qué demonios no me arrodillé ante ella? ¿Cómo pude haber proferido tales insultos? ¿Cómo pudo alguien tan indeciso y cobarde como yo haber levantado la mano contra aquella terrible diosa, por muy malhumorado que estuviera? ¿De dónde había salido esa temeraria valentía? A estas alturas me parecía incomprensible. Comencé a detestar aquella sensación de valor y temeridad.

Oí una voz que decía: «Eres un idiota. Has hecho algo horrible. Aun teniendo en cuenta todas las inconveniencias, ¿crees que puedes renunciar a ese rostro? Jamás volverás a encontrar una belleza así en este mundo».

Sentí que era cierto. Era verdad, había cometido una completa estupidez. Aunque siempre había tenido cuidado de no enojarla, finalmente había llegado a aquella situación. Algo tenía que haberme obligado a hacerlo. Estas ideas, que no sabía de dónde habían salido, iban germinando en mi mente.

Hasta hacía apenas una hora la estaba repudiando como a una impertinente, maldiciéndola. Pero ahora me sucedía todo lo contrario, me maldecía a mí mismo, arrepintiéndome de haber cometido una imprudencia semejante. «¿Cómo he llegado a este punto? ¿Por qué añoro a la mujer que antes tanto odiaba? Soy incapaz de explicar este cambio radical de mis sentimientos, es posible que solo el dios del amor conozca un misterio como este». Cuando me di cuenta, estaba de pie, dando vueltas por la habitación durante un buen rato mientras estudiaba cómo podría aliviar esta añoranza amorosa. Pero no hallé la manera de mitigarla, solo podía recordar lo hermosa que era. Ante mí pasaban las escenas de nuestra convivencia durante los últimos cinco años. «Ah, fue entonces cuando dijo aquello. Esta era su expresión o su mirada». Me venían una tras otra. Y todas me llenaban de amargura.

Los momentos inolvidables cuando no era más que una muchacha de quince o dieciséis años y, cada noche, la metía en la bañera para lavarla. O cuando hacía de caballito para ella y se montaba sobre mi espalda mientras yo la llevaba casi arrastrándome por la habitación: «¡Arre, arre, so, so!». ¿Por qué echaba tanto de menos cosas tan absurdas? «Parece una tontería, pero, si volviera de nuevo conmigo, ese juego sería lo primero que haríamos. La pondría sobre mi espalda y me arrastraría por esta habitación. ¡Qué feliz sería si pudiera hacer algo así!». Imaginarme aquello era la felicidad más absoluta. No solo fantaseaba con ello, sino que me puse a cuatro patas y gateé por la habitación como si tuviera su cuerpo sobre la espalda. Hasta ese punto la extrañaba. Luego, aunque me avergüence anotarlo aquí, subí a la primera planta y saqué sus antiguos vestidos. Me eché varios de ellos a la espalda, me puse sus *tabi* en las manos y anduve de nuevo a cuatro patas por la habitación.

Los lectores que hayan seguido esta historia desde el principio tal vez recordarán que tenía una libreta conmemorativa titulada *El desarrollo de Naomi*. En ella describía con todo detalle el crecimiento diario de sus miembros, cómo la introducía en la bañera y la lavaba. Es decir, era un diario en el que anotaba el proceso de transformación de Naomi desde la infancia hasta la edad adulta. Recordé que sacaba fotos de todas las expresiones y posturas de Naomi de aquella época y las pegaba a lo largo del diario. Saqué el diario del fondo de una caja, que había estado acumulando polvo durante años, y ojeé cada página. Había revelado y positivado cada foto yo mismo, pues solamente yo podía ver esas imágenes. Parecía que no las había lavado correctamente porque la mayoría estaban manchadas de motas. Algunas habían sido expuestas durante demasiado tiempo y eran borrosas, como las fotografías antiguas. Sin embargo, eso me producía más nostalgia, como si fueran sueños lejanos de hace ya diez o veinte años, o incluso de mi infancia. Y allí estaban casi todos los vestidos y demás prendas que tanto le gustaban en aquella época; las originales, las ligeras, las lujosas y las ridículas. En una de las páginas había una foto en la que salía disfrazada de hombre con un traje de terciopelo. Al pasar a la siguiente, aparecía de pie como una escultura, vestida de *voile* de algodón fino. En la siguiente página salía con un *haori* y un kimono de satén brillante, un *obi* estrecho le ceñía casi hasta el pecho y llevaba una cinta en el cuello. Y luego estaban sus gestos, movimientos e imitaciones de las actrices de cine: la sonrisa de Mary Pickford, los ojos de Gloria Swanson, Pola Negri enfurecida, Bebe Daniels afectada. Aparecía enojada, sonriente, asustada o extasiada. Toda aquella gama de poses y expresiones era la prueba de su sensibilidad, destreza e inteligencia para este tipo de cosas.

«¡Qué barbaridad! He dejado escapar a una mujer increíble». Enloquecí y me puse a patalear con rabia. A medida que iba hojeando el diario salían decenas de fotos. Mi manera de fotografiar se hacía cada vez más meticulosa, buscando los detalles y aumentándolos; la forma de la nariz, los ojos, los labios y los dedos. La curva de los brazos, los hombros, la espalda y las piernas. Las muñecas, los tobillos, los codos, las rodillas, hasta la planta del pie. La fotografiaba como si se tratara de una escultura griega o la imagen del Buda de Nara. A partir de ahí el cuerpo de Naomi se transformó en una obra de arte y, con absoluta certeza, parecía a mis ojos más perfecto que las imágenes del Buda de Nara. Al contemplarlas con detenimiento, me provocaron un éxtasis místico. Ah, ¿por qué sacaba estas meticulosas fotos y con qué intención las guardaba? ¿Acaso sabía que iban a convertirse en aciagos recuerdos?

Mi añoranza por Naomi aumentaba por momentos. El sol se había puesto y las estrellas empezaban a centellear en el cielo nocturno al otro lado de la ventana. Además estaba refrescando. Sin embargo, no había comido nada desde las once de la mañana ni había encendido el fuego. Ni siquiera tenía ganas de encender la luz. Subía a la primera planta y volvía a bajar mientras la casa se oscurecía. Me golpeaba diciendo «¡idiota!» y gritaba «¡Naomi, Naomi!» con el rostro pegado a la pared del estudio, donde reinaba el silencio de una casa vacía. Al final postré la cabeza contra el suelo e invoqué su nombre sin parar. Tenía que hacer que regresara a cualquier precio. Le ofrecería mi absoluta rendición incondicional. Acataría todas sus órdenes y caprichos... Pero ¿qué estaría haciendo? Con todo el equipaje que se había llevado es posible que hubiera tomado un coche desde la estación de Tokio. En tal caso, habría llegado a su casa de Asakusa haría unas seis horas. ¿Le habría contado a su familia la verdadera razón por la que la habían echado? ¿O se habría inventado algún disparate para salir del paso y no herir su naturaleza orgullosa? ¿Se habrían quedado perplejos sus hermanos? El trabajo de su familia era muy humilde. No soportaba oír que era hija suya. Trataba a sus padres y hermanos como si fuesen una raza ignorante. Apenas los visitaba.

¿Qué clase de medidas habría tomado para remediar esta animosidad hacia su familia? Estaba seguro de que su hermana y su hermano le dirían que me pidiera perdón. Naomi no pararía de insistir: «¡Jamás lo haré. Id a recoger mis cosas!». Soltaría sus bromas con el rostro impasible como si nada le preocupara en absoluto, hablando con voz triunfante, usando palabras en inglés. ¿Estaría paseándose con sus vestidos y complementos *haikara,* o comportándose con el desdén de una dama de la nobleza que visitara un barrio miserable?

No obstante, ¿qué importaba lo que dijera Naomi? La situación era la que era. Alguien tenía que venir aquí corriendo, pero... Si ella se negaba a venir para pedirme perdón, quizá su hermana o hermano podrían acudir en vez de ella... ¿ O, acaso era posible que los parientes de Naomi no se preocuparan por ella? Nunca se habían tomado en serio su responsabilidad hacia ella y, del mismo modo, Naomi los trataba con frialdad. Me habían entregado a una chiquilla de quince años, diciendo «dejamos en sus manos todo lo referente a esta niña» como si insinuaran que hiciera lo que quisiera con ella. Por eso, ¿también dejarían esta vez que Naomi hiciera lo que quisiera y la abandonarían a su suerte? Aun así, por lo menos, podrían venir a recoger sus cosas. Le había dicho que enviara a alguien cuando llegara para recogerlas. Sin embargo, todavía no había venido nadie. ¿Qué habría pasado? Aunque se había llevado lo justo para cambiarse y algunos complementos, todavía tenía aquí varios vestidos de fiesta, que eran para ella lo más importante después de su propia vida. Era consciente de que no podía estar en aquella sórdida casa de Senzoku-chō ni un solo día. Seguro que se paseaba cada día con sus prendas más ostentosas para escandalizar a los vecinos. Si fuera así, necesitaría más vestidos y no podría soportar vivir sin ellos...

Sin embargo, por mucho que esperé aquella noche, no vino nadie. No encendí ninguna luz y la casa se quedó completamente oscura. Pero luego pensé que la casa parecería vacía y me puse a encender la luz de todas las habitaciones a toda prisa. Comprobé que la placa identificativa de la puerta no se había caído, llevé una silla hasta la entrada y me quedé sentado escuchando los pasos de los viandantes durante varias horas. Dieron las ocho, las nueve, las diez y las once... El día había pasado sin que tuviera noticia alguna. Y mi pecho, que había caído en el más profundo pesimismo, se inflaba otra vez con incesantes elucubraciones. El hecho de que Naomi no enviara a nadie quizá suponía la prueba de que no le daba ninguna importancia a este asunto. ¿Lo menospreciaría pensando que se iba a solucionar en un par de días? ¿O estaría maquinando algo...? Quizá estuviera pensando: «Bueno, no pasa nada. Está locamente enamorado y no puede sobrevivir ni un día sin mí. Seguro que vendrá a buscarme». Seguro que ella, habiendo vivido hasta ahora rodeada de todo tipo de lujos, tampoco podría sobrevivir entre personas de ese nivel. Solo yo, por muchos hombres con los que hubiera estado, podría tratarla como se merecía y dejarle hacer lo que quisiera. Naomi era muy consciente de ello. Y, por muy bravucona que fuera, ¿sería posible que estuviera esperando impaciente a que yo fuera a buscarla? ¿O a lo mejor su hermana o su hermano vendrían a intermediar mañana por la mañana? Sí, tendrían que hacerlo por la mañana, ya que el local en el que trabajaban los tenía atareados toda la noche. De todas maneras, el hecho de que no viniera nadie suponía un atisbo de esperanza. «Si mañana no tengo ninguna noticia, iré a buscarla. En este caso no hay orgullo ni deshonra. Desde el principio ha sido el orgullo lo que me ha llevado al fracaso. Aunque su familia se ría de mí o ella reconozca que es mi debilidad, iré allí y le suplicaré perdón arrepentido. Les pediré a su hermana y hermano que me ayuden, repitiendo todas las veces que haga falta "Por favor, te ruego que regreses a casa". De esta manera mantendré intacto el orgullo de Naomi y podrá volver con la cabeza bien alta».

Pasé la noche sin pegar ojo y esperé hasta las seis de la tarde del día siguiente. Sin embargo, no tuve ninguna noticia. No pude aguantar más y salí corriendo hacia Asakusa. «¡Quiero verla cuanto antes! ¡Me basta con ver su cara!». Si alguien pudiera consumirse de amor, ese habría sido yo en ese momento. No tenía nada más que ese deseo, «quiero verla, mirarla», en mi pecho.

Serían más o menos las siete cuando llegué a la casa de Senzoku-chō, que estaba escondida en un intrincado callejón. Abrí con cuidado la reja y, como me daba vergüenza, me quedé de pie sobre la entrada y dije:

—Disculpen, vengo de Ōmori, ¿está Naomi?

—Anda, Kawai-san —dijo su hermana mayor asomando la cabeza desde el cuarto contiguo. Escuchaba mis palabras con un gesto de extrañeza

—¿Cómo, Naomi-chan? Pero si no está aquí...

—¡Qué raro! Debería haber venido, anoche me dijo que estaría aquí...

21

Al principio la malicia me hizo sospechar que la hermana mayor estaba escondiendo a Naomi, así que intenté tantearla de varias maneras. Pero, a medida que escuchaba sus respuestas, me quedó claro que Naomi no había pasado por allí.

—¿Qué extraño...? Se llevó tanto equipaje que no puede haberse largado a cualquier sitio...

—¿Ah, sí? ¿Con su equipaje?

—El caso es que anoche discutimos por una tontería. Y se llevó un montón de cestas y de bultos.

—¿Se fue diciendo que vendría aquí?

—No dijo eso. Fui yo quien le dije que se fuera a Asakusa y que mandara enseguida a alguien... Pensé que si alguno de ustedes venía, podríamos resolver la situación.

—Ya veo... El caso es que por aquí no ha venido. Quizá no tarde en llegar.

—No lo creo... anoche fue cuando pasó todo —dijo el hermano mayor mientras entraba—. Si se le ocurre algún otro lugar al que pueda haber ido, vaya a buscarla. Si aún no ha venido aquí, ya no lo hará.

—Además, Nao-chan apenas nos visita. ¿Cuándo fue la última vez...? Hace dos meses que no la vemos.

—En ese caso, disculpen las molestias que les he ocasionado. Si viene aquí, ¿podrían hacer el favor de avisarme, sin importar lo que ella diga?

—Desde luego. Por nuestra parte no tenemos la menor intención de hacernos cargo de ella. En cuanto venga, le avisaremos.

Permanecí absorto durante un buen rato, mientras sorbía el té barato y amargo que me habían ofrecido sentado en el travesaño que cruzaba el borde de la entrada. No serviría de nada ser sincero y compartir mi amargura con una pareja de hermanos que no se preocupaban lo más mínimo al oír que su hermana menor se había ido de casa. Les pedí repetidas veces que, si Naomi aparecía por allí durante el día, me telefonearan de inmediato a la oficina. Si no me encontraban en la oficina, debían enviar enseguida un telegrama a Ōmori, ya que esos días solía faltar al trabajo. Y les insistí en que no la dejaran salir de allí hasta que no fuera a recogerla. Aun así no podía confiar en esa negligente familia. Les dejé el número de teléfono de la oficina y anoté la dirección de la casa de Ōmori, pues me daba la impresión de que ni siquiera la sabían.

«¿Y, ahora qué? ¿Adónde habrá ido?», pensé. Estaba a punto de echarme a llorar... no, lo cierto es que es muy probable que estuviera llorando. Después de salir del callejón de Senzoku-chō le di vueltas a la cabeza mientras paseaba por el parque sin rumbo fijo. Al comprobar que no había regresado a su casa, comprendí que la situación era más seria de lo que me esperaba.

«Seguro que está con Kumagai, se habrá refugiado en su casa», pensé. Claro, al marcharse había dicho: «Es que es un problema para mí, hay varias cosas que necesito usar enseguida». Lo sabía, ya lo sabía. Se había llevado tanto equipaje porque iba a casa de Kumagai. O, tal vez, ya lo habían acordado en caso de que se produjera un incidente así. En ese caso sería bastante complicado de resolver. Primero, no sabía dónde vivía Kumagai. Podría llegar a averiguarlo, pero ¿podría acoger a una chica en casa de sus padres? Aunque aquel chico fuera un rufián, se suponía que sus padres eran gente importante. Por esa razón no permitirían que su hijo hiciese una barbaridad así. A lo mejor, ¿se habría ido él también de casa y estaban los dos escondidos en algún lugar? ¿Estarían divirtiéndose a costa del dinero de sus padres? Si eso era lo que había sucedido, esperaría a que todo saliera a la luz. Entonces, hablaría con los padres de Kumagai y les pediría que intervinieran con severidad. Si Kumagai se negara a escuchar la opinión de sus padres y se le acabara el dinero, no podrían vivir por sí mismos. Kumagai volvería por fin a su casa y Naomi regresaría conmigo. Este sería el desenlace. Pero ¿cómo podría aguantar durante ese tiempo? ¿Se arreglaría todo en un mes, dos meses, tres meses o medio año? El escenario era muy complicado. A medida que el tiempo pasara, Naomi iría descartando la opción de volver a casa y era posible que, tarde o temprano, aparecieran un segundo o, incluso, un tercer hombre. En tal caso, no me podía permitir perder ni un minuto. «Cuánto más tiempo permanezcamos separados, más se irá diluyendo mi relación con ella. Se está alejando a cada instante. ¡Vamos, adelante! ¡Por mucho que intentes a escapar, no lo permitiré! ¡Haré que vuelvas a casa a toda costa!». Cuando el sufrimiento ahoga, la gente eleva sus súplicas a los dioses. Nunca había abrazado la religión, pero de repente se me ocurrió hacer una visita al templo de Kannon. Y recé de todo corazón: «¡Quiero saber dónde está Naomi cuanto antes! ¡Qué regrese mañana!». No sé ni adónde fui ni cómo llegué allí, el caso es que estuve en un par de bares y bebí hasta emborracharme. Eran más de las doce de la noche cuando regresé a la casa de Ōmori. A pesar de todo, aun estando borracho, no era capaz quitarme a Naomi de la cabeza y no podía dormirme por mucho que lo intentara. Pronto se me pasó la borrachera, y me obsesioné con un inquietante pensamiento: descubrir si realmente había huido con Kumagai y dónde estaban. Sería demasiado imprudente ir a casa de Kumagai sin antes estar seguro. Pero no tendría manera de verificarlo, a no ser que contratase a un detective privado. Tras dedicarle varias horas a estas ideas, me acordé de Hamada. «Es verdad, Hamada era uno de sus amigos. Lo había olvidado... Seguro que se pondrá de mi lado». Creo que había guardado su dirección postal cuando nos despedimos en el restaurante Matsuasa, así que podría enviarle una carta al día siguiente. ¿O, quizá sería mejor un telegrama para que la lentitud del correo no pusiera a prueba mi paciencia? Pero así parecería un poco exagerado. Tal vez tuviera teléfono. ¿Podría llamarle? No, no haría falta. Sería mejor que no viniera y que invirtiera ese tiempo investigando a Kumagai. Lo más importante era saber qué estaba pasando con Kumagai. Pronto Hamada me daría alguna noticia, ya que tenía vínculos con él. Nadie, salvo él, podría comprender mi pena y echarme una mano. Tal vez esto también era otra muestra de que «Cuando el sufrimiento ahoga, la gente eleva sus súplicas a los dioses...».

Al día siguiente, me levanté a las siete de la mañana y busqué corriendo un teléfono público. Al hojear la guía telefónica, encontré por casualidad el número de la casa de Hamada.

—Ah, el señorito aún está descansando... —contestó una criada—.

—Disculpe las molestias, pero se trata de un asunto urgente. Por eso le ruego que lo ponga al aparato... —insistí.

Un rato después Hamada se puso al teléfono y dijo con voz adormilada:

—¿Es usted Kawai-san, el de Ōmori?

—Sí, soy yo. Soy Kawai, el de Ōmori. Perdona las molestias que te causé aquel día. Y disculpa de nuevo esta tremenda descortesía al llamarte de súbito a esta hora. El caso es que Naomi se ha escapado...

En cuanto pronuncié las palabras «se ha escapado», no pude evitar echarme a llorar. Aquella mañana de invierno era especialmente fría. Había salido de casa corriendo a toda prisa con solo un kimono acolchado sobre el pijama. Por eso, mientras sujetaba el auricular, mi cuerpo no dejaba de temblar.

—Ah, Naomi-san... Lo sabía —dijo Hamada con calma, provocando mi sorpresa.

—Entonces, ¿lo sabías?

—La vi anoche.

—¿Qué? ¿A Naomi? ¿Viste anoche a Naomi?

Esta vez mi cuerpo tembló de una forma completamente distinta. El estertor fue tan fuerte que mis dientes delanteros castañetearon contra el auricular.

—Fui al El Dorado anoche, y allí estaba Naomi-san. No le pregunté qué estaba pasando, pero deduje que sucedía algo extraño.

—¿Con quién fue? ¿Estaba con Kumagai?

—No solo con Kumagai, sino con varios hombres, como cinco o seis. Había un occidental.

—¿Un occidental?

—Sí. Además llevaba un vestido magnífico.

—Cuando se fue, no se llevó ningún vestido...

—Pues llevaba uno puesto. Era un vestido de noche realmente majestuoso.

Me quedé boquiabierto, como si estuviese desorientado, y me fue imposible preguntarle nada más.

22

—¿Oiga, oiga? ¿Le pasa algo, Kawai-san? ¿Oiga? —Hamada me apremiaba mientras yo permanecía callado al otro lado del teléfono—. ¿Oiga, oiga?

—Ah.

—¿Kawai-san?

—Ah.

—¿Qué le pasa?

—Ah... Es que no sé qué hacer...

—Pero no sirve de nada ponerse a pensar al teléfono.

—Sé que no sirve de nada, pero... Hamada-kun, estoy realmente apurado, y además me he quedado perplejo. Desde que Naomi se fue, sufro tanto que apenas puedo dormir. —Llegado a este punto continué quejándome con todas mis fuerzas para despertar la compasión de Hamada—. Hamada-kun, en esta situación solo puedo contar contigo. Sé que esto es una verdadera molestia, pero yo, yo... Quiero saber, cueste lo que cueste, dónde está Naomi. Quiero asegurarme de si está con Kumagai o con otros hombres. Sé que es una petición muy egoísta, pero ¿podrías hacerme el favor de averiguarlo? Creo que seguir investigando por mi cuenta no dará resultado, pero tú podrías lograrlo gracias a tus contactos...

—Pues sí. No tardaría mucho en averiguarlo, pero —dijo Hamada sin parecer preocupado—, Kawai-san, ¿tiene usted alguna idea sobre dónde puede estar en estos momentos?

—Pues estaba seguro de que se había largado con Kumagai. Entre tú y yo, Naomi todavía seguía viéndose en secreto con Kumagai. Todo quedó claro aquel día, tuvimos una discusión y decidió marcharse de casa...

—Vaya...

—Pero, por lo que me has contado, está con un occidental y varios hombres más. Además llevaba un vestido de corte occidental. Por eso me he quedado desconcertado. Pero, si pudieras hablar con Kumagai, sabríamos más o menos cómo va la cosa...

—Ah, de acuerdo, de acuerdo —dijo Hamada como si estuviera cortando mi impertinente conversación—. Lo averiguaré.

—Te pediría que fuera lo antes posible... Si hoy mismo pudieras darme algún resultado, te estaría muy agradecido...

—Ah, lo comprendo. Creo que hoy sabremos algo. Pero, cuando lo sepa, ¿cómo me comunico con usted? ¿Está estos días en la oficina de Ōimachi?

—No. De hecho, desde que ocurrió esto, he dejado de ir a trabajar. Procuro que la casa no se quede vacía, pues tengo la sensación de que Naomi podría regresar en cualquier momento. Puede sonar un poco caprichoso, pero si pudiera quedar contigo, sería la mejor opción. No es prudente que hablemos estas cosas por teléfono. ¿Qué te parece? Cuando sepas algo, ¿te importaría venir a Ōmori?

—No, no me importa, no tengo nada que hacer.

—Ah, gracias. Si pudieras hacerlo, ¡te estaría tan agradecido! —Ya esperaba impaciente la visita de Hamada, así que continué acelerado—: ¿Podrías decirme sobre qué hora vendrías? ¿A eso de las dos o las tres, como muy tarde?

—No lo sé. Seguro que lo averiguaré, pero hasta que no empiece a hacer preguntas, no le puedo asegurar nada. Haré todo lo que pueda, aunque, dependiendo de las circunstancias, quizá llegue tardar un par de días...

—Lo entiendo, no hay otra manera... Te esperaré en casa mañana o pasado mañana, hasta que vengas.

—De acuerdo. Ya hablaremos de los detalles cuando nos veamos... Adiós entonces...

—Ah, ¿oiga, oiga? —llamé a Hamada atropellado cuando estaba a punto de colgar el teléfono —. Oiga, oiga... Otra cosa, no es muy importante pero dependiendo de la situación, si ves directamente a Naomi y tienes la ocasión de hablar con ella, me gustaría que le trasmitieras que... que jamás se lo echaré en cara y que soy consciente de que yo también soy culpable de esa actitud degenerada. Y que le pido mil disculpas por mi horrible comportamiento y estoy dispuesto a aceptar cualquier condición que imponga. Dile que olvidaremos todo lo que ha pasado y que regrese de nuevo a casa, pase lo que pase. Si no quiere, que por lo menos quede conmigo una vez...

A decir verdad, con aceptar cualquier condición, quería decir: «Si me pide que me postre ante ella para pedirle perdón, lo haré con mucho gusto. Si me pide que frote la frente contra el suelo, frotaré la frente contra el suelo. Haré cualquier cosa para que me perdone», pero me lo callé.

—Si fuera posible, me gustaría que le dijeras que hasta este punto pienso en ella...

—De acuerdo. Si surge la ocasión, se lo diré.

—Y... eh... creo que, aunque quiera volver, es demasiado obstinada para reconocerlo. Si se pone así, dile que estoy muy deprimido... Lo mejor sería que pudieras traerla contigo, aunque fuera a la fuerza...

—Entendido, entendido. No sé si puedo garantizarle algo así, pero haré todo lo posible.

Mi insistencia fue tal que la voz de Hamada delataba ya su impaciencia. Sin embargo, estuve en el teléfono público durante tres llamadas hasta que se acabaron todas las monedas de cinco sen que tenía en el monedero. Tal vez aquella fue la primera vez en mi vida que hablé con tanta elocuencia y descaro, sollozando con voz temblorosa. Sin embargo, cuando colgué, sentí que no podía esperar a que viniera Hamada. Aunque habíamos acordado que ese mismo día podría ir a mi casa, ¿qué pasaría si no lo hacía? No, no se trataba de «¿qué pasaría?», sino más bien de «¿qué me pasaría?». No tenía otra ocupación que echar de menos a Naomi con toda mi alma. Estaba allí sin poder hacer nada. No podía dormir, ni comer ni salir de casa. Y tenía que esperar con los brazos cruzados a que un extraño hiciera todo lo posible por mí y me trajera noticias, mientras yo permanecía inmóvil, encerrado en casa. En realidad, no hay peor sufrimiento para una persona que el no poder hacer nada. Además, echaba tanto de menos a Naomi que me sentía morir. Torturado por su recuerdo miraba las agujas del reloj, dejando mi propio destino en manos de un extraño. Era insoportable. Aunque se trate de un solo minuto, el paso del tiempo puede llegar a ser extraordinariamente lento y se alarga hasta que parece que no tiene fin. Sesenta veces ese minuto se convierte por fin en una hora, y ciento veinte veces en dos horas. Supongamos que tuviera que esperar tres horas; aguantar ciento ochenta veces ese «minuto» aburrido e insoportable mientras el segundero da una vuelta, tic, tac, tic, tac. ¿Y si fueran cuatro horas, cinco horas, medio día, un día, dos o tres quizás? Estaba seguro de que la impaciencia y la melancolía me harían enloquecer.

Sin embargo, aunque suponía que Hamada no vendría antes del atardecer, estaba dispuesto a esperar. Pero cuatro horas después de haberlo telefoneado, cuando eran cerca de las doce, sonó estrepitoso el timbre de la puerta y a continuación «Hola»; escuché para mi sorpresa la voz de Hamada. Di un salto incontrolado por la alegría y fui deprisa a abrir la puerta.

—Ah, hola. Abro ahora mismo, está cerrada con llave —dije nervioso y, al mismo tiempo, pensé: «No me esperaba que viniera tan pronto, pero es posible que haya podido ver a Naomi. Cuando se han visto, enseguida lo ha entendido todo y a lo mejor ha venido con él». Este pensamiento me alegró aún más y mi pecho palpitó.

Al abrir la puerta miré a todos lados, pensando que la encontraría detrás de Hamada, pero no había nadie más. Hamada estaba solo, de pie en el porche.

—Hola, perdona por lo de hace un rato. ¿Cómo ha ido? ¿Has averiguado algo? —pregunté de pronto como si lo estuviera mordiendo.

Hamada me miró con ojos compasivos y habló claro y sereno:

—Sí, he averiguado algo, pero... Pero, Kawai-san, esa mujer es un verdadero desastre. Es mejor que se olvide de ella —explicó negando con la cabeza.

—¿Cómo, por... por qué razón?

—¿Razón? Está fuera de toda lógica... ¿Por qué no se olvida ya de Naomi-san? Se lo digo por su bien.

—Entonces, ¿has podido quedar con ella? ¿Estás diciendo que habéis hablado y te ha parecido un desastre?

—No, no he visto a Naomi-san. He quedado con Kumagai y me lo ha contado todo. Estoy atónito, la situación es terrible.

—Pero, Hamada-kun, ¿dónde está Naomi? Eso es lo primero que quiero saber.

—Es que no se trata de dónde está, no tiene una dirección fija. Va de acá para allá, cada noche en un sitio distinto.

—Pero si no tiene donde quedarse.

—No sabemos cuántos amigos que usted no conoce tiene Naomi-san. El día que discutió con usted dijo que se iba a ir con Kumagai. Si hubiera ido allí con discreción, llamando antes, no habría pasado nada. Sin embargo llegó en coche, cargada con su equipaje y se detuvo de repente justo delante de la entrada. Por eso se armó un jaleo entre toda la familia, preguntándose quién era aquella mujer. Por lo tanto, no pudo decirle «Bueno, quédate». El propio Kumagai no sabía qué hacer. Eso es lo que me ha comentado.

—Ya veo, ¿y entonces?

—Entonces, escondieron el equipaje en el cuarto de Kumagai, salieron de allí y, como no les quedaba otro remedio, fueron a un *ryokan* de mala fama llamado No-sé-qué, al parecer está por el barrio de Ōmori. Me dijo que era el mismo sitio en el que habían quedado la mañana en que usted los había descubierto... ya ve, menuda desfachatez.

—Bueno, ¿así que fueron de nuevo para allá?

—Sí, eso fue lo que me dijo Kumagai. Además se jactaba de ello, muy orgulloso. Ha sido bastante desagradable escucharlo.

—¿Pasaron allí la noche?

—Resulta que no. Estuvieron hasta el atardecer, después dieron un paseo juntos por Ginza y se despidieron en el cruce de Owari-chō.

—Pero eso es muy raro. ¿No te habrá mentido Kumagai?

—No. Escúcheme, por favor. Al despedirse, a Kumagai le dio un poco de pena y preguntó: «¿Dónde te vas a quedar esta noche?». Entonces, sin el menor remordimiento ella le dijo: «Tengo un montón de sitios donde quedarme. Me voy a Yokohama» y se fue derecha hacia Shinbashi...

—¿Quién hay en Yokohama?

—Yo tampoco lo entiendo. Kumagai pensó que volvería a la casa de Ōmori. Por muy fanfarrona que sea y mucha gente que conozca, Naomi-san no tenía donde quedarse en Yokohama. Pero, al día siguiente, llamó a Kumagai y le dijo: «Vente a El Dorado, te espero allí». Allí fue, y se encontró a Naomi-san en plena fiesta rodeada de varios hombres, incluso había un occidental. Llevaba un espléndido vestido de noche, con un abanico de plumas de pavo real, luciendo un collar, una pulsera y varias sortijas.

La historia de Hamada era una caja de sorpresas de la que no paraban de salir situaciones que me hacían exclamar «¡caramba!» una y otra vez. En resumen, al parecer Naomi había pasado la primera noche en casa de un occidental. Se llamaba William McConnel y era aquel caradura afeminado, maquillado con polvos de tocador, que se había acercado a Naomi sin siquiera presentarse y la había obligado a bailar con él cuando fuimos a nuestro primer baile de El Dorado. Lo más sorprendente era, según le contó Kumagai, que Naomi no tenía una relación particularmente íntima con el tal McConnel hasta aquella noche en que fue a su casa. No obstante, parecía como si ella hubiera planeado algo así desde hacía tiempo. Ese hombre tenía el tipo de rostro que atraía a las mujeres y el aire elegante de los actores. Entre los compañeros de baile corría el rumor de que era «el conquistador occidental». Además, la propia Naomi decía: «Ese occidental tiene unas bonitas facciones. Se parece un poco a John Barry» (se refería a John Barrymore, un popular actor de cine norteamericano). Por lo tanto, era evidente que se había fijado en él. O quizá hubiera flirteado con él. Entonces, McConnel habría pensado «Seguro que le gusto», y se habría puesto a tontear con ella. Hasta ahí llegaría su relación. Pero eso era lo único que necesitaba para presentarse en su casa sin ser invitada. Al verla allí, McConnel también habría pensado que un adorable pajarillo se había posado, y así fue: «¿Se quiere quedar aquí esta noche?», «No me importaría quedarme...».

—A pesar de todo, no resulta muy creíble. Fue a casa de un desconocido y se quedó allí esa misma noche...

—Kawai-san, estoy seguro de que Naomi-san es capaz de hacer ese tipo de cosas sin ningún problema. Parece que incluso a McConnel le resultó extraño, y le preguntó a Kumagai «¿De dónde ha salido esta señorita?».

—Tampoco se puede confiar en alguien que aloja en su casa a una desconocida.

—No solo se aloja allí, sino que le hizo vestidos de corte occidental y le ha comprado pulseras y collares. Es bastante llamativo, ¿no? Y luego, después de solo una noche, eran tan íntimos que Naomi-san le llamaba «Willie, Willie».

—Entonces, ¿le compró toda esa ropa y esos collares?

—Parece que algunos los compró y otros los pidió prestados a sus amigas occidentales. Y se los dejó de manera provisional, como suelen hacer los occidentales. Creo que primero Naomi-san le habría dicho, coqueteando, «Quiero vestirme con ropa occidental» y el hombre le siguió la corriente para cortejarla. Además, el vestido no era cualquier prenda de confección, estaba hecho a medida. Los zapatos eran de charol y tacón alto, con pequeñas joyas brillantes en la punta. Creo que eran diamantes de imitación. Esa noche Naomi-san parecía sacada del cuento de la Cenicienta.

Mientras escuchaba las palabras de Hamada, me imaginaba lo hermosa que debía de ser la figura de Naomi convertida en Cenicienta, con lo que mi corazón saltó de repente de alegría. Pero, un momento después, su deplorable conducta me dejó estupefacto y sentí una mezcla de tristeza, arrepentimiento y miseria; una sensación tan desagradable que soy incapaz de describirla. Además de a Kumagai, Naomi había acudido a un completo desconocido, un occidental al que se acercó sin dilación e hizo que le encargara un vestido. ¿Sería posible que todo eso fuese obra de una mujer que, hasta ayer, estaba casada con su marido? ¿Esa mujer llamada Naomi, con quien había convivido durante tanto tiempo, había resultado ser tan rastrera como una puta? ¿Había vivido hasta entonces el sueño de un idiota sin ser capaz de ver su verdadera naturaleza? Ah, por mucho que la echara en falta tenía que renunciar a esa mujer tal y como había dicho Hamada. «Soy el colmo de la vergüenza y la humillación...».

—Hamada-kun, sé que soy muy pesado, pero permíteme que te lo repita. ¿Tienes la certeza de que todo esto que me has contado es verdad? No solo lo de Kumagai, ¿también estás seguro de todo lo que me has dicho?

Hamada observó cómo las lágrimas emergían de mis ojos y asintió con la cabeza:

—No me resulta fácil contestar a esa pregunta, lo siento mucho por usted. Pero sí, yo también fui testigo de todo lo que sucedió anoche, y creo que todo lo que me ha contado Kumagai es cierto. No solo esa historia, le podría seguir contando más cosas que lo corroborarían. Pero no me pregunte más y haga el favor de creerme, no piense que me divierte exagerar este tipo de cosas...

—Ah, gracias. Con esto me basta. No necesito escuchar más...

Cuando dije aquello, no sé por qué, fui incapaz de soltar ni una palabra y de pronto me eché a llorar. Pensé: «¡No puede ser!», abracé a Hamada con fuerza y puse mi cara sobre su hombro. Con voz atormentada grité entre lágrimas:

—¡Hamada-kun! ¡Yo, yo... ya he renunciado totalmente a ella!

—¡Desde luego! ¡Entiendo perfectamente lo que dice! —dijo Hamada con voz espesa, afectado por mi estado—. Si le soy sincero, he venido hasta aquí para convencerlo de que no hay esperanza con Naomi-san. Conociéndola, quizá un día vuelva aquí, como si nada hubiera pasado; pero, en realidad, nadie la toma en serio. Según Kumagai, le han puesto un mote tan horrible que soy incapaz de pronunciarlo. Todo el mundo la trata como a un juguete. No se hace idea de cuántas veces lo ha deshonrado sin que usted lo supiera...

Hamada, al igual que yo, había estado apasionadamente enamorado de Naomi. Al igual que yo, había sido traicionado por ella... Las palabras que me había ofrecido ese muchacho y la sincera compasión cargada de ira y tristeza tuvieron en mí el efecto de un afilado bisturí que corta un pedazo de carne putrefacta. Todo el mundo la trataba como a un juguete. Le habían puesto un apodo tan horrible que ni se podía pronunciar...

Sin embargo, esa monstruosa revelación me hizo sentir libre. De golpe, me quitó un peso de los hombros, como si hubiera pasado las fiebres de la malaria. Incluso dejé de llorar.

23

—Kawai-san, no se quede encerrado en casa. ¿Por qué no vamos a dar un paseo y nos despejamos? —propuso Hamada para animarme—.

—De acuerdo, dame un momento —respondí, ya que durante esos dos días no me había afeitado ni lavado los dientes. Al lavarme la cara y asearme me invadió una agradable sensación de alivio. Eran las dos y media cuando salí de casa con Hamada.

—En estas circunstancias, es mejor que demos una vuelta por las afueras —dijo Hamada, y asentí—: ¿Vamos por aquí? —preguntó, empezando a caminar hacia Ikegami. Me detuve, porque aquello era un mal presagio.

—Por ahí no, ese camino lleva al noroeste y trae mala suerte.

—¿Ah, sí? ¿Y eso?

—En esa dirección está el Akebonorō del que hablamos antes.

—¡Ah, entonces no! ¿Qué hacemos? ¿Vamos andando a la playa y luego hacia Kawasaki?

—Sí, me parece bien. Eso será lo más seguro.

Hamada dio la vuelta y se puso a caminar hacia la estación. Pero, pensándolo bien, esa dirección tampoco era segura. Si Naomi seguía yendo al Akebonorō, podría aparecer acompañada por Kumagai a esas horas. O podía viajar de Tokio a Yokohama con ese extranjero. En cualquier caso, las paradas de tren local eran peligrosas.

—Hoy te estoy causando demasiadas molestias, de verdad —dije de manera natural y me adelanté unos pasos. Giramos hacia una callejuela y traté de cruzar la barrera en la que comenzaba el camino hacia los arrozales.

—¡Qué va! No me importa. Ya esperaba que esto fuera a suceder, tarde o temprano.

—Mmm... Desde tu punto de vista, debo parecerte bastante ridículo.

—Yo también he hecho el ridículo una vez, así que no tengo derecho de reírme de usted. Me daba mucha pena verlo así porque yo también he pasado por lo mismo.

—Bueno, no es grave, aún eres joven. Pero, en un hombre de treinta años como yo, es hacer el tonto. Ni hablar. Además, si no me lo hubieras dicho, no sé hasta cuándo habría seguido portándome como un idiota...

Cuando llegamos a los arrozales, el cielo de otoño tardío era claro, limpio y soleado, como si se esforzara por consolarme. El viento arreciaba; los párpados aún me escocían y los tenía hinchados de haber llorado tanto. A lo lejos escuché el sonido del peligroso tren que cruzaba los campos.

—Hamada-kun, ¿has comido ya? —pregunté después de haber caminado callado durante un rato.

—De hecho, todavía no. ¿Usted?

—Apenas he comido nada desde anteayer, solo tomé un poco de sake. Creo que por eso tengo tanta hambre de repente.

—Ya lo veo. No le conviene hacer ese tipo de barbaridades. Ponerse enfermo no arreglará nada.

—No. Estoy bien. Gracias a ti he alcanzado la iluminación. A partir de mañana seré una persona nueva y procuraré ir a trabajar a la oficina.

—Sí, así se mantendrá ocupado. Cuando sufrí mi desengaño amoroso, recuerdo que me dediqué por completo a la música para poder olvidarlo cuanto antes.

—¡Qué bien me vendría ahora saber música! No me queda otro remedio que trabajar con perseverancia en la oficina, ya que no tengo ningún otro talento... Pero, bueno, estamos hambrientos. Vamos a comer a algún sitio.

Y así, charlando, llegamos caminando hasta Rokugō. Entramos en un restaurante de ternera del barrio de Kawasaki y pronto estuvimos de nuevo intercambiando copas alrededor de una olla hirviendo como habíamos hecho en el Matsuasa.

—Oye, ¿quieres una copa?

—Vaya, me afectará demasiado beber así con el estómago vacío.

—Está bien. Esta noche tengo que quitarme de encima este infortunio, por eso tienes que hacerme el favor de brindar. Yo también dejaré de beber a partir de mañana. Así que esta noche vamos a emborracharnos y charlar.

—Ah, ¿sí? Entonces permítame que le felicite con este brindis.

La cara de Hamada se ruborizaba y las puntas de los granos que poblaban su rostro empezaron a brillar como la ternera guisada. En ese momento yo también estaba bastante ebrio y apenas sabía si estaba triste o contento.

—Por cierto, Hamada-kun, quiero preguntarte algo —dije, calculando el momento oportuno y aproximándome a él un poco más—: Me has dicho que Naomi tiene un mote horrible. ¿Cuál es?

—No, no se lo puedo decir. Es realmente monstruoso.

—No me importa. Ya no tengo nada que ver con esa mujer. No es necesario que seas tan discreto. Escucha, dímelo, por favor. De hecho, me vendrá bien saberlo.

—Es posible, pero por más que insista, no puedo decírselo. Haga el favor de disculparme. De todas formas no es difícil hacerse a la idea de cuál es ese horrible mote. Podría contarle de dónde salió ese apodo.

—Entonces, cuéntamelo.

—Pero Kawai-san... ¡Menudo embrollo! —dijo rascándose la cabeza—. Es muy desagradable. Si se lo cuento, le dolerá.

—Adelante, adelante, ¡no me importa! Los secretos de esa mujer despiertan mi curiosidad.

—Bueno, le contaré una parte del secreto... ¿Con cuántos hombres cree usted que estuvo Naomi-san este verano en Kamakura?

—No lo sé, que yo sepa con, Kumagai y contigo. ¿Hubo alguien más?

—Kawai-san, no se sorprenda, por favor... También estuvo con Seki y Nakamura.

Aunque estaba ebrio, noté cómo una descarga eléctrica recorría mi cuerpo. Me bebí sin darme cuenta cinco o seis copas de la botella que tenía delante y al fin abrí la boca.

—Entonces, ¿con todos aquellos chicos...?

—Pues sí. ¿ Y, sabe usted dónde quedaban?

—¿En la residencia de verano de Ōkubo?

—En la habitación adosada de la jardinería que tenían alquilada.

—Mmm... —Un silencioso desaliento me sofocaba—. Mmm, vaya, la verdad es que es toda una sorpresa —dije por fin entre gemidos.

—Por eso, quien más molesta estaba, era la mujer del jardinero. Como la gestión se hizo a través de Kumagai, no podía echarlos. Y eso que su casa se había convertido en una especie de prostíbulo. Todo el día había hombres entrando y saliendo de la casa, así que le preocupaban las habladurías de los vecinos. Además estaba muy nerviosa, pensando que la cosa se complicaría aún más cuando usted se enterara.

—Sí, ya veo. Recuerdo que la señora se quedó bastante sorprendida e inquieta cuando le pregunté sobre Naomi. Ahora caigo. La casa de Ōmori era el lugar de sus encuentros furtivos contigo. Y la habitación de la jardinería se convirtió en un prostíbulo. No tenía ni idea de nada de eso. ¡Madre mía! Parece que las cosas no han sido fáciles.

—Ah, Kawai-san. ¡No mencione lo de Ōmori! Le pido perdón.

—Ja, ja, ja, no te preocupes. Todo eso es agua pasada, ya no tiene la menor importancia. Naomi me ha engañado con auténtica destreza. Por lo menos, tengo el gusto de saber que me han tomado el pelo. Lo único que puedo hacer es admirarla y exclamar «¡ah!» ante tan excelsas habilidades.

—Es como si un luchador de sumo le hubiera levantado dejándole caer de espaldas, ¿verdad?

—En efecto, lo has descrito exactamente... ¿Y bien? ¿No sabían todos esos muchachos que Naomi estaba jugando con ellos?

—Sí, claro que lo sabían. En ocasiones, llegaron a coincidir dos personas a la vez.

—¿Y no hubo ninguna pelea?

—Entre ellos formaron una alianza tácita y trataron a Naomi-san como un bien común. Y de ahí es de donde nació ese horrible mote. Y, a sus espaldas, todos la llamaban por ese apodo. De todas maneras ha tenido usted suerte, ya que no estaba al corriente de nada. Me sentí miserable e intenté salvarla por todos los medios. Pero, cuando sacaba el tema, se ponía hecha una furia y, además, decía que yo era el idiota. Por esa razón le digo que no tiene remedio. —Parecía que Hamada estaba recordando aquellos tiempos porque su tono de voz era muy emotivo—. Escuche, Kawai-san, no recuerdo haberle contado esto cuando nos vimos en el Matsuasa.

—Entonces me dijiste que quien controlaba a Naomi era Kumagai.

—Sí, eso fue lo que dije. De todos modos no le estaba mintiendo. Naomi-san y Kumagai son tan maleducados que se llevaban estupendamente entre ellos. Por eso, pensé «Kumagai es la causa de toda su corrupción», y eso fue lo que le dije. Pero no se me ocurrió comentarle nada más, porque en aquellos momentos rezaba para que usted no abandonara a Naomi-san y la enderezara por el camino correcto...

—Estaba muy lejos de poder enderezarla. Al contrario, era ella la que me arrastraba a mí...

—Cualquier hombre que caiga preso de los encantos de Naomi-san hará lo mismo.

—Esa mujer tiene un poder mágico.

—¡Eso es, un poder mágico! Yo también lo noté, por eso admití que no debía acercarme a una mujer así o yo también estaría en peligro...

Naomi, Naomi. No se podían contar las veces que repetimos ese nombre entre nosotros. Acompañábamos cada trago de sake con su nombre. Saboreábamos su suave pronunciación con la lengua, lo humedecíamos con nuestra saliva y lo rozábamos con los labios como si ese plato fuese más delicioso que la ternera.

—No está tan mal que una mujer así te engañe de esa manera una vez en la vida —dije impresionado.

—¡Desde luego! Además, gracias a ella he descubierto el amor. Aunque efímero, me hizo vivir un hermoso sueño. Debería estarle agradecido.

—Pero, ahora, ¿qué será de ella? ¿Dónde irá a parar esa mujer?

—No lo sé, supongo que su depravación irá en aumento. Según Kumagai, no estará mucho tiempo con McConnel y se irá a algún otro sitio en un par de días. Dijo que se pasaría por su casa, ya que aún tiene allí su equipaje. ¿Y, Naomi-san tiene familia?

—Su familia regenta un bar en Asakusa... No se lo había dicho a nadie hasta ahora porque me daba lástima.

—Ya veo... Nadie puede ocultar su origen.

—Según Naomi, pertenece a una distinguida familia de origen samurái. Y, cuando ella nació, vivían en una casa magnífica de Shimoniban-chō. El nombre de «Naomi» se lo puso su abuela, que al parecer era toda una *haikara* que ya iba a los balies del Rokumei-kan. Pero quién sabe lo que hay de verdad en eso. Su entorno familiar no fue nada bueno. Ahora tengo que reconocerlo.

—Me parece aún más espantoso escuchar algo así. Naomi-san lleva la lujuria en la sangre. Por eso, aunque haya tratado de salvarla, estaba destinada a acabar así...

Continuamos hablando durante unas tres horas y salimos del restaurante pasadas las siete de la tarde. Sin embargo, no nos quedamos sin tema de conversación.

—Hamada-kun, ¿vas a volver en tren? —pregunté, caminando por el barrio de Kawasaki.

—No sé, regresar ahora a pie va a ser más complicado...

—Yo voy a tomar la línea Keihin. Me da la sensación de que la dirección en la que va la línea Nacional es más peligrosa, suponiendo que ella esté en Yokohama.

—Entonces yo también cogeré la Keihin... En cualquier caso, seguro que se acabará cruzando con ella en algún momento. Naomi-san siempre está yendo de un lado para otro.

—Tienes razón, no creo que pueda pasear tranquilo.

—Seguro que irá al salón de baile con mucha frecuencia. Yo evitaría la zona de Ginza.

—Ōmori también puede ser un distrito peligroso. También Yokohama, el Kagetsuen y el Akebonorō... Según como vaya la cosa, es posible que deje la casa y me vaya a una pensión. No quiero volver a ver su cara hasta que todo esto haya pasado.

Hamada subió conmigo al tren y me despedí de él en Ōmori.

24

Mientras sufría atormentado por la soledad y el mal de amor, sucedió otra desgracia. Mi madre falleció de repente en el pueblo debido a un derrame cerebral. Una mañana, dos días después de ver a Hamada, recibí un telegrama informándome de la gravedad de su estado. En cuanto lo recibí, salí de la oficina y fui corriendo a Ueno. Llegué a mi casa del pueblo al atardecer, pero ya para entonces mi madre había perdido el conocimiento y no me reconocía. Murió un par de horas después.

Yo, que había perdido a mi padre cuando era niño y había sido criado únicamente por mi madre, experimenté por primera vez la tristeza de perder a un ser querido. Mi madre y yo manteníamos la más estrecha de las relaciones. No recuerdo ni una sola vez en la que me hubiera rebelado contra ella ni que ella me hubiera regañado. En parte se debía al respeto que tenía hacia ella, pero también a que mi madre era muy cariñosa y atenta conmigo. Suele pasar que, cuando un hijo crece, emigra a la ciudad y abandona el pueblo, sus padres se preocupan por él sin razón y no se fían de su conducta. A veces se produce un distanciamiento entre ellos por ese motivo. Sin embargo, después de marcharme a Tokio, mi madre siguió confiando en mí, comprendía mis sentimientos y me tenía presente. Seguro que, como cualquier madre, se sintió sola e insegura, ya que yo era el primogénito y solo tenía dos hermanas pequeñas. Pero nunca se quejó y siempre rezaba por mi éxito y ascenso en la vida. De aquella forma, sentía cuán profundo era su afecto hacia mí con más intensidad en la distancia que estando a su lado. En especial, antes y después de casarme con Naomi y todo lo que vino después. Cada vez que mi madre respondía a mis caprichos con su benevolencia, me conmovía.

Y así, esa madre murió de pronto y de improviso. Estaba tendido al lado de su cuerpo sin vida, abstraído, como si estuviera soñando dentro de un sueño. «Yo, que hasta ayer estaba enajenado física y anímicamente por la belleza de Naomi, estoy hoy arrodillado ante Buda haciendo ofrendas de incienso. Me cuesta creer que haya una conexión entre estos dos mundos de mi yo. ¿Es mi verdadero yo el de ayer? ¿O, es mi yo de hoy el auténtico?». Podía escuchar esta voz, que no sabía de dónde venía, mientras reflexionaba, lamentándome entristecido y empapado en lágrimas repentinas. Y, por otro lado, oía un susurro que decía: «El hecho de que tu madre haya muerto no es una coincidencia. Tu madre te está regañando. Te está dando una lección».

Añoraba a mi madre, recordando cómo era cuando estaba viva, lleno de pesadumbre. Mi arrepentimiento me impedía de nuevo contener las lágrimas, pero me avergonzaba llorar demasiado. Por eso subí en silencio al monte que estaba detrás de nuestra casa y seguí sollozando tranquilo, mirando desde arriba el bosque, los caminos del campo y el paisaje lleno de granjas que poblaba los recuerdos de mi infancia.

Desde luego, toda esta gran tristeza me purificó, convirtiéndome en un ser inmaculado y precioso como una joya; limpió mi cuerpo y mi corazón de todas las moléculas inmundas que se habían acumulado en él. Sin esta tristeza aún seguiría obsesionado con aquella mujer sucia y obscena, y estaría atormentado por el mal de amor. Sopesándolo, la muerte de mi madre no era algo insignificante. No, por lo menos yo no debería dejar que fuera insignificante. En esos momentos pensé que ya estaba harto de los aires de la ciudad. El éxito y el ascenso en la vida no consistían en ir a Tokio y llevar una existencia frívola. El pueblo era el lugar ideal para un campesino como yo. Me retiraría al pueblo y retornaría a mi tierra natal. Me convertiría en el guardián de la tumba de mi madre y conviviría con los habitantes del pueblo. Sería campesino como todos mis antepasados. Esos eran mis sentimientos, pero mis tíos y parientes tenían otra opinión: «Es demasiado precipitado. Entendemos que te hayas quedado sin fuerzas. Pero aun así, un hombre no tiene que enterrar con tanta facilidad un futuro prometedor por la muerte de su madre. Cualquiera se hunde al despedirse de sus padres a su muerte, sin embargo el paso del tiempo mitigará esa tristeza. Por eso, si quieres hacerlo, hazlo después de meditarlo con calma. En primer lugar, ten en cuenta que si te trasladaras de inmediato, pondrías en apuros a tu empresa».

«No es solo eso. El caso es que mi esposa se ha escapado, ni siquiera os lo había contado», estuve a punto de decir. Me avergonzaba admitirlo delante de tantas personas en medio de todo ese jaleo. (El hecho de que Naomi no me hubiera acompañado al pueblo lo había solventado contándoles que estaba enferma). Cuando finalizó el rito funerario del séptimo día, dejé el resto de asuntos en manos de mis tíos, que se encargaban de gestionar la propiedad en mi lugar, y regresé por el momento a Tokio siguiendo su consejo.

Sin embargo, ir a la oficina no me resultaba nada interesante. Además ya no me tenían en la misma estima que antes. Antes todos me consideraban un caballero debido a mi devota dedicación y buen comportamiento, pero, por culpa de Naomi, había perdido mi honor. Ni los ejecutivos ni mis compañeros se fiaban de mí. Lo peor de todo era que algunos se burlaban a mis espaldas diciendo que había usado la muerte de mi madre como excusa para no ir a trabajar. Esta situación me agobiaba tanto que, cuando una noche volví al pueblo para celebrar el rito funerario de los catorce días, le solté a mi tío: «Pronto abandonaré la empresa» y mi tío solo respondió «Bueno, bueno», y no me hizo mucho más caso, así que regresé de mala gana a la oficina al día siguiente. En el trabajo el tiempo pasaba con normalidad, pero me era imposible soportar las horas desde el atardecer hasta la noche. Aún seguía viviendo yo solo en la vacía casa de Ōmori; no me había mudado a una pensión porque todavía no había decidido si quedarme en Tokio o regresar al pueblo.

Después de terminar mis tareas en la oficina, volvía directamente a Ōmori en el tren de la línea Keihin, procurando evitar lugares concurridos, ya que no quería cruzarme con Naomi. Cenaba modestamente un plato de *soba, udon* o lo que fuera en una taberna cercana. Y a partir de entonces no tenía nada que hacer. Iba al dormitorio y me envolvía en mi futón, pero allí tendido, con los ojos abiertos como platos, me costaba mucho quedarme dormido. Seguía despierto un par de horas más. Por cierto, por dormitorio me refiero al cuarto del desván, donde aún estaban sus cosas. El desorden, la libertad y el vasto aroma de aquellos cinco años seguían impregnados en las paredes y las columnas. Ese aroma era el olor de su piel saturando una habitación mal ventilada; debido a su dejadez no lavaba la ropa sucia y la dejaba tirada por cualquier lado. Como no podía soportarlo, empecé a dormir en el sofá del estudio, con igual resultado que en el dormitorio: no podía conciliar el sueño.

Habían pasado tres semanas desde que mi madre había fallecido. A principios de diciembre de ese año, por fin me decidí a presentar mi dimisión. Debido a las circunstancias, llegué a un acuerdo con la empresa para seguir hasta finales de año. De hecho, no consulté esto con nadie y lo gestioné todo por mi cuenta, sin contarle nada a mi familia del pueblo. Pero eso ayudó a que me tranquilizara un poco y solo tenía que esperar un mes. Ahora, con menos presión, dedicaba mi tiempo libre a los paseos o la lectura. Sin embargo, nunca me acercaba a un distrito que considerara peligroso. Una noche estaba tan aburrido que fui andando hasta Shinagawa. Me pareció buena idea ir a ver la película de Matsunosuke, el galán de cine japonés, pero cuando entré en la sala, estaban proyectando una comedia de Harold Lloyd. En la pantalla empezaron a aparecer jóvenes actrices norteamericanas y los recuerdos me vinieron a la mente con tal intensidad que me puse enfermo. En ese momento pensé que nunca más volvería a ver películas occidentales.

Fue un domingo por la mañana, a mediados de diciembre. Estaba durmiendo en la primera planta (para entonces ya me había subido de nuevo al desván, pues en el estudio hacía frío) y oí unos ruidos abajo, como si alguien hubiera entrado. ¡Qué raro! La puerta exterior debería estar cerrada... Mientras pensaba todo esto, y antes de que unos escalofríos recorrieran mi cuerpo, escuché el familiar sonido de unos pasos subiendo las escaleras. Naomi abrió de súbito la puerta que estaba delante de mis narices diciendo «¡hola!» y se plantó ante mí.

—¡Hola! —repitió, y me lanzó una extraña mirada.

—¿Qué haces aquí? —pregunté con calma y frialdad, sin ni siquiera tratar de levantarme de la cama. Pero en mi fuero interno estaba perplejo, pensando cómo podía tener el descaro de presentarse de aquella manera.

—¿Yo...? Pues vengo a recoger mis cosas.

—Puedes llevarte todo tu equipaje. Por cierto, ¿por dónde has entrado?

—Por la puerta exterior... Tenía una llave.

—Entonces déjala aquí.

—Vale, la dejo aquí.

Y, sin decir más, le di la espalda. Estuvo un rato empaquetando sus cosas, haciendo mucho ruido justo al lado de mi almohada. Después oí el sonido de un *obi* desatándose. Cuando me di cuenta, había ido hasta un rincón del cuarto donde pudiera verla y se estaba poniendo un kimono de espaldas. Me había fijado en su vestimenta nada más entrar. Llevaba un kimono de seda barato que nunca le había visto. Debía de usarlo todos los días, ya que tenía el cuello sucio y la zona de las rodillas estaba raída. Tras desabrocharse el *obi*, se quitó el kimono sucio y se quedó con solo la prenda interior de muselina mugrienta. A continuación, cogió una de crespón de seda que había sacado y se la puso con ligereza sobre los hombros. Con un movimiento de su cuerpo dejó caer en el tatami la de muselina que llevaba puesta como si mudara la piel. Y se vistió con uno de sus kimonos favoritos, uno de seda de Ōshima estampado con motivos hexagonales. Se ciñó un fajín interior de cuadros rojos y blancos, y lo ató con fuerza hasta que formó una curva en su tronco. Pensé que por fin se pondría el *obi*, pero se agachó girándose hacia mí y se cambió los calcetines.

No había mayor tentación para mí que ver sus pies desnudos; trataba de no mirar en esa dirección, pero no pude evitarlo y desvié de repente la vista. No me cabe la menor duda de que lo hizo a propósito, calculando con disimulo mi campo de visión y tanteándome de vez en cuando con el aleteo de sus pies. Sin embargo, en cuanto se cambió, recogió rápidamente el kimono que había tirado al suelo y se dirigió a la puerta, arrastrando el paquete con sus cosas y diciendo «¡adiós!». Por fin abrí la boca:

—Oye, deja ahí la llave.

—Es verdad —respondió, y sacó la llave del bolso—. Aquí te la dejo... Pero creo que tendré que volver de nuevo, no puedo llevarme todo el equipaje de una vez.

—No hace falta que vengas. Te lo enviaré a tu casa de Asakusa.

—Enviármelo a Asakusa no arregla nada, hay algunos asuntos...

—Entonces, ¿a dónde lo envío?

—¿Adónde? Aún no lo he decidido.

—Me da igual lo que digas, si no vienes este mes, lo enviaré a Asakusa. No tengo por qué estar guardando tus cosas eternamente.

—De acuerdo. Volveré pronto.

—En realidad no hace falta que vengas hasta aquí. Envía a alguien en coche para que se lo pueda llevar todo de una vez.

—¿Ah, eso? Entonces lo haré así. —Y se marchó.

No me preocupé más por este asunto; pero un par de días después, sobre las nueve de la noche, estaba leyendo el periódico de la tarde en el estudio. De nuevo, escuché el sonido de una llave metiéndose en la cerradura de la puerta exterior.

25

—¿Quién es?

—Yo.

Nada más decir aquello, una enorme figura negra como un oso entró en la habitación. Tras quitarse aquella oscura prenda, apareció una desconocida señorita occidental envuelta en un vestido azul claro de crepé chino que dejaba al descubierto sus hombros y sus brazos pálidos como la piel de un zorro. De su voluptuoso cuello colgaba un espléndido collar de cuarzo reluciente como un arco iris. La blancura de su mandíbula y su nariz respingona, que sobresalía bajo un gorro calado de terciopelo negro, le otorgaban un aire misterioso. Sus labios rojo intenso destacaban sobre toda su figura.

—Buenas noches... —dijo, y se descubrió tras aquel gorro occidental. En ese momento pensé: «A ver, ¿quién será esta mujer?». Mientras escrutaba su rostro al fin me di cuenta de que era Naomi. Puede sonar extraño, pero lo cierto es que así de distinta era aquella Naomi con respecto a la que yo estaba acostumbrado. Pero aquella forma, por mucho que hubiera cambiado, no debería haberme confundido. Sin embargo lo que más engañó a mis ojos fue su rostro. No sé qué tipo de magia había usado, pero toda su cara, el color de la piel, la expresión de los ojos, incluso sus rasgos habían cambiado por completo. Por eso, aun después de quitarse el gorro, todavía me habría seguido preguntando quién sería esa extraña dama occidental si no hubiese escuchado su voz. Además estaba aquel extraordinario tono blanco de piel que había comentado antes. Cada parte descubierta de su exuberante cuerpo era clara como una manzana abierta. Naomi, para ser japonesa, no era particularmente morena; pero aquella palidez parecía irreal. Al observar sus brazos, expuestos casi hasta el hombro, no podía creer que fueran los de una japonesa. Una vez asistí a una función de ópera en el Teatro Imperial y quedé fascinado por la blancura de los brazos de las actrices occidentales. Exacto, eran idénticos; no, diría que aún más blancos que aquellos. Naomi andaba con pasitos cortos. El ligero vestido azul claro ondeaba levemente y su collar se balanceaba. Las puntas de sus tacones eran de cuero charolado y el empeine estaba decorado con diamantes sintéticos. «Estos son los zapatos de Cenicienta de los que hablaba Hamada el otro día», pensé. Yo la miraba boquiabierto. De pronto, se acercó hasta mí con descaro, alzando altiva la punta de la nariz, con una mano en la cintura y el codo extendido. Era una extraña forma de coquetear. Giró orgullosa su tronco y me dijo:

—Jōji-san, vengo a recoger mis cosas.

—No era necesario que vinieras. Te dije que enviaras alguien.

—No tenía nadie a quien pudiera enviar.

Naomi no se estaba quieta mientras hablaba. Torcía el gesto tratando de parecer seria, pero movía las piernas o desplazaba un pie hacia adelante. Daba golpecitos en el suelo con los tacones. Cada vez que hacía algo así cambiaba la posición de las manos y encogía los hombros. También tensaba cada músculo del cuerpo como un alambre y todos sus nervios motrices estaban activos. Mis nervios visuales se tensaron en sintonía. No podía evitar fijarme en cada recoveco y cada movimiento de su cuerpo. Al observar su semblante me resultó natural que tuviera una cara tan distinta. Se había cortado el flequillo al estilo que suelen llevar las muchachas chinas, como a cinco o seis centímetros de la frente, y formaba una línea recta que colgaba como una cortina. Tenía el resto del pelo recogido en un moño redondo y plano desde la coronilla hasta el lóbulo de las orejas, como si fuera el gorro del dios Daikoku. Nunca antes había optado por ese estilo. Eso era lo que la hacía parecer una persona tan distinta. Al fijarme con más cuidado, también observé que se había depilado las cejas. Antes eran gruesas, claras y espesas como la nata, pero esa noche trazaban una curva alargada, vaga y borrosa. Alrededor de aquella curva su piel estaba azulada evidenciando el vello rasurado. No tardé en darme cuenta de todos esos arreglos. Sin embargo, no lograba comprender el origen de la magia de sus ojos, sus labios y el color de su piel. Esas cejas hacían que los ojos parecieran mucho más occidentales, pero tenía que haber algún otro artificio. Pensé: «Tal vez su secreto esté en los párpados o en las pestañas». Pero no era fácil ver de qué clase de artificio se trataba. El centro de su labio superior estaba nítidamente dividido en dos como los pétalos del cerezo. La tonalidad de aquel rojo era distinta a la de cualquier pintalabios. Su brillo era vivo y fresco. Por mucho que tratara de discernir la causa de su blancura, su piel parecía natural y no había marcas de maquillaje. No solo su rostro era blanco; los hombros, los brazos, hasta la punta de los dedos eran igual de blancos. Por eso, si se hubiera maquillado, tendría que haberlo hecho por todo el cuerpo. Esta enigmática muchacha era alguien más que Naomi. ¿Quizás su alma se había transformado de alguna forma en el fantasma de la belleza ideal?

—¿Oye, hay algún problema? ¿Puedo subir arriba a recoger? —dijo el fantasma de Naomi. Pero al oír su voz comprobé que no era un fantasma, sino la Naomi de siempre.

—Sí, está bien... Está bien, pero... —balbuceé nervioso y aturdido, incapaz de ocultar mi sorpresa— ¿y cómo has abierto la puerta exterior?

—¿Cómo? Pues con la llave.

—Pero si la dejaste aquí el otro día.

—Es que tengo muchas más llaves además de esa.

En ese instante, por primera vez desde que había llegado, sus labios rojos esbozaron de repente una sonrisa. Y me miró con un gesto con el que no sabía si quería coquetear conmigo o burlarse de mí.

—No te lo había dicho, pero hice muchas copias. Por eso no me importa que te quieras quedar con una.

—Pero para mí es un incordio que vengas por aquí con tanta frecuencia.

—No te preocupes. Cuando me haya llevado todo mi equipaje, no volveré por aquí por mucho que insistas.

Giró sobre sus talones, subió las escaleras taconeando y entró en el cuarto del desván.

¿Cuánto tiempo estuve recostado en el sofá del estudio esperando inquieto a que bajara? ¿No fueron más que cinco minutos, media hora o una hora? Perdí la noción del tiempo durante aquel rato. En mi corazón solo existía la figura de Naomi transformada en un éxtasis placentero como el que se experimenta al escuchar una hermosa melodía. Era la música de una canción elevada, pura, la voz de una soprano que sonaba desde más allá de las sagradas lindes de este mundo. Era una situación por encima del deseo carnal o del amor... Mi corazón estaba intoxicado por una inmensa embriaguez superior a todas esas cosas. Por más vueltas que le diera, era indudable que la Naomi de aquella noche era incompatible con la mujer inmunda y obscena, o con esa denostada ramera a la que los hombres llamaban por un horrible mote. Era una figura venerable ante la que un hombre como yo no podía sino arrodillarse y reverenciar. Aunque solo me hubiera rozado con la punta de sus blanquísimos dedos, habría sentido más terror que gozo. ¿Qué comparación podría hacer para que los lectores comprendan mis sentimientos? Supongamos que un campesino viene a Tokio. Un día se encuentra con su hija, que se marchó de casa cuando era apenas una niña. Sin embargo, la niña se ha convertido en una admirable dama de ciudad que no reconoce en aquel sucio campesino a su padre. Aunque su padre sí se ha dado cuenta, no puede acercase a ella porque su posición social es muy diferente. Atónito y asombrado, se pregunta si es posible que aquella sea su hija. Siente tal vergüenza que finge no conocerla y se marcha. En ese momento, el padre se ve invadido por una mezcla de tristeza y agradecimiento. He aquí otro ejemplo. Un hombre que ha sido abandonado por su prometida pasea por el muelle de Yokohama cinco o diez años después. Entonces atraca un barco y los pasajeros que regresan del extranjero comienzan a bajar por la escalinata. Entre ellos descubre por sorpresa a esa mujer. Deduce que ella también ha vuelto de algún otro país, pero no tiene el valor de acercarse a ella. Él sigue siendo el mismo estudioso miserable. En ella, al contrario, no queda rastro de la otrora humilde muchacha. Parece la clase de mujer *haikara* que está acostumbrada a la vida de París o los lujos de Nueva York. Entre ellos hay una distancia insalvable... Ese estudioso siente una inesperada alegría por su éxito, pero al mismo tiempo se menosprecia a sí mismo. Aunque no sea capaz de explicar mejor mis sentimientos, si me veo forzado a poner un par de ejemplos, serían estos. De todos modos, hasta entonces el cuerpo de Naomi estaba salpicado por las manchas de su pasado, que no podían ser borradas por mucho que lo intentara. Sin embargo, cuando vi a Naomi aquella noche, las manchas habían desaparecido de su clara piel angelical. Aquello que antes me repugnaba con solo pensarlo, me parecía ahora tan sublime que no me consideraba digno de tocarlo con la punta de los dedos... Pero ¿estaba soñado? Si no era así, ¿cómo y dónde había aprendido Naomi esa clase de magia? Hacía solo un par de días no llevaba más que un mugriento kimono de muselina.

Escuché sus pasos bajando con vigor y las puntas de sus zapatos de tacón con diamantes sintéticos se detuvieron ante mis ojos.

—Jōji-san, vendré en un par de días. —Estaba de pie ante de mis ojos, pero guardaba una distancia de un metro, sin permitir siquiera que la falda de su vestido ligero como el viento me rozase—. Esta noche solo he venido a recoger unos libros. No se me ocurriría cargar con todo ese equipaje y llevármelo de golpe, sobre todo llevando esta ropa.

En ese instante mi nariz percibió un sutil aroma evocador. ¡Ah, ese olor...! Me trasladaba a países lejanos allende los mares y a un jardín de flores de incomparable belleza... Era el de la señora Shlemskaya, la profesora del baile... Ese era el aroma que desprendía su piel. Naomi se había puesto el mismo perfume...

—Sí, sí. —Me limitaba a asentir con la cabeza a cualquier cosa que dijera Naomi. Ella ya había desaparecido en la oscuridad de la noche, pero aguzaba mi olfato para seguir inhalando el aroma que aún flotaba en la habitación. Pero, poco a poco, fue desapareciendo como una ilusión que se desvanece.

26

Creo que mis estimados lectores ya habrán deducido, por la manera en la que ha transcurrido el capítulo anterior, que Naomi y yo no tardamos mucho tiempo en reconciliarnos y que todo sucedió de manera natural, sin ningún misterio. El resultado fue el que ustedes habían esperado. No obstante, me costó trabajo llegar a ese punto. Hice el ridículo de diversas formas y de mucho esfuerzo en vano.

Poco después de lo sucedido, Naomi y yo volvimos a hablar amistosamente. Naomi no perdía la ocasión de volver cada noche, como la siguiente o dos noches más tarde, para recoger cualquier cosa. Siempre que venía, subía con la excusa de hacer un pequeño paquete que cupiera dentro de un pequeño envoltorio de crepé y bajaba.

—¿A qué has venido esta noche? —le preguntaba.

—¿Esto? Es una cosita de nada—me contestaba dando rodeos y continuaba diciendo—: Tengo sed. ¿Me ofreces un té? —Y se quedaba sentada a mi lado charlando durante veinte o treinta minutos.

—¿Vives cerca de aquí? —pregunté una noche. Estábamos tomando un té inglés y se había sentado en la mesa justo enfrente de mí.

—¿Por qué me preguntas eso?

—No te importa que lo haga, ¿no?

—Pero ¿por qué? ¿Qué consigues preguntándomelo?

—No tengo intención de hacer nada. Te lo he preguntado por curiosidad... Dime, ¿dónde vives? Me lo puedes decir, ¿no?

—No, no te lo voy a decir.

—¿Por qué no me lo dices?

—Es que no estoy obligada a satisfacer la curiosidad de Jōji-san. Si quieres saberlo, sígueme, Jōji-san, tienes mucha experiencia como detective privado.

—No tengo tanto interés como para averiguarlo de esa forma... Pero deduzco que debes de estar viviendo en algún sitio cercano.

—¿Y eso?

—Vienes cada noche y te llevas algo.

—Que venga cada noche no significa que viva cerca. Hay trenes y coches.

—Entonces, ¿vienes desde lejos solo para esto?

—Quién sabe... —esquivaba la pregunta—. ¿Está mal que venga cada noche? —Cambió de tema con astucia.

—No estoy diciendo que esté mal, pero... Te presentas sin ser invitada, aunque te haya dicho que no vengas. Qué le voy a hacer...

—Claro. Como soy una chica mala, si me dices que no venga, haré lo contrario. ¿Acaso te horroriza verme?

—Sí... Un poco sí que me horroriza.

De pronto elevó su blanquísimo mentón, abrió de par en par aquella bermeja boca y se partió de risa.

—No te preocupes, no haré nada malo. Ahora prefiero tener una relación de amistad con Jōji-san y olvidarnos del pasado. Dime, ¿qué te parece? ¿No te importa, no?

—Me resulta un poco extraño.

—¿Qué te parece extraño? Si antes éramos un matrimonio, ahora seremos amigos. ¿Por qué tiene que ser raro? ¿No crees que esa es una idea vieja y anticuada? De verdad, no guardo ningún rencor hacia el pasado. Si me apeteciera seducir a Jōji-san, me resultaría muy fácil. Podría hacerlo ahora mismo si quisiera, pero jamás lo haré. Te lo juro. Me daría mucha pena hacerte dudar de tu decisión, Jōji-san, ya que parece que te ha costado mucho tomarla...

—Entonces, ¿me estás diciendo que seremos amigos porque te doy lástima y te estás apiadando de mí?

—No estoy diciendo eso. Jōji-san, puedes permanecer firme para que no se apiaden de ti, ¿no?

—Lo que ocurre es que no estoy seguro. Sospecho que lo que ahora tengo claro puede empezar a flaquear si vuelvo a tener trato contigo.

—¡Qué tonto eres, Jōji-san! Entonces, ¿no quieres que seamos amigos?

—Pues no.

—En ese caso haré todo lo que pueda por seducirte... Pisotearé y destrozaré la decisión de Jōji-san —dijo Naomi sonriendo con una extraña mirada que no sabría decir si era en broma o en serio—. ¿Prefieres tener una sana relación de amistad conmigo o que te seduzca y vuelvas a pasarlo mal? Jōji-san, lo de esta noche es una amenaza.

En ese momento pensé: «¿Con qué intención me está diciendo esta mujer que seamos amigos? No creo que venga aquí todas las noches para burlarse de mí, debe de tener algún otro propósito. Primero volveremos a ser amigos. Y, poco a poco, acabará engatusándome. Y después, ¿podremos ser de nuevo un matrimonio sin que parezca que ha tenido que claudicar? Si esa fuera su verdadera intención, no necesitaría ejecutar una estratagema tan compleja que yo habría aceptado con facilidad». No sabía desde cuándo, pero en mi corazón ardía un sentimiento que me impedía decir no a la idea de retomar nuestra vida matrimonial.

«Oye, Naomi. No tiene sentido que seamos amigos. ¿No sería mejor que volviéramos a ser un matrimonio?», si se dieran las circunstancias, podría tratar el tema de esa manera. Pero dado el comportamiento de Naomi esa noche, no habría dicho sí con facilidad, aunque se lo pidiera abriéndole mi pecho con total sinceridad.

«De eso ni hablar. Solo quiero que volvamos a ser amigos», me habría contestado y, una vez que hubiera adivinado mis intenciones, se habría burlado de mí, creciéndose. Sería muy aburrido si iba a tratar mis intenciones de forma tan inmerecida. Además, supongamos que en el fondo Naomi no quisiera que volviéramos a ser matrimonio, sino manipular a varios hombres a su antojo y hacerme uno de ellos, manteniendo hasta el final esta situación de libertad. Si esas eran sus intenciones ocultas, o incluso algo peor, no podía arriesgarme a decir nada a la ligera. El hecho de que no me dijera con claridad su dirección me hacía pensar que todavía seguía con algún hombre. Y si tomara de nuevo como esposa a una mujer con esos hábitos, otra vez volvería a pasar por el mismo calvario.

—Entonces seremos amigos; no soporto tus amenazas —dije tras reflexionar durante un instante, esbozando también una sonrisa.

Si la trataba como una amiga, no tardaría en descubrir sus verdaderas intenciones. Y, si todavía quedaba en ella algo de seriedad, encontraría la oportunidad de abrirle mi corazón y convencerla para que volviéramos a ser un matrimonio. Quizá podría tenerla de nuevo como esposa en mejores condiciones. Así yo también guardaría un propósito oculto.

—Entonces estás de acuerdo —dijo Naomi, y puso un gesto avergonzado mirando mi cara—. Pero Jōji-san, de verdad, solo seremos amigos.

—Desde luego.

—Ninguno de los dos pensará nada feo.

—Lo sé... Si no, yo mismo me meteré en problemas.

—Hum —se rio con su habitual gesto alzando la punta de la nariz.

Después de aquello Naomi empezó a venir con mucha más frecuencia. Al volver del trabajo al atardecer, se presentaba de repente volando como una golondrina diciendo «Jōji-san, ¿me invitas a cenar esta noche? Si eres mi amigo, es lo menos que podrías hacer, ¿no?» y me hacía llevarla a un restaurante de comida occidental para irse después de ponerse morada. Una noche lluviosa, a una hora bastante tardía, aporreó la puerta de mi dormitorio: «Hola, ¿te has acostado ya? Si estás acostado, no hace falta que te levantes. Esta noche voy a dormir aquí». Entró en el cuarto contiguo sin permiso, preparó la cama y se acostó. Otro día, al despertarme, descubrí que había pasado allí la noche y me la encontré profundamente dormida. En esos casos siempre me decía: «Somos amigos, es lo que hay».

Entonces veía con claridad que era una mujer lasciva de nacimiento. ¿De qué forma? Aunque era voluble por naturaleza, no le importaba lo más mínimo mostrar su cuerpo a cualquier hombre. Pero también sabía ocultar a la perfección su piel sin permitir a nadie echar un vistazo por pequeño que fuera. Procuraba ocultar a toda costa su carne, aunque cualquiera pudiera tenerla...

En mi opinión, esta mentalidad no es otra cosa que el instinto de protección de cualquier mujer lasciva. Para este tipo de mujeres su piel es su «artículo» más preciado, es una «mercancía» valiosa. Por lo tanto, dependiendo de las circunstancias, debe protegerla con más rigor que una mujer virtuosa. Si no, el valor de su «mercancía» irá bajando gradualmente. Naomi era consciente de esta situación e intentaba ocultar esa piel con más esmero delante del hombre que había sido su marido. No obstante, si desean saber si se comportaba con absoluta discreción, he de decirles que no siempre era así. Delante de mí se cambiaba de kimono y dejaba que la ropa interior se le cayera a propósito. «¡Hala!», decía, y corría desnuda hasta el cuarto contiguo, poniéndose las manos sobre los hombros para cubrirse. Otras veces regresaba del baño y se iba desnudando delante del tocador. «Oye, Jōji-san, no puedes estar ahí. Vete», soltaba como si se acabara de dar cuenta de que estaba allí y me echaba.

La escasa parte de la piel que Naomi dejaba ver de vez en cuando era poco más que una escama; por ejemplo, el borde del cuello, los codos, los gemelos o los talones. Aun así, mis ojos no perdían la ocasión de observar que su cuerpo estaba más brillante que antes y su belleza había crecido tanto que casi llegaba a despreciarla. Con frecuencia me veía obligado a imaginar cómo le quitaba toda la ropa de su cuerpo y contemplaba sus curvas. Era algo que nunca llegaba a aburrirme.

—¿Qué miras tanto, Jōji-san? —me preguntó un día mientras se cambiaba de espaldas.

—Estoy mirando la figura. Parece que estás más lozana que antes.

—Vaya... No puedes mirar el cuerpo de una *lady*.

—No estoy mirándolo, pero más o menos puedo deducirlo por cómo te queda el kimono. Tenías el culo respingón pero últimamente lo tienes más redondo, ¿verdad?

—Sí, se ha redondeado. Poco a poco mi culo crece. Pero tengo las piernas perfectas, no son gordas como un nabo.

—Sí, las has tenido rectas desde que eras niña. Si te ponías de pie, se quedaban juntas. ¿Aún siguen así?

—Sí, se siguen juntando —dijo, y se puso de pie muy derecha, tapándose el resto del cuerpo con el kimono—.

¿Ves? Las tengo juntas. —Mi mente evocó una escultura de Rodin que había visto en fotos—. Jōji-san, ¿quieres ver mi cuerpo?

—Si quisiera, ¿me lo enseñarías?

—Claro que no, tú y yo somos amigos... Venga, sal de aquí hasta que termine de cambiarme.

Y cerró dando un portazo como si me hubiera dado un golpe en la espalda.

De esta manera Naomi controlaba la situación para que mi apetito sexual se acumulase. Me atraía con su cebo hasta llevarme a un punto a partir del cual no me dejaba dar ni un paso, manteniendo una estricta separación. Entre Naomi y yo había una pared de cristal. En realidad, por muy cerca que pareciera estar, esa distancia era insalvable. Si me despistaba y trataba de rozarla con mi mano, me encontraba con esa pared. No importaba que perdiera la paciencia, era imposible tocar su piel. A veces Naomi aparentaba que había derribado ese muro y yo pensaba: «A ver, ¿sería posible...?». Pero, cuando me acercaba, descubría que la puerta permanecía cerrada.

—Jōji-san, como eres buen chico, te daré un beso —me decía en tono jocoso.

Siendo consciente de que se trataba de una broma, intentaba sorber sus labios cuando se acercaba a mí. Y, en el último momento, se me escapaban. Luego sentía el soplo de un aliento a un par de centímetros.

—Esto es un beso de amigos. —Y esbozaba una sonrisa.

Este peculiar modo de saludarnos, llamado «beso de amigos» se convirtió poco después en una costumbre. Era un beso en el que no podías sorber los labios de la mujer y te tenías que conformar con respirar su aliento.

«Bueno, adiós, volveré otra vez», cuando se despedía, dirigía sus labios hacia mí. Yo ponía mi cara delante y abría la boca como si tuviera un inhalador. Ella soplaba su aliento en mi boca y yo lo aspiraba profunda y deliciosamente hasta el fondo del pecho, cerrando los ojos. Su aliento era húmedo y tibio. Olía a una flor tan dulce que era increíble que saliera de los pulmones de un ser humano.

Después me confesó que se ponía con sutileza un poco de perfume para encandilarme. Desde luego, por aquel entonces no sabía nada de esa argucia.

A menudo pensaba que, para ser tan perversamente seductora, incluso sus órganos internos tenían que ser distintos a los del resto de mujeres ordinarias. Solo así el aire que recorría su cuerpo e hinchaba su cavidad bucal podía ser tan encantador.

Todas estas artimañas suyas iban perturbando mi cabeza, que cada día estaba más desgarrada. Ya había perdido el temple de exigirle que nos comportáramos como un matrimonio oficial o rehusar que me tratara como a un juguete. De hecho, hablando con franqueza, es algo que ya sabía desde el principio. Si fuera cierto que su seducción me horrorizaba, no habría hecho falta tener trato con ella. Sin embargo, me repetía que aquello era para descubrir sus verdaderas intenciones o esperar una ocasión favorable. Fue una mera excusa para engañarme a mí mismo. Afirmaba que su flirteo me atormentaba. Pero, a decir verdad, esperaba expectante todos aquellos juegos. Sin embargo, ella se limitaba a repetir la pantomima de ser amigos y su cortejo nunca iba más allá. Esta era su estratagema para impacientarme. Llevaría mi paciencia hasta el límite. Y cuando viera el momento oportuno, se quitaría de pronto la máscara de «amiga» y extendería sus tentáculos, ya que ese era su talento. Seguro que me daría un golpe de gracia. Era la clase de mujer que no se quedaría satisfecha hasta que diera el golpe de gracia. Yo caería en los engaños de su estratagema en el mayor grado posible. Si me dijera «siéntate», yo me sentaría. Si me dijera «salta», yo saltaría. Si ejecutara sus órdenes a la perfección, al final podría hacerme con la presa. Así me ponía a prueba cada día, pero no parecía que mis esperanzas se hicieran realidad tan fácilmente. Me preguntaba si sería hoy el día en el que por fin se quitaría la máscara, o si al fin mañana extendería sus tentáculos. Pero cuando parecía que ese día había llegado, se escapaba por los pelos.

Entonces llegué a un punto en el que de verdad empecé a impacientarme. Mandaba todo tipo de señales con todo el cuerpo, como si estuviera diciendo: «Como puedes ver, estoy muy impaciente. Si vas a seducirme, hazlo ya», o desvelaba mis puntos débiles. Incluso era yo el que trataba de seducirla. Y ni aun así me hacía caso.

—¡Qué haces, Jōji-san! Este no es el tipo de compromiso que habíamos acordado. —Y me miraba con severidad como si reprendiera a un niño.

—Me da igual el compromiso, es que...

—¡No, no! ¡Somos amigos!

—Oye, Naomi... No me digas eso... Por favor.

—¡Vaya, que te calles! ¡Te digo que no! Venga, a cambio te daré un beso de amigos. —Y me echaba su aliento—. ¿Sí, está bien? Tienes que conformarte con esto. A lo mejor esto es más de lo que se merece un amigo, pero como eres tú, Jōji-san, haré una excepción.

Esta forma tan especial de acariciar, en vez de lograr tranquilizarme, me llevaba al borde del ataque de nervios. «¡Maldita sea! Todo mi esfuerzo de hoy ha sido en vano», y seguía irritándome. Después de que Naomi se marchara como el viento, era incapaz de concentrarme y me enfadaba conmigo mismo. Arrojaba y hacía jirones cualquier cosa que tuviera cerca para descargar mi ira, dando vueltas por la habitación como una fiera enjaulada.

A menudo me veía superado por esos ataques que podríamos llamar de histeria masculina. Como ella venía a diario, sufría por lo menos uno al día. Además, las características de mi histeria difieren de cualquier otra. Una vez que había pasado, no podía relajarme. Más bien, cuando lograba calmarme comenzaba a recordar meticulosamente cada parte del cuerpo de Naomi con más claridad y persistencia: los pies que se escapaban un poco de la falda del kimono mientras se cambiaba, los labios que se acercaban a un par de centímetros de los míos para darme un soplo. Ese tipo de cosas acudían a mi mente con más nitidez que cuando las había visto. Mi imaginación iba expandiendo la línea desde los labios o los pies hasta partes que no había llegado a ver. Para mi sorpresa, mi cabeza vislumbraba todo aquello como si hubiera quedado expuesto. Y al final emergía de repente en las oscuras profundidades de mi corazón una figura parecida a la escultura de una Venus de mármol. Mi cabeza se transformaba en un escenario cubierto por un velo de terciopelo donde aparecía una actriz llamada Naomi. La iluminación situada desde todos los ángulos cubría su blanco cuerpo que emergía de las tinieblas con una luz clara y potente. Mientras fijaba mi atención en ella, la luz que ardía en su piel se hacía cada vez más clara y se acercaba tanto que casi quemaba mis cejas. Los detalles de cada una de sus partes aumentaban como en los primeros planos de las películas... La forma en que aquella ilusión me producía una excitación sensual no era en absoluto diferente a la de una experiencia real. El único punto que restaba era poder tocarla con las manos. Todo lo demás era más tangible que la realidad. Si me ensimismaba en exceso, acaba sintiendo vértigo. La sangre me subía de golpe a la cabeza y mi corazón palpitaba sin control. Era entonces cuando sufría de súbito el ataque de histeria. Daba patadas a las sillas, desgarraba las cortinas y rompía los jarrones.

Mis delirios eran cada días más violentos. Cuando cerraba los ojos, Naomi aparecía en la oscura sombra de mis párpados. A menudo recordaba el aroma de su aliento. Abría la boca e inhalaba el aire que había alrededor. Ya estuviera paseando por la calle o encerrado en casa, cuando añoraba sus labios, miraba de repente hacia arriba e inhalaba jadeando. Mis ojos se topaban en cualquier lado con los rojos labios de Naomi. Me daba la impresión de que todo el aire a mi alrededor era el aliento de Naomi. Naomi llenaba todo lo que había entre el cielo y la tierra. Me envolvía y angustiaba. Era como un espíritu maligno que escuchaba mis gemidos y se reía de mí.

Naomi vino una noche y dijo:

—Jōji-san, estás muy raro últimamente.

—Claro que estoy raro, no puedo soportarlo más.

—Hum...

—¿Qué quieres decir con «hum»?

—Voy a ser estricta con nuestro compromiso.

—¿Hasta cuándo lo vas a mantener?

—Siempre.

—No digas eso. Si seguimos así, acabaré volviéndome loco.

—Entonces te diré una cosa. No estaría mal que te echaras agua fría en la cabeza.

—Oye, en serio...

—¡Otra vez! Cuando me miras así, solo me dan ganas de ponerte en ridículo. No te acerques, apártate de mí. Te lo pido por favor, no me toques ni con un dedo.

—Entonces no hay remedio. Dame un beso de amigos por lo menos.

—Te lo daré si te tranquilizas. Pero ¿no te volverás loco después?

—Aunque me vuelva loco, nada de eso me importa ya.

27

Aquella noche Naomi me obligó a sentarme al otro lado de la mesa «para que no la pudiera tocar ni con un dedo» y estuvo parloteando hasta las tantas, mirando entretenida mi expresión de inquietud.

—Jōji-san, me dejas quedarme para dormir esta noche, ¿verdad? —dijo cuando dieron las doce, como si se estuviera burlando de mí.

—Vale, quédate. Mañana es domingo y yo también estaré en casa todo el día.

—Pero ¿y qué? Aunque me quede a dormir, no voy a hacer lo que me digas.

—No se preocupe, usted no es la clase de mujer que hace lo que le digan.

—Crees que sería estupendo que hiciera lo que me ordenaras, ¿no? —sugirió ella y soltó una risilla nasal—. Venga, acuéstate tu primero. Procura no hablar en sueños.

Y me mandó a la primera planta. Después entró en el cuarto contiguo y cerró estrepitosamente con llave.

No hace falta decir lo mucho que me costó quedarme dormido, ya que su presencia en el cuarto contiguo no dejaba de inquietarme. Cuando éramos un matrimonio, no había sucedido ninguna tontería como esta. Mientras yo yacía tumbado, ella lo hacía a mi lado. Me comía la rabia. Al otro lado de la pared Naomi se estaba preparando para dormir haciendo temblar el suelo sin cesar, posiblemente a propósito. Había extendido el futón y colocado la almohada. «Ah, ahora se estará peinando. Sé habrá quitado el kimono y estará poniéndose el pijama». Podía percibirlo como si lo estuviera viendo claramente. Sentí cómo había levantado de súbito su edredón. A continuación escuché cómo se tumbaba encima del futón.

—¡Haces mucho ruido! —dije sin saber si se lo decía a ella o a mí mismo.

—¿Todavía estás despierto? ¿No puedes dormir? —respondió enseguida desde el otro lado de la pared.

—No. Me está costando quedarme dormido... No puedo parar de pensar.

—Ji, ji, ji, no necesito preguntártelo para saber en qué estás pensando, Jōji-san.

—Pero es muy extraño. En este momento estás ahí tumbada al otro lado de la pared y no puedo hacer nada.

—No es nada extraño. Cuando vine a vivir aquí fue así durante mucho tiempo... En aquellos tiempos dormíamos como esta noche.

Mientras escuchaba las palabras de Naomi pensé: «Es verdad, hubo un periodo en el que fue así». En aquellos momentos conservábamos nuestra inocencia hasta tal punto que llegó a emocionarme. Aun así no pude calmar mi ímpetu carnal. Todo lo contrario; cuando reflexioné sobre el insondable karma que nos unía sentí que no podría alejarme de ella.

—Eras inocente en aquellos tiempos...

—Ahora también lo soy. El perverso eres tú, Jōji-san.

—Di lo que quieras. Te seguiré adonde quiera que vayas.

—Ji, ji, ji.

—¡Eh! —dije y golpeé la pared.

—¡Hala! ¿Qué haces? No estamos en una casa de campo. Por favor, guarde silencio.

—No soporto esta pared. Quiero romperla.

—¡Qué alboroto! El ratón no para de corretear esta noche.

—Desde luego que corretea. Este ratón está histérico.

—A mí no me gustan los ratones ancianos.

—No digas tonterías. No soy un anciano. Acabo de cumplir treinta y dos años.

—Yo tengo diecinueve. Para una persona de diecinueve años, alguien de treinta y dos años es un abuelo. No te estoy diciendo nada malo. Búscate otra esposa. A lo mejor así se te pasa la histeria.

Por mucho que tratara de hablar con ella, Naomi se limitaba a reírse.

—Voy a dormir. —Y pronto escuché como fingía roncar, pero al rato pareció que se había quedado dormida.

Al despertarme al día siguiente por la mañana Naomi estaba sentada al lado de mi almohada con un aspecto descuidado.

—¿Qué tal? Jōji-san, anoche te lo pasaste genial, ¿verdad?

—Sí. Últimamente me dan ataques de histeria como el de ayer. ¿Te asusté?

—Fue divertido. Quiero ponerte así otra vez.

—Ya estoy bien. A esta hora ya me he recuperado... Ah, hoy hace muy buen día.

—Hace buen día. ¿Por qué no te levantas? Son más de las diez. Yo acabo de volver de darme un baño matutino; hace más de una hora que me he levantado —dijo ella.

Tumbado, miré su figura recién bañada. La verdadera belleza de una mujer recién bañada se aprecia pasado un rato, como unos quince o veinte minutos después de salir del baño. Cuando una mujer se baña, parece que su piel se queda cocida y, por muy hermosa que sea, la punta de los dedos se suele arrugar. Sin embargo, cuando el cuerpo se enfría hasta alcanzar una temperatura adecuada, la piel empieza a transparentarse como la cera que se solidifica. Como acababa de salir del baño, la figura de Naomi se encontraba en su momento de máximo esplendor, refrescada por el viento del exterior. Esa fina y delicada piel seguía moteada por gotas de vapor, pero ya era blanca y clara. Escondida bajo el cuello del kimono, a la altura del pecho, había una sombra púrpura como una acuarela. Su rostro lucía con el brillo de una capa de gelatina. Solo las cejas permanecían húmedas y sobre ellas el cielo soleado de invierno reflejaba con suavidad su color azul en las ventanas.

—¿Cómo te ha dado por darte un baño a primera hora de la mañana?

—No es asunto tuyo... ¡Ah, estaba muy a gusto! —Golpeó ligeramente con las manos los lados de su nariz y puso su cara delante de mis ojos—. ¡Eh! Mira bien. ¿Tengo bigote?

—Sí, te ha crecido.

—Me habría venido bien ir a la peluquería para que me afeitaran.

—A ti no te gustaba afeitarte, decías que las mujeres occidentales no se afeitan...

—Pero se ha puesto de moda en Estados Unidos afeitarse la cara. Mira mis cejas. Todas las americanas se afeitan así las cejas.

—Ya lo veo. Como te las has afeitado hace poco, pensé que la forma de tu cara había cambiado.

—Por supuesto. Te has dado cuenta ahora. Estás un poco anticuado, ¿no? —dijo Naomi, aunque parecía que estaba pensando en otra cosa—. ¿Jōji-san, te has recuperado de tu ataque de histeria? —me preguntó de repente.

—Sí, ya me he recuperado. ¿Y eso?

—Si te has recuperado, Jōji-san, quiero pedirte un favor... ¿Podrías afeitarme la cara? Me da mucha pereza ir ahora a la peluquería.

—Me lo estás pidiendo para que vuelva a ponerme histérico, ¿no?

—Nada de eso, te lo estoy pidiendo en serio. ¿Tendrías la amabilidad de hacerlo? Pero no me gustaría que te pusieras histérico y me hicieras daño.

—Te dejo una maquinilla. Puedes afeitarte sola.

—Es que no va a ser solo eso. Podría hacerlo si fuera solo la cara. Pero tengo que afeitarme todo el cuello hasta por detrás de los hombros.

—¡Vaya! ¿Por qué te rasuras esa zona?

—Es que tiene que ser así. Si te pones un vestido de noche, los hombros quedan al descubierto... —Descubrió la carne de sus hombros para mostrármela—. Mira, hay que afeitar hasta aquí, por eso no puedo hacerlo sola —dijo volviendo a ocultar rápidamente los hombros.

Aunque era su táctica habitual, no dejaba de ser una tentación irresistible para mí. Naomi no solo quería afeitarse, trataba de transformarme en su juguete; incluso se había bañado... Yo lo sabía, pero permitir que la rasurara era una nueva prueba a la que aún no me había enfrentado. Ese día, por fin, podría aproximarme y mirar aquella piel de cerca. Y, desde luego, tocarla. Solo esa idea anuló mi capacidad de rechazar su propuesta.

Calenté agua en el hornillo de gas y la pasé a un barreño de metal. Cambié la hoja de la Gillette y lo dejé todo listo. Mientras tanto, Naomi puso una silla al lado de la ventana y preparó un pequeño espejo. Se sentó de rodillas en el suelo con las nalgas entre los pies. A continuación se puso una toalla blanca alrededor del cuello. Me puse detrás de ella y humedecí una barra de jabón Colgate. Sin embargo, cuando estaba a punto de empezar, dijo de repente:

—Jōji-san, puedes afeitarme pero con una condición.

—¿Una condición?

—Sí, aunque no es muy complicada.

—¿Cuál es?

—No quiero que hagas trampa y empieces a toquetearme con los dedos con la excusa del afeitado. Quiero que me afeites sin tocar mi piel.

—Es que tu...

—¿Qué es eso de «es que»? Puedes afeitarme sin hacerlo. Puedes poner jabón con la brocha y utilizar la Gillette... En una peluquería los profesionales no andan toqueteando.

—Me desconsuela que me compares con un peluquero.

—¿Qué tontería es esa? ¡Sé que te mueres de ganas de afeitarme! Si no te gusta la idea, no voy a obligarte.

—Claro que me gusta la idea. No digas eso. Déjame afeitarte. Además, ya lo he preparado todo. —Al fijarme en la desnuda y alargada nuca de Naomi no pude decirle otra cosa.

—¿Lo harás con esa condición?

—Sí, lo haré.

—Ni se te ocurra tocarme.

—No, no te tocaré.

—Si me tocas, aunque sea poco, lo dejaremos de inmediato. Pon tu mano izquierda encima de las rodillas.

Lo hice como me dijo ella. La afeité desde la boca utilizando solo la mano derecha.

Ella fijó la mirada en el espejo y me dejó afeitarla con calma. Parecía embelesada, como si estuviera saboreando el placer de ser acariciada por la hoja de la navaja. Escuchaba en mis oídos una pausada respiración, como si estuviera dormida. Podía ver con mis ojos cómo su carótida se contraía bajo la mandíbula. Me acerqué tanto a su cara que podría tocarme con la punta de sus pestañas. La luz de la mañana brillaba vivaracha sobre el aire seco tras la ventana. Había tal luminosidad que podía contar cada poro. Nunca había mirado con tanto detenimiento la multitud de detalles en los ojos y la nariz de la mujer a la que amo en un lugar tan luminoso durante tanto tiempo. Al contemplarla de esta manera, su esplendor era del tamaño de un titán y su volumen aumentaba al aproximarme. Los ojos muy rasgados. La nariz que sobresale con una arquitectura grandiosa. Las dos marcadas líneas que parten de la nariz y se unen en la boca. La rebosante boca roja, grabada con fuerza bajo esas líneas. ¡Ah, esta materia divina y sublime es lo que se conoce como «el semblante de Naomi»! Esta materia es el origen de toda pasión... Me parecía todo un misterio. Inconscientemente cogí la brocha y levanté demasiada espuma sobre aquella materia. Por mucho que frotara la brocha, se movía con una dúctil elasticidad, sumisión y calma... y la navaja que estaba en mi mano correteaba por su sedosa piel como un insecto plateado desde la cerviz hasta los hombros. La amplitud y altura del buen talle de su espalda blanca como la leche cubrió mi vista por completo. No había duda de que ella prestaba atención a su cara, pero, ¿era consciente de lo bella que era su espalda? Me temo que no. Nadie como yo podía saberlo. Fui yo quien sumergía en agua caliente y lavaba cada día aquella espalda. En esos tiempos también levantaba espuma al enjabonarla, como ahora... Esos eran los vestigios de mi amor. Mis manos y mis dedos solían jugar con alegría sobre esa nieve incitante. La pisaban libre y alegremente. Tal vez queden huellas por algún lado...

—Jōji-san, te están temblando las manos. Hazlo bien, por favor... —se oyó de súbito la voz de Naomi.

Tenía la boca seca y me dolía la cabeza. Noté cómo mi cuerpo temblaba de forma extraña. Al recuperar el sentido pensé: «me he vuelto loco». Trataba de controlarme con todo mi esfuerzo, mi rostro se enrojecía y se enfriaba de golpe. Sin embargo la travesura de Naomi no acabó aquí. Después de haber afeitado con cuidado sus hombros se remangó, alzó el codo y dijo:

—Ahora las axilas.

—¿Qué? ¿Las axilas?

—Sí, claro... Cuando te pones un vestido occidental, te tienes que depilar las axilas. Sería una grosería que me vieran así.

—¡Eres terrible!

—¿Por qué soy terrible? Eres muy gracioso... Me voy a resfriar. Hazlo ya, por favor.

En ese instante tiré la cuchilla y me abalancé sobre su codo... Mejor dicho, más que abalanzarme sobre él, lo mordí. Naomi me apartó enseguida con el codo, como si lo hubiera previsto. Pero parecía que mis dedos la habían agarrado en algún punto y me resbalé con el jabón. Me empujó de nuevo hacia la pared con todas sus fuerzas.

—¡Qué haces! —Soltó un grito agudo y se puso de pie.

En la expresión de su rostro no había rastro de humor y estaba pálida, quizá porque yo también había empalidecido.

—¡Naomi! ¡Naomi! ¡Deja ya de burlarte de mí! ¡Eh! Hago todo lo que me pides...

Estaba tan aturdido que no era consciente de lo que decía. Solo hablaba impaciente y rápido, como si tuviera delirios febriles. Naomi permanecía callada, mirándome fijamente erguida como un palo, airada y con una expresión de incredulidad.

—¡Eh! ¿Por qué estás callada? ¡Dime algo! Si no, ¡mátame!

—¡Estás loco!

—¿Qué tiene de malo que esté loco?

—¿Quién demonios quiere hacerle caso a un loco?

—Entonces déjame hacer de caballito. Súbete encima de mi espalda, por favor. Si no quieres, ¡me conformo con eso! —supliqué poniéndome a cuatro patas.

En ese momento Naomi parecía creer que de verdad me había vuelto loco. Se puso tan pálida que su rostro ennegreció. En aquellos ojos fijados en mí había algo parecido al miedo. Sin embargo, enfureció de súbito y se montó con brusquedad sobre mi espalda, gritando audaz y atrevida:

—Vale. ¿Está bien así? —dijo con un tono masculino.

—Sí, está bien así.

—¿Harás lo que yo te diga a partir de ahora?

—Sí, haré lo que digas.

—¿Me darás todo el dinero que quiera?

—Sí, te lo daré.

—¿Me dejarás hacer lo que quiera y dejarás de entrometerte en mis cosas?

—Sí.

—¿Vas a dejar de llamarme Naomi y me llamarás Naomi-san?

—Sí.

—¿Seguro?

—Seguro.

—Bien, entonces te trataré como a un ser humano. Me da lástima tratarte como a un caballo.

Y Naomi y yo nos embadurnamos en jabón...

—Por fin hemos vuelto a ser un matrimonio. Esta vez no te dejaré escapar —dije.

—¿Te sentiste desorientado cuando me escapé?

—Sí, estaba muy desorientado. Por un momento pensé que nunca regresarías.

—¿Lo ves? ¿Entiendes ahora lo terrible que soy?

—Sí, lo entiendo. Demasiado bien.

—Entonces no olvides lo que has dicho hace un rato. Me dejarás hacer lo que quiera. Dices que somos un matrimonio, pero no quiero que seamos un matrimonio formal. Si no, me volveré a ir.

—Vamos a ser otra vez Naomi-san y Jōji-san, ¿verdad?

—¿Me dejarás ir de vez en cuando a bailar?

—Sí.

—¿Podré salir con mis amigos? ¿No te quejarás como hacías antes?

—No.

—De todos modos hace tiempo que rompí con Mā-chan...

—¡Anda, rompiste con Kumagai!

—Sí, rompí. No puede haber alguien más desagradable... Procuraré salir todo lo posible con occidentales. Son más divertidos que los japoneses.

—¿Estás hablando de aquel hombre llamado McConnel?

—Tengo muchos amigos occidentales. McConnel no es mala persona.

—Bueno, no sé....

—Mira, está muy mal que desconfíes de la gente. Tienes que fiarte de lo que te diga, ¿vale? ¿Te fías o no te fías de mí?

—¡Me fío!

—Hay más cosas... ¿Qué vas a hacer? ¿Vas a dejar la oficina, Jōji-san?

—Como me habías abandonado, pensaba regresar al pueblo, pero ya no lo haré. Liquidaré la fortuna de mi familia, lo venderé todo y traeré aquí el dinero.

—¿Cuánto será?

—No lo sé. Supongo que podré conseguir unos doscientos o trescientos mil yenes.

—¿Solo?

—Será suficiente para los dos.

—Pero ¿podremos seguir permitiéndonos lujos?

—No, no podremos... Tú podrás, pero yo tendré que montarme un despacho y trabajar por cuenta propia.

—No quiero que gastes todo ese dinero en tu trabajo. Tienes que guardar una parte para que pueda seguir llevando una vida de lujo. ¿De acuerdo?

—Sí, de acuerdo.

—Entonces, ¿me dejarás la mitad? Si son trescientos mil yenes, serán ciento cincuenta mil yenes. Si son doscientos mil yenes, serán cien mil yenes...

—Lo tienes todo bien planificado.

—Claro. Determinemos las condiciones desde un principio... ¿Cómo lo ves? ¿Estás de acuerdo? Con todo esto, ¿no te apetece tenerme como esposa?

—Sí, claro que me apetece.

—Si no te apetece, dímelo. Todavía puedes echarte atrás.

—No te preocupes... Estoy de acuerdo...

—Hay más cosas... Tal y como estamos no podemos seguir en esta casa. Nos mudaremos a una casa más grande y *haikara*, por favor.

—Desde luego que lo haremos.

—Yo quiero vivir en una casa occidental, en una ciudad donde haya occidentales. Quiero entrar en una casa con un comedor y unos dormitorios bonitos, y tener un cocinero y un criado...

—¿Hay alguna casa así en Tokio?

—En Tokio no, pero en Yokohama sí. Precisamente hay una casa libre en el barrio Yamate, donde viven los extranjeros. Le eché un vistazo el otro día.

Entonces me di cuenta por primera vez de la verdadera estratagema que había urdido. Desde un principio ese había sido su plan, y lo había organizado todo para que cayera en sus redes.

28

Han pasado tres o cuatro años desde esa historia.

Después de aquello nos mudamos a Yokohama y alquilamos la casa occidental de Yamate que Naomi había planeado. Sin embargo, a medida que se fue acostumbrando a la vida acomodada, dijo que esa casa también se le quedaba pequeña. Por lo tanto compramos una casa con todo su mobiliario en Honmoku, donde vivía una familia de suizos, y nos fuimos a vivir allí. Tras el terremoto[29] ardieron muchas de las casas de Yamate, pero gran parte de las de Honmoku quedaron a salvo. En nuestra vivienda apenas hubo daños, solo aparecieron unas grietas en la pared. Es difícil saber cuál es el camino a la felicidad. A día de hoy seguimos viviendo en esta casa.

Tal y como había decidido, dimití de la empresa de Ōimachi y liquidé la fortuna familiar. Me asocié con unos compañeros de facultad y creamos una sociedad comanditaria dedicada a la fabricación y venta de maquinaria eléctrica. Como yo fui el socio que más capital aportó, son mis amigos los que se encargan del trabajo rutinario. Por lo tanto no es necesario que acuda todos los días a la oficina, pero voy una vez al día para echar un vistazo. No sé por qué, pero a Naomi no le gusta que esté en casa todo el día. Llego a Tokio desde Yokohama sobre las once de la mañana. Me quedo en la oficina de Kyōbashi durante una o dos horas y suelo regresar a casa sobre las cuatro de la tarde.

Antes era muy diligente y tenía por costumbre madrugar. Sin embargo, últimamente no me despierto hasta las nueve y media o las diez. En cuanto me levanto, voy a la puerta del dormitorio de Naomi, andando de puntillas en pijama y llamo con cuidado. Pero Naomi, que es aún más perezosa que yo, suele estar dormida a esas horas. «Hum», contesta suavemente algunas veces, y otras ni siquiera responde y sigue durmiendo. Si me contesta, entro al dormitorio para saludarla. Si no, me doy la vuelta y voy a la oficina.

No sé cuándo empezó a ser así, pero Naomi tuvo la idea de que fuéramos un matrimonio que duerme en dormitorios separados: «La alcoba de la dama es sagrada, y ni su

---

29 Gran Terremoto de Kantō, sucedido el 1 de septiembre de 1923.

esposo puede entrar sin permiso». Eligió la habitación más grande de la casa y me asignó otra más pequeña a su lado. Aunque sean contiguas, las dos habitaciones no están comunicadas. Comparten un cuarto de baño de matrimonio. Es decir, están separadas por ese aseo. Hay que pasar por allí para ir de una a otra habitación.

Naomi se queda en la cama hasta pasadas las once de la mañana, despierta pero sin levantarse, fumando tabaco o leyendo el periódico. Le gustan los cigarros finos de Dimitrino. Su periódico favorito es el *Toshinbun*. Y lee revistas como *Classic* o *Vogue*. De hecho, no las lee, sino que observa con detenimiento cada foto, especialmente el diseño y la moda textil. Su dormitorio se abre al este y al sur, y tiene el mar de Honmoku justo debajo. Se ilumina desde primera hora de la mañana. La cama de Naomi está colocada en el centro de su espaciosa habitación, que equivaldría a veinte tatamis si fuera una estancia tradicional japonesa. Además no se trata de una cama barata ni ordinaria. Tiene un baldaquín cubierto por un velo de gasa blanca que adquirimos en una embajada de Tokio. Desde que la compramos, Naomi no se aleja de esa cama. Creo que duerme mejor allí. Allí toma té inglés y leche antes de lavarse la cara. Mientras tanto, la criada le prepara el baño. Lo primero que hace Naomi tras levantarse es tomar un baño. Al salir se tumba y ordena que le den un masaje. Después se peina y se hace las uñas. Se arregla toda la cara con varios ungüentos y con todo tipo de utensilios. Tras decidir qué kimono ponerse, suele aparecer por el comedor sobre la una y media.

Después de la comida casi no tiene nada que hacer hasta la noche. O bien la invitan, o bien invita a gente a casa, o acude al baile de algún hotel. Nunca se queda ociosa. Cuando llega la hora, se maquilla de nuevo y se pone otro kimono. Si organiza una velada la cosa se complica aún más. Va al cuarto de baño y se empolva todo el cuerpo con la ayuda de la criada.

Los amigos de Naomi cambian a menudo. Ni Hamada ni Kumagai aparecieron de nuevo. Parecía que ese McConnel fue su favorito durante algún tiempo, pero lo cambió por otro hombre llamado Dugan. A continuación, se hizo amiga de un tal Eustace, que era incluso más desagradable que McConnel. Se le daba muy bien seguirle la corriente a Naomi. Una vez, en un baile, me enfadé tanto que le di una bofetada. Se armó un jaleo tremendo. Naomi defendió a Eustace y me insultó llamándome loco. Todos se abalanzaron hacia mí para detenerme. «¡George, George!», gritaban. Mi nombre es Jōji, pero los occidentales me llaman George. A partir de entonces Eustace dejó de venir a casa, pero Naomi me puso una nueva condición y tuve que obedecer.

Ni que decir tiene que aparecieron un segundo y un tercer Eustace después de Eustace, sin embargo, me siento sorprendentemente tranquilo. Parece que cuando una persona pasa por una experiencia traumática, se obsesiona con ella y queda grabada en su cabeza para siempre. Por eso no puedo olvidar aquel horrible momento tras la huida de Naomi. «¿Ya entiendes lo terrible que soy?». Sus palabras resuenan en mis oídos. Hacía tiempo que sabía que era infiel y egoísta. Pero si le quito esos defectos perdería su valor. Cuánto más pienso en lo infiel y egoísta que es, más hermosa me parece y acabo cayendo en su trampa. Por lo tanto, reconozco que, si me enfurezco, siempre voy a ser yo el que salga perdiendo.

Cuando uno pierde la autoestima, no hay solución. Ahora mismo soy incapaz de alcanzar su nivel de inglés. Creo que ha ido mejorando de manera natural al relacionarse con la gente. Cuando la oigo hablar con tanta fluidez, prodigando simpatía en las veladas con damas y caballeros, veo que tiene un extraño aire occidental. Como la pronunciación siempre se le ha dado bien, a veces ni siquiera llego a entender lo que dice. Y de vez en cuando me llama George, al estilo occidental.

Y aquí termina el relato sobre nuestro matrimonio. A los que su lectura les haya resultado ridícula, ríanse de mí, por favor. Los que la consideren instructiva, utilícenla como enseñanza. Y piensen de mí lo que quieran, no tengo remedio. Estoy enamorado de Naomi.

Naomi pronto cumplirá veintitrés años y yo ya tengo treinta y seis.

GLOSARIO

-chan: sufijo que se emplea para dirigirse a personas de menor edad o con las que se tiene una relación de amistad y cariño.

Furoshiki: pañuelo cuadrangular, normalmente estampado, que se utiliza como envoltorio.

Fusuma: puerta corredera de papel opaco, más gruesa y pesada.

Geta: chancletas tradicionales de madera de cuya suela sobresalen unas piezas como si fueran dientes.

Haikara: del inglés *high collar*. Término para referirse a quienes aspiran a un estilo de vida occidental, persiguen la moda o ansían todo tipo de novedades.

Hakama: falda-pantalón con pliegues frontales para llevar con el kimono.

Haori: chaqueta amplia para vestir con kimono.

Heitai shogi: Juego de tablero similar al ajedrez inspirado en el Ejército de Tierra (*heitai,* «soldado») que se puso de moda por influencia de la guerra sino-japonesa y la guerra ruso-japonesa.

Kanzashi: Horquilla japonesa usada como adorno para el cabello.

-kun: sufijo que se emplea en varones de menor edad o estatus relativo. En entornos laborales se usa para referirse a empleados más jóvenes por un trabajador de mayor categoría.

Miai: encuentro formal en el que un hombre y una mujer se conocen de manera oficial con vistas a un posible matrimonio.

Momoware: estilo de peinado usado por las muchachas hasta que cumplían los dieciséis o diecisiete años.

Obi: fajín de tela fuerte que sirve para ceñir el kimono.

Ohana: juego de cartas también conocido como *hanafuda.* La baraja consta de cuarenta y ocho cartas con ilustraciones de flores y plantas.

Onsen: baños termales, normalmente de agua volcánica.

Ōbon: fiesta budista en honor a los difuntos que se celebra en verano.

Rikisha: Carrito para el transporte de personas tirado por un hombre.

Ryokan: alojamiento tradicional japonés.

Sake: bebida alcohólica obtenida por fermentación de arroz.

-san: Sufijo de tratamiento para mostrar respeto, equivalente en nuestro idioma a «señor» o «señora».

Sararīman: del inglés *salaried man*. Empleado asalariado que realiza trabajo de oficina o administrativo.

Sen: un *sen* es un céntimo de yen.

Shōji: puerta corredera enrejada con papel traslúcido.

Soba: fideos de alforfón, muy baratos y populares en la cocina japonesa.

Tabi: tipo de calcetín japonés en el que el dedo pulgar está separado del resto.

Tenugui: toalla fina de algodón de origen japonés. Se puede usar como pañuelo, para frotarse durante el baño o secarse. También se emplea en algunas ceremonias.

Tokonoma: especie de alcoba elevada de una estancia que se adorna con un arreglo floral o un rollo colgante.

Udon: fideos gruesos de trigo.

Yukata: kimono ligero de algodón.

Tanizaki Junichirō

谷崎潤一郎

Maestros de la Literatura Japonesa

La primera edición de
El amor de un idiota
se terminó de imprimir en Gijón,
el 6 de junio de 2018

OTROS TÍTULOS DE ESTA COLECCIÓN:

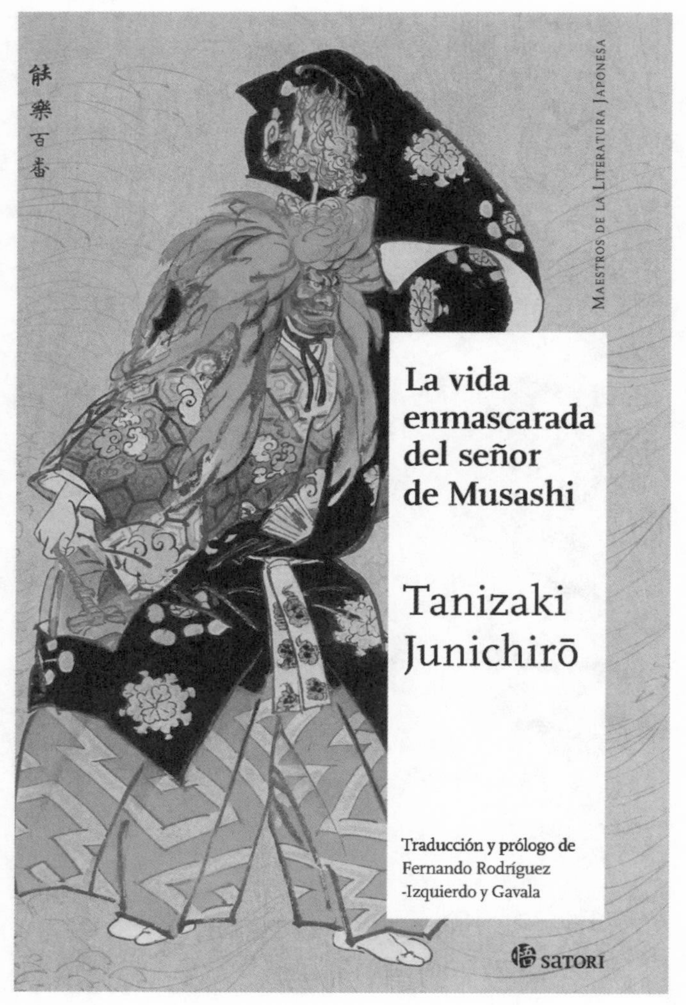
Maestros de la Literatura Japonesa
La vida enmascarada del señor de Musashi
Tanizaki Junichirō
Traducción y prólogo de
Fernando Rodríguez
-Izquierdo y Gavala
satori

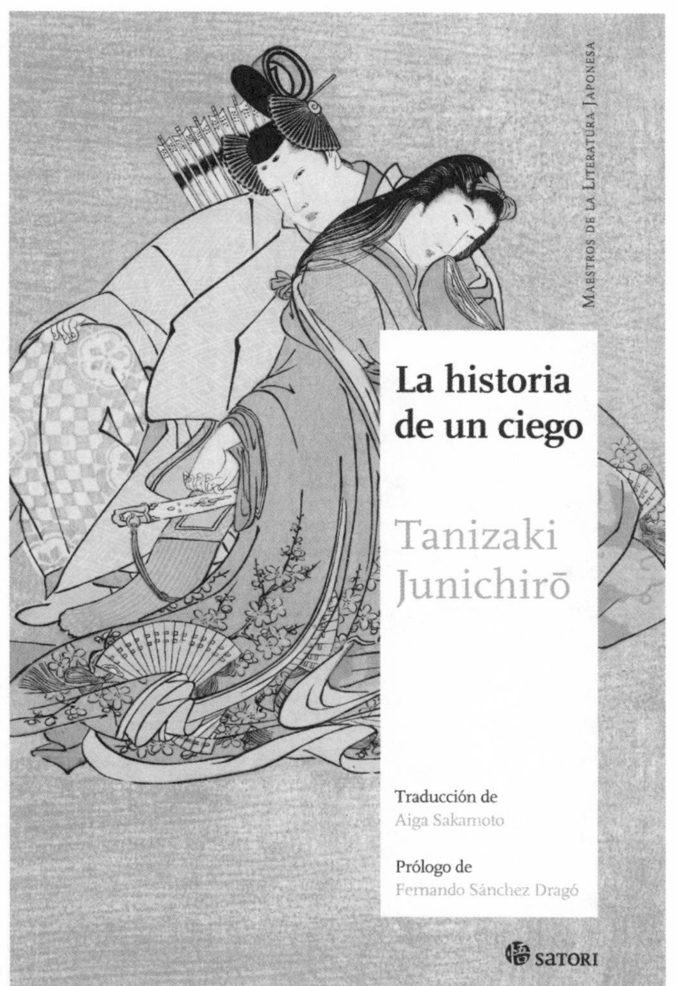
Maestros de la Literatura Japonesa
La historia de un ciego
Tanizaki Junichirō
Traducción de
Aiga Sakamoto
Prólogo de
Fernando Sánchez Dragó
satori

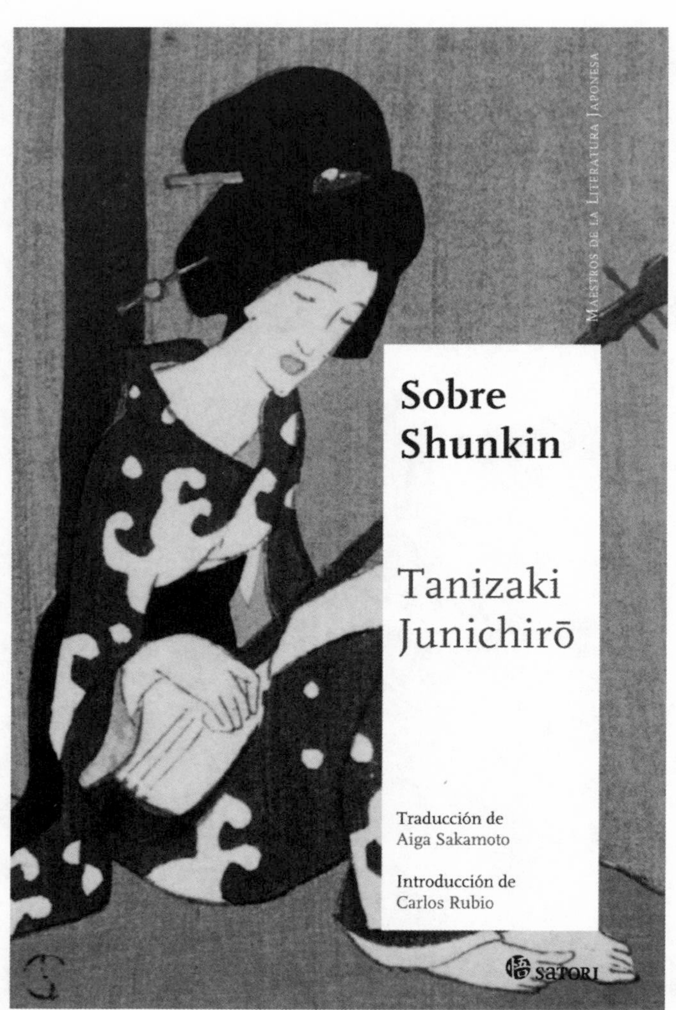
Maestros de la Literatura Japonesa
Sobre Shunkin
Tanizaki Junichirō
Traducción de
Aiga Sakamoto
Introducción de
Carlos Rubio
Satori

Laberinto de hierba
Izumi Kyōka
Traducción y prólogo de
Iván Díaz Sancho
SATORI

Maestros de la Literatura Japonesa
La dama que amaba los insectos
y otros relatos breves del antiguo Japón
Traducción y prólogo de
Jesús Carlos Álvarez Crespo
SATORI

Maestros de la Literatura Japonesa
Rashomon
y otros relatos
históricos
Akutagawa
Ryūnosuke
Traducción y prólogo de
Iván Díaz Sancho
satori

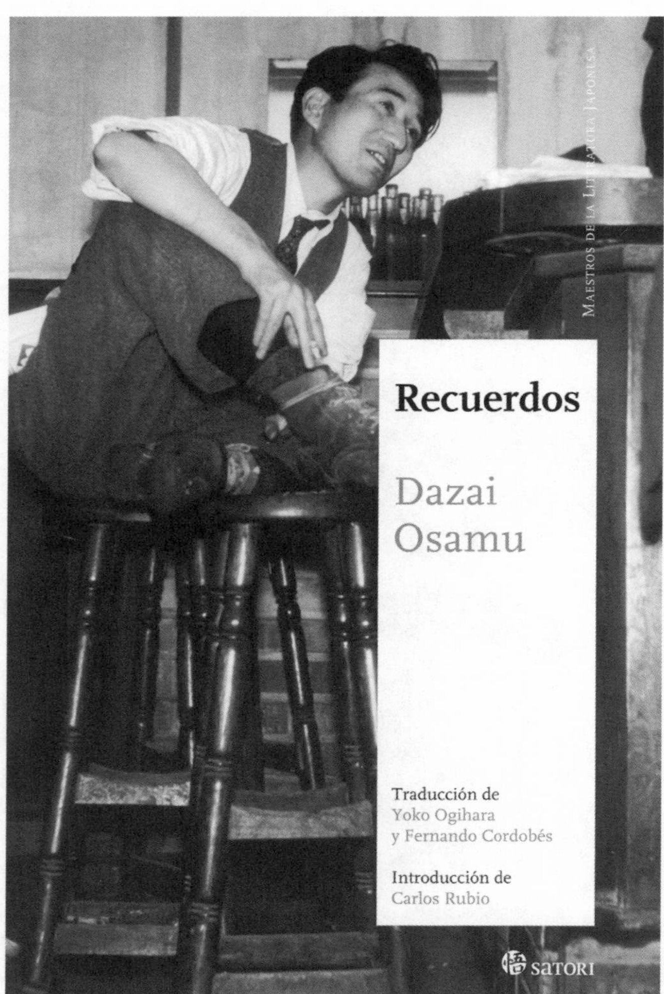
Maestros de la Literatura Japonesa
Recuerdos
Dazai
Osamu
Traducción de
Yoko Ogihara
y Fernando Cordobés
Introducción de
Carlos Rubio
Satori

Sobre el dragón del abismo
Izumi Kyōka
Traducción y prólogo de
Alejando Morales
satori

Maestros de la Literatura Japonesa
La familia Abe
y otros relatos históricos
Mori Ōgai
Traducción de
Jesús Carlos Álvarez Crespo
Introducción de
Carlos Rubio
satori

MAESTROS DE LA LITERATURA JAPONESA
El gran espejo del amor entre hombres
Historias de samuráis
Ihara Saikaku
Traducción de
Carlos Rubio
y Akiko Imoto
Introducción de
Carlos Rubio
SATORI

Maestros de la Literatura Japonesa
Misceláneas primaverales
Natsume Sōseki
Prólogo de
José Pazó
Traducción de
Akira Sugiyama
satori

Maestros de la Literatura Japonesa
Diario
de una
vagabunda
Hayashi
Fumiko
Traducción de
Virginia Meza
Prólogo de
Kayoko Takagi
SATORI

Maestros de la Literatura Japonesa
Una extraña historia al este del río
Nagai Kafū
Traducción de
Rumi Sato
Introducción de
Carlos Rubio
satori